AF579096

Avec Amour

Signé M

Marie Anjoy

Titre : Avec amour, signé M
Auteurs : Marie Anjoy

ISBN : 9782492631573

Studio 5 Éditions
65 route de saint leu
95600 Eaubonne
IMMATRICULATION : 891 250 458

Studio5editions@gmail.com

www.studio5editions.com

« L'enfant, c'est un feu pur dont la chaleur caresse ; c'est de la gaîté sainte et du bonheur sacré. »

Victor Hugo

« Les héritages c'est comme les chromosomes, ça se choisit pas ».

Jean Forest

Aux enfants adoptés, aux familles recomposées,
aux mères qui ont dû faire des choix difficiles.

PROLOGUE

Inès, ma sœur de cœur, sautille comme un cabri lorsque je lui fais part du contenu de la lettre.

— Hériter d'une maison en Corse ! Veinarde !

Personnellement, je suis persuadée qu'il ne peut s'agir que d'une erreur. Rien ne me lie à l'île de Beauté. Je n'en suis pas originaire, ni mes parents que je sache. L'un est espagnol pure souche et l'autre provençal. Nous ne sommes jamais allés en Corse, mon père préférant les plages andalouses ou les côtes bretonnes. Pourtant, le document notarié que je tiens entre mes mains m'invite vivement à me rendre à Calvi pour finaliser les formalités administratives. Elles me donneront accès à ma propriété sur les hauteurs d'Ile Rousse.

— Inès, tout ça n'a aucun sens, soufflé-je en le relisant une seconde fois.

— Arrête de gamberger, Marie, et accepte ce cadeau d'un généreux donateur. Peu importe qui il est !

Mon amie reprend une gorgée de vin, les yeux pleins de sous-entendus.

— Quoi ? Allez, accouche, tu as une idée derrière la tête, dis-je en me resservant un peu de breuvage bordeaux.

— J'ai toujours rêvé de visiter cette région, avoue-t-elle sans cacher son enthousiasme. Avec un pied-à-terre, ça va être génial ! Je suis impatiente de venir t'y rendre visite.

Ben voyons !

— Ce n'est pas vraiment ma priorité. Je croule sous le boulot et Stéphane et moi nous nous envolons pour Maurice la semaine prochaine.

— Ah oui, c'est vrai. Tu crois qu'il va te demander en mariage ? C'est l'endroit idéal pour le faire.

Une union n'est pas dans nos projets immédiats. Nos carrières démarrent à peine et, bien que nous nous fréquentons depuis plus de deux ans, je n'ai pas encore franchi le pas qui nous permettrait de nous installer ensemble. Quelque chose m'empêche de le suggérer. Son manque d'entrain peut-être, lorsque j'ai proposé de laisser quelques affaires chez lui plutôt que de trimballer mon barda chaque week-end. L'inverse n'est pas envisageable vu la taille de mon appartement. Bien que cosy, Stéphane ne s'y sent pas à l'aise, il préfère le sien, hyper chic, situé en plein cœur de Paris alors que je réside en banlieue. Je doute donc que ce séjour se solde par une telle proposition et que je revienne la bague au doigt. Par contre, j'imagine bien nos tête-à-tête, nos ébats torrides et passionnés sous le ciel étoilé, nos corps fiévreux avides l'un de l'autre, parce que depuis quelque temps, épuisés par nos obligations professionnelles, on ne peut pas dire que je m'éclate au lit.

— Je réglerai ça à notre retour.

— Tu ne vas pas contacter le notaire !? s'étonne Inès.

— Je viens de te dire que je le ferai à mon retour et j'espère même régler cette transaction à distance.

— Tu me sidères ! Tu n'envisages pas de te rendre sur place ?

— Pas tant que je peux l'éviter.

— T'es vraiment un cas. On t'annonce que te voilà héritière d'un bien en Corse. En Corse ! Et toi, tu ne réagis pas plus que ça !

— Tu l'as dit : en Corse ! J'aurais dansé le flamenco ou la gavotte s'il s'était agi d'une propriété à Grenade ou sur l'Ile de Ré. Là-bas, les gens sont sympas.

Inès lève les yeux au ciel, désabusée par mes propos.

— OK, j'avoue, j'ai peut-être un chouïa d'avis préconçus.

— Peut-être ? s'esclaffe mon amie. Non, franchement, je ne comprends pas que tu ne sois ni intriguée ni plus enthousiaste.

Merde, Marie ! Tu gagnes une maison, c'est pas rien ! Sois un peu plus positive, bon sang !

Évidemment que je le suis, mais je n'ai pas le temps pour songer à ce mystérieux don. Je dois gérer un important contrat et ne veux pas me retrouver l'esprit en vrac alors que ce dossier réclame toute ma concentration. Je préfère ranger cette affaire dans un coin de mon cerveau et l'en sortir quand je pourrai lui consacrer l'attention qu'elle mérite. Dans trois semaines !

1 : Un accueil surprenant

Marie

Quelques jours plus tard.

À peine ai-je toqué à la porte que celle-ci s'ouvre à la volée et je m'engouffre tête la première dans la pièce, en manque total d'équilibre. Sans la vivacité d'esprit de l'homme face à moi, je me serais retrouvée au sol en moins de temps qu'il ne faut pour le dire. À la place, je me heurte à un mur en béton… Ou plutôt, un torse en acier. Les mains en avant dans un réflexe de protection, je ne peux que le constater une fois mes doigts sur ses pectoraux bien dessinés que moule un t-shirt ajusté. Mais pas le temps d'apprécier que son propriétaire me repousse, attrape un trousseau de clefs sur la console de l'entrée et claque la porte après un « faites comme chez vous, je ne sais pas à quelle heure je rentre ». Abasourdie, je ne réagis qu'une fois le battant refermé derrière lui.

— Faire comme chez moi ? Mais c'est quoi, ce délire ? énoncé-je à voix haute.

Je viens d'arriver sur l'île de beauté pour découvrir cette fameuse maison… Ayant besoin de recharger mon téléphone, j'ai sonné chez le voisin. Ce con vient de détaler comme un lapin en me disant de prendre mes aises chez lui… Moi, une inconnue. Les Corses sont vraiment des cas !

— Bah, tu vas où comme ça ?

La main déjà sur la poignée, je fais volte-face en sursautant et découvre, à quelques pas de moi, une gamine d'une dizaine d'années et un gosse, pas plus haut que trois pommes, affublé d'un panama qui lui cache le visage.

— Eh bien, chez moi.

Si l'on peut appeler « chez moi » cette bâtisse délabrée reçue en héritage. Un héritage des plus déconcertants, une des raisons pour laquelle j'ai momentanément abandonné Paris et mon minuscule, mais néanmoins confortable appartement.

— Bah non, t'es là pour nous garder.

— Vous garder ?! m'exclamé-je, abasourdie.

— Ben oui, à la place de Justine, notre nounou.

— Euh, je crois qu'il y a… comme un malentendu. Appelle ton père, ordonné-je en jetant un œil à ma montre.

La brunette aux yeux mordorés et aux reflets verts, tout juste visibles sous la frange qui lui mange le visage, m'observe, dubitative.

— Et pourquoi ?

— Parce que je ne suis pas votre nounou, mais votre nouvelle voisine. Enfin, pour le moment. J'étais venue demander si je pouvais recharger mon téléphone en attendant, me justifié-je.

— En attendant quoi ? m'interroge la demoiselle, son petit frère, j'imagine, accroché à sa robe, le chapeau trop grand toujours sur sa tête.

— D'avoir du courant. Et si vous aviez une lampe torche, des bougies…

— Tu peux le brancher là, me suggère-t-elle en me désignant une prise. Mais d'abord, tu dois changer Lisandru. Il a fait caca. Moi, c'est Livia.

— Le changer ?! paniqué-je en me ventilant inutilement à l'aide de ma main.

Foutue chaleur corse.

— Ben, oui.

L'expression malicieuse de la petite me ferait rire dans d'autres circonstances, mais j'avoue qu'entre le voyage particulièrement pénible et la découverte du cadeau empoisonné, je manque de patience.

— Écoute, dis à ton père de revenir. Je ne suis pas nounou, insisté-je en ne sachant plus comment me sortir de cette situation plus que loufoque.

Le père ne m'a même pas jeté un regard et il laisse ses enfants comme ça ? *Et les gosses, je ne suis pas à l'aise avec eux. Mais alors, pas du tout !*

— On peut pas, il répond pas en cours d'intervention. On peut juste appeler le standard.

— Le standard ?

— Le standard de la caserne.

— De la caserne ?

— Tu répètes tout comme un perroquet. On dirait Coco, celui de Louise.

OK, Marie, reprends-toi, tu passes pour une demeurée. Si tes amis te voyaient ! D'accord, une brève analyse s'impose. Leur père est visiblement pompier. Cela explique l'urgence de son départ et il a dû me confondre avec la vraie nounou. Autant en demander davantage :

— C'est surtout que je ne comprends rien à ce que tu me racontes. Si tu ne peux pas joindre ton papa, ta mère, alors.

— Maman nous a abandonnés après la naissance de Lisandru, m'annonce la gamine dont les jolis yeux se remplissent de larmes.

Merde, j'ai mis les pieds dans le plat ! Et jolie manière de parler de son décès.

—… Pour les strass et les paillettes, complète-t-elle. Elle aime tout ce qui brille. C'est ce que dit Babonne[1]. Elle a toujours aimé ça. Mais c'est pas grave, on est mieux sans elle.

Perplexe et étonnée par la suite du récit, mes yeux s'arrondissent, ce qui pousse la petite Livia à poursuivre :

— Elle s'occupait pas de nous, de toute façon, toujours en voyage pour son travail. Pas comme papa, m'explique-t-elle, ses larmes refoulées et les poings serrés.

---

[1] Grand-père, aïeul en corse.

Je devine beaucoup de tristesse et de colère contenues et me surprends à ressentir de la peine pour le duo.

Bon, allez, je peux passer un moment avec ces gamins jusqu'à ce que leur paternel revienne et oublier un instant la tâche immense qui m'attend. Après tout, c'est pas comme si j'avais hâte de m'occuper de cette grande maison qui est peut-être hantée, sinistre, sans courant et délabrée.

— OK. Tu penses qu'il en a pour longtemps, ton père ? Et la vraie nounou, elle arrive quand ?

Livia hausse les épaules, glisse la main dans celle de son frère et se dirige vers ce qui semble la pièce à vivre.

— On peut jamais savoir. Une heure, comme plusieurs jours. Mais c'est toi la nouvelle nounou, je t'ai dit, roh la la ! insiste-t-elle en tapant du pied.

— Plusieurs jours !? m'étranglé-je.

— Ben oui, s'il part sur un feu de forêt, réplique-t-elle comme une évidence.

Les rouages de mon cerveau se mettent en branle et mes neurones associent « feu de forêt », « caserne » et « intervention ». Cela confirme ce que je pensais.

— Ton papa est pompier ? demandé-je en la suivant vers la volée de marches qui mène à l'étage.

À mi-chemin, je stoppe, interdite face à la vue sur Ile Rousse en contrebas. Elle est époustouflante de cet endroit. C'est une image de carte postale qu'offrent les baies vitrées occupant tout un pan de mur et par lesquelles la lumière entre à flot. D'ici, on peut voir le phare, les ferries à quais, le port de plaisance et à l'horizon, le bleu turquoise de la mer qui se dispute avec celui du ciel sans nuages.

— Ouais, pompier bénévole. Sinon, il est architecte. C'est lui qui a fait les plans pour la maison. Et là, tu vois, il travaille pour un acteur de cinéma, je sais pas son nom, ajoute Livia en désignant des documents sur une immense table de travail face à la terrasse qui parait faire le tour de la maison. Papa bosse ici quand on regarde la télé ou qu'on joue là, devant. Comme ça, il peut nous surveiller. Sinon, il a un grand bureau en haut. Faut que tu prennes Lisandru dans tes bras pour monter. Papa lui interdit de le faire parce qu'il y a pas de rampe à l'escalier.

Ce que je constate. Une montée du plus bel effet, mais très dangereuse de mon point de vue.

— Et ton frère, il n'essaie pas quand même ? commenté-je en grimpant, le petit bonhomme dans mes bras et pas rassurée du tout tant je suis acrophobe.

Je rase le mur tandis que Livia sautille presque à mes côtés tout en m'assurant que non, que Lisandru est très sage et qu'ils obéissent toujours à leur père.

— Mais c'est maman qu'a voulu comme ça. Papa disait qu'il en fallait une, que c'était trop dangereux pour nous. Mais il sait pas dire non à maman… et il aimait lui faire plaisir. Tout le temps.

Arrivée sur le palier, je soupire de soulagement et suis Livia dans la chambre de son frère aux douces teintes pastel.

— Tu as tout ce qui te faut, là, m'informe-t-elle en me désignant divers flacons disposés autour de la table à langer.

Je couche l'enfant, particulièrement silencieux, qui retire son Fedora pour me le poser sur la tête.

Bon, je fais quoi maintenant ? me demandé-je en examinant les produits avec circonspection, n'ayant jamais changé une couche de ma vie. Mes copines sont toutes pro-célibat, carriéristes et ne possèdent aucune fibre maternelle. Je n'ai ni neveu ni nièce et donc, aucun entraînement.

— T'as jamais fait ça? s'étonne la gamine, visiblement consciente de mon désarroi.

— Euh, non, avoué-je spontanément.

— Pousse-toi.

Je ne me fais pas prier et la découvre experte en la matière. Le bambin rit sous les baisers qu'elle lui dispense et tente de lui attraper les cheveux.

— Voilà, c'est fait ! On peut redescendre.

— Tu n'avais pas vraiment besoin de moi, finalement.

— Ben si, pour monter et descendre les escaliers. Il est lourd quand même, et je pourrais le faire tomber. Viens, on va lui préparer son goûter.

Arrivés au bas des marches, une porte qui s'ouvre avec fracas nous surprend. Effrayée par cette entrée soudaine, je pousse Livia derrière moi.

— Qui êtes-vous ? aboie le propriétaire des lieux de retour dans sa tenue de pompier.

Je le trouverais presque sexy, vu mon goût immodéré pour les hommes en uniforme… Du moins s'il ne me hurlait pas après.

— Eh bien, il est temps de vous en inquiéter ! Vous êtes totalement irresponsable ! beuglé-je à mon tour. Totalement malade. Sans même savoir qui je suis, vous me collez vos petits et tournez les talons. Et c'est vous qui êtes en colère ?

— Ne criez pas, ça fait peur à Lisandru, nous enjoint Livia en récupérant son frère dans ses bras pour s'éloigner et calmer le gosse en pleurs.

Merde !

— Désolée, nous excusons-nous de concert avec son père.

Lorsque le calme revient, mon nouveau voisin reprend la parole d'une voix plus posée :

— Je vous ai prise pour la remplaçante de Justine, ma nounou. Elle est bloquée, mais m'avait promis de trouver quelqu'un pour la remplacer. Ce n'est qu'une fois dans le VSAV[2] que j'ai lu son texto comme quoi personne n'était disponible. J'ai paniqué… Heureusement que quelqu'un a pu prendre ma place.

Je comprends mieux, mais ne suis pas pour autant plus calme, surtout en constatant que cet homme est d'une beauté affriolante.

— Bah, par chance pour vous, je ne suis pas une psychopathe.

— Vous auriez pu vous présenter, me reproche le beau pompier.

— Vous ne m'avez pas laissé le temps. Je venais chercher de l'aide. Les voisins du bas de la rue m'ont pratiquement claqué la porte au nez. J'espérais…

— Vous êtes visiblement parisienne.

— Super ! Donc ceci explique cela ? le questionné-je agacée.

— Eh bien, oui et non. Ici comme ailleurs, certaines personnes ont des a priori sur les étrangers. Il faut avouer que la dernière famille de Parisiens qui a trainé par ici était odieuse, alors forcément… votre accent n'aide pas. Il rappelle de mauvais souvenirs.

Quel toupet ! Pourtant, je ne relève pas, car une telle honnêteté ne peut pas être blâmée. C'est rare de nos jours, l'absence de complaisance.

---

[2] Véhicule de Secours et d'Assistance aux Victimes.

— Et je peux savoir quelle maison vous avez achetée ? J'ignorais qu'il y en avait à vendre, demande-t-il en fronçant les sourcils.

Merde alors, ça le rend encore plus sexy.

— J'ai hérité de la maison des Poli.

— Vous devez partir.

— Quoi !?

— Allez-vous-en, exige-t-il dans un grognement, sa main sur mon avant-bras pour m'attirer vers la sortie.

— Mais… que… quoi…

Et me voilà catapultée dehors aussi vite que je suis entrée, sans l'once d'une explication. La porte claque avant que je ne puisse insulter l'affreux personnage. Quand je dis « affreux », je ne fais pas allusion à son physique. Parce que pour le coup, le malotru est du genre canon et tout à fait mon type : brun, cheveux courts en bataille, yeux d'un vert sombre, mâchoire carrée ourlée d'un soupçon de barbe, nez droit, lèvres fines, mais sensuelles, un corps svelte et musclé par les exercices sportifs dûs à sa profession parallèle. Tout du moins son t-shirt ajusté le laissait-il supposer, confirmé par le contact de mes doigts sur ses abdominaux lors de notre très courte collision. Pour ce qui en est de sa personnalité, lui et moi, ça ne va pas le faire. Mais pas du tout !

Ce mec est totalement à la masse. Pas étonnant que sa femme se soit barrée !

Et son comportement confirme mon sentiment de départ ! Les Corses sont froids, distants et peu avenants. Lui certainement plus que tous les Corses réunis ! J'avoue que malgré mes a priori, je ne m'attendais pas à un tel accueil. Heureusement que je ne suis que de passage ! La bicoque remise en état pour la vente et le mystère autour de mon héritage élucidé, ciao la compagnie ! J'ai ma vie à Paris, moi, un boulot sympa, une bande de copines, une sœur de cœur, un petit ami… Je me stoppe net dans mon élan, là, à mi-chemin entre la maison du pompier et la ruine dont je viens d'hériter.

Eh non Marie, tu l'as largué ce petit ami et… démissionné pour l'avoir surpris avec sa secrétaire. Envolées les vacances, nue sous le soleil des tropiques. Et pour couronner le tout, te voilà au chômage.

Le souvenir de ces derniers jours infects revient me frapper de plein fouet. J'avais presque oublié… Ma discussion avec Inès me semble si loin… Dire que je me demandais s'il allait me passer la bague au doigt… Oui, oui ! J'y croyais quand même. Et dire que je me prétendais trop prise par le travail pour venir ici m'occuper de cette maison. Maison que je regagne tête baissée.

OK, il reste une vie sympa, ma meilleure amie, des copines... Enfin, je crois.

2 : Une Poli dans ma vie

Alessandro

Le lendemain.

Lorsque je pénètre dans le salon de la résidence *Rossa*, lieu de rendez-vous avec mon client, j'y découvre ma nouvelle voisine, attablée devant son petit-déjeuner. *Qu'est-ce qu'elle fout ici ?* À mon entrée, elle lève les yeux vers moi, grimace, visiblement peu ravie de me voir. Sa présence en ce lieu me surprend et m'intrigue... Je la pensais chez elle. Enfin, c'est ce que je me suis dit en passant devant la grande bâtisse ce matin. Tout à mon étonnement, Lisandru en profite pour se libérer de ma main et se précipite vers la jeune femme. Celle-ci laisse échapper un petit cri de surprise – ou de frayeur –, alors que, dans sa hâte à l'approcher, mon fils tire sur la nappe et renverse sa tasse de café sur des documents qu'apparemment elle consultait.

Je fonce vers elle, serviettes en papier en main pour l'aider à éponger les dégâts, tandis que mon petit bonhomme fond en larmes.

— Tout va bien, déclaré-je pour l'apaiser.

Mon enfant est hyper sensible depuis le départ de sa mère. Mère qui a préféré une vie plus passionnante et un homme correspondant à ses attentes. Mon fils peine à s'habituer à son absence, même si cette dernière ne lui accordait qu'un minimum d'attention.

La belle brunette aux yeux verts repousse mon aide, regroupe les feuillets tâchés en marmonnant entre ses dents et se lève si brusquement qu'elle bouscule sa chaise qui heurte le sol avec fracas. Aussitôt, Lisandru se remet à pleurer, effrayé. Le tempérament colérique de Giulia ayant rythmé notre vie commune de disputes et de vaisselle brisée, pas étonnant que ce bout de chou soit si réactif.

Aussitôt, un serveur inquiet se précipite. Je rassure l'employé saisonnier qui s'empresse de remettre de l'ordre et propose un nouveau café à sa cliente, qu'elle refuse.

— Je suis vraiment désolé. Mon gosse est très émotif et…

— Oh, j'ai droit à des excuses après avoir été jetée dehors comme une malpropre ? m'assène la jeune femme, manifestement furieuse.

Je dois admettre avoir probablement surréagi, mais me trouver face à une descendante des personnes responsables des drames passés n'avait pas manqué de faire ressurgir la colère que je ressentais envers les Poli. Colère et haine longtemps attisées par ma grand-mère. La lignée des Poli apparemment éteinte, mes aïeux décédés, la rancœur ancestrale s'était essoufflée quelques années après l'accident de mon père. Du moins je le croyais, jusqu'à ce que cette étrangère m'annonce en être une héritière. J'avoue avoir agi avec impétuosité, alors que je ne suis d'ordinaire ni violent ni agressif. Je suis plutôt du genre courtois et assez cool en général.

— J'ai été surpris… C'est… tellement déconcertant d'apprendre qu'il reste un membre des Poli encore vivant après tout ce temps, tenté-je de me justifier.

— Eh bien, je n'en suis pas un. Je ne sais pas pourquoi je me retrouve avec cette ruine, se défend la jeune femme.

Sa réponse m'étonne. Comment donc peut-elle hériter de cette demeure close depuis le départ de la mère de Marissa ? Presque vingt ans maintenant. Je m'abstiens d'aborder les histoires de famille et ses secrets, de ceux que l'on ne partage pas avec des étrangers. Si elle les ignore – à moins qu'elle joue la comédie –, ce n'est pas à moi, dont le clan fut impacté par la tragédie, de les lui révéler.

— J'espère obtenir des réponses auprès du notaire, poursuit-elle en lissant sa jolie robe printanière. Cependant, cela n'explique pas votre odieux comportement, bien pire que la froideur du voisinage. Vos parents ne vous ont pas appris les bonnes manières ? Les miens, oui.

Gêné, je me dandine d'un pied sur l'autre, mon fiston, calmé, son pouce à la bouche dans mes bras.

— Sûrement qu'il le fera, déclaré-je, toutefois peu convaincu qu'elle apprenne de sa bouche tous les tenants et aboutissants de notre conflit familial.

— C'est tout ce que vous trouvez à dire ? Rien sur votre attitude abjecte ?

L'expression de son visage est à mourir de rire. Je me mords l'intérieur des joues pour ne pas lui montrer mon amusement.

— J'ai un rendez-vous important, éludé-je. Au revoir… et bon courage.

Parce qu'il va lui en falloir pour s'adapter et découvrir pourquoi elle se retrouve avec ce cadeau empoisonné.

— Crétin, entends-je dans mon dos tandis que je m'éloigne.

Dommage qu'elle ne puisse pas voir mon petit sourire en coin. Car oui, malgré mon comportement de la veille, aujourd'hui, cette fille m'amuse un peu, elle et sa petite robe en fleurs…

Vers onze heures, je sirote ma Pietra[3] à la *Brasserie du Port* avant de remonter vers Monticello, petite commune sur les hauts d'Ile Rousse, mon lieu de résidence. Je m'arrête à la boulangerie et découvre que les commérages y vont bon train. Bien évidemment, ils portent tous sur l'arrivée de la « pinzuta[4] ». À part moi, tous ignorent que la demeure des Poli n'a pas été « achetée », mais « héritée », ce qui déchainerait les langues. Je me garde de le révéler, ma tranquillité en serait perturbée. Il me suffit d'entendre

---

[3] Bière corse.

[4] Étrangère.

les « pourquoi et comment elle a fait pour acheter ça ? ». J'écoute en silence, jusqu'à ce que ma présence soit remarquée. Aussitôt, tous les regards convergent vers moi, et je suis immédiatement assailli de questions. Je n'ai rien à répondre et réalise que j'ignore jusqu'à son nom, comme elle le mien, l'étape présentation ayant totalement été occultée avec le fâcheux malentendu de départ. Je prends conscience de mon énorme bévue et des risques que j'ai fait prendre à mes enfants en les laissant avec une inconnue. Pour excuse : la discussion houleuse avec Giulia quelques minutes plus tôt, motif futile pour me dédouaner. J'écoute, me tais malgré les tentatives pour m'inclure dans la conversation et bats en retraite aussitôt servi. Installés sur les bancs à l'ombre d'arbres centenaires, les hommes les plus âgés du village, béret sur la tête et cigarette au bec, m'observent sans piper mot, tandis que je traverse la place pour rejoindre l'école. Nul n'ignore que les Cantini et les Poli sont liés depuis des générations. Et bien plus encore depuis l'affaire qui a défrayé la chronique et que l'ouverture de la maison vient de raviver. Comme dans de nombreuses petites communes, rien n'échappe aux habitants curieux et avides de cancans. Pour l'instant, le départ de ma femme, mannequin toujours en voyage, est passé inaperçu. Seuls quelques proches en sont informés, mais je ne doute pas que, bientôt, je deviendrai la cible de nouvelles rumeurs. Aujourd'hui, je dois déjà faire face à celle-ci.

Dès que Lisandru aperçoit Livia, il court vers elle de sa démarche incertaine. Ma fille s'accroupit pour le laisser se jeter dans ses bras, le câliner, avant de m'embrasser. Ma princesse fait preuve d'une grande maturité pour son âge et veille sur son frère comme une mère poule depuis sa naissance inattendue qui mit à mal mon couple. Personnellement je ne l'en incrimine pas, contrairement à sa mère. J'adore mes gosses, ils sont toute ma vie. Je me sacrifierais pour eux.

— Babbu[5], ce soir, c'est les vacances. Si on allait manger à l'*A Rusta* ? J'ai trop envie de pizza.

Ah les enfants… Ils pensent au diner alors qu'ils n'ont pas encore pris leur déjeuner ! Je leur ai prévu de la purée et du jambon pour midi. La pizza de ce soir vient de détrôner les brocolis vapeur et le filet de colin initialement prévu.

---

[5] Papa

— OK. Mais pas tard, parce que j'ai du boulot en retard.

— Mais on va quand même chez missia[6], ce week-end ?

Ma fille adore son grand-père et cette propriété familiale cernée d'oliviers, nichée près du lac de Codole, lieu de résidence de mon père et dont mon oncle, Toni, s'occupe à temps partiel. Une étable héberge quelques ânes et chevaux, dont le poney de Lisandru, la placide jument de Livia et Paganece, mon étalon, que je fais parfois concourir. Ma princesse me saute au cou, ravie de mon accord.

— Tu as revu la voisine ? me demande-t-elle tout de go, passant du coq à l'âne. Faudra t'excuser. La pauvre, elle a pas de courant et peut-être pas d'eau, s'émeut ma fille.

— Ne t'inquiète pas, elle a dormi à l'hôtel, la rassuré-je.

— Ah oui ? Tu lui as reparlé, alors ?

On pourrait croire que ces questions proviennent de la bouche d'une petite amie jalouse. Pourtant, elles jaillissent tout droit des lèvres de ma fille, très mature pour son âge.

— Je l'ai croisée en ville.

— Elle a l'air gentille.

— Peut-être.

Lorsque je passe devant la demeure de celle qui alimente les conversations, je constate que les volets sont ouverts et que mademoiselle discute au téléphone sur le pas de sa porte. Je ne sais pas qui elle peut bien invectiver, mais son interlocuteur ne semble pas à la fête. À peine garé devant chez nous, ma fille se rue vers la jeune femme qui s'emporte, lançant apparemment des « allo » dans le vide. Furieuse, elle se défoule sur la poubelle à sa portée et pousse un hurlement de douleur en retour, puis entre en claudiquant chez elle, suivie d'une Livia alarmée, à ce que j'entends. Malgré moi, j'éclate de rire face à cette scène des plus comiques. Lorsque je défais la ceinture du siège-auto de mon fils, un hurlement me parvient. Le petit dans les bras, je me hâte de rejoindre la bâtisse qu'un immense jardin arboré à l'abandon sépare de la mienne.

— Oh, merde, lâché-je à la vue de Livia hilare tandis que la jeune femme, plaquée contre le mur, paniquée, fait face à un envol de chauve-souris probablement sorties de la cheminée.

---

6 Terme affectueux pour grand-père.

Un coup d'œil à la pièce me laisse appréhender l'étendue des travaux, tout comme le potentiel de cette bicoque pour l'architecte que je suis. Je pourrais lui faire quelques suggestions et même être tenté de l'acquérir en l'état. L'entreprise de mon oncle assumerait la rénovation pour un prix raisonnable malgré les coûts de la marchandise exportée du continent. Mais pour le moment, la priorité est de faire sortir mes enfants et gérer ces bestioles effrayées. Et accessoirement calmer celle qui les excite. L'espace d'un instant, je l'observe, amusé, tressauter à chaque passage de l'une de ces indésirables. Elle fourrage dans ses cheveux, ébouriffant davantage son épaisse chevelure brune aux reflets cuivrés et continue à gesticuler comme une folle. Encore une fois, je dois me mordre les joues pour m'empêcher de rire. Une héritière, oui, mais surtout, un sacré phénomène.

3 : DÉSORDRES EN SÉRIE

Marie

Entendre le père et la fille – auquel se joint le môme, par mimétisme – se moquer, m'énerve au plus haut point. Je sais bien que je dois avoir l'air ridicule, mais bon, quand même !

— Calmez-vous, vous leur faites peur, m'ordonne mon voisin.

Au moment où il me balance cette injonction, une autre de ces cochonneries vient me frôler, ce qui fait que je gigote encore plus.

— Ne bougez plus ! poursuit-il avec la voix chevrotante d'un rire qu'il contient avec peine.

— Elle est bien bonne, celle-là. Si elles nous mordent, on fait quoi ? C'est plein de virus, ces choses-là.

— Liv, rentre à la maison avec ton frère. Tiens, voici les clefs. J'arrive dans deux minutes, juste le temps d'ouvrir les fenêtres. Et vous, restez un peu tranquille, cessez de les exciter.

Facile à dire ! Les bestioles affolées tournent en rond et l'une d'entre elles m'effleure encore au passage. Durant une seconde, j'ai l'impression qu'elle se pose sur ma tête. Je n'y tiens plus et m'enfuis à toutes jambes en couinant comme une souris apeurée. Livia, postée devant chez elle, m'invite d'un mouvement de tête à la suivre, mais au souvenir de ma sortie en fanfare de la veille, je préfère ignorer son invitation. À la place, je me laisse choir contre le muret bordant la propriété d'en face. Quelques minutes plus tard, mes invitées malvenues s'envolent par les baies grandes ouvertes sous le regard de certains riverains peu accueillants la veille. De crainte d'une nouvelle attaque, j'enfouis ma tête entre mes mains et me recroqueville sur mes genoux repliés. Bordel, je suis couverte de sueur !

— Alessandro, ne referme pas tout de suite, attends quelques heures, on ne sait jamais, ordonne une voix de femme près de moi.

Sans même regarder à qui j'ai à faire ni même changer de posture, je réponds ce qui me vient à la tête :

— Mais je ne peux pas laisser la maison comme ça ! m'écrié-je à bout de souffle. Et puis, avec les fenêtres ouvertes, elles risquent de revenir, non ?

— Bah, ma belle, d'une y a rien de bon à voler et pas de cambrioleurs ici et de deux, non pas d'inquiétude, elles vont aller ailleurs. Allez, venez, un petit remontant vous fera du bien.

Alessandro, qui nous a rejoints, m'offre sa main – que j'ignore – pour me relever. Une fois debout, je récupère mon sac et mon téléphone qu'il me tend et glisse ce dernier dans ma besace que je bascule en bandoulière. Je secoue mes vêtements poussiéreux et, retardant le moment de croiser son regard, m'étrangle d'un « merci » contraint. Mes yeux se posent sur la vielle femme qui se tient en face de moi. Je lui accorde un sourire chaleureux puis souffle un bon coup pour me remettre de mes émotions. C'est alors que le goujat bizarre qui est un coup méchant, un coup gentil, prend la parole :

— Nous devrions peut-être enfin nous présenter. Alessandro Cantini.

Eh ben, dis donc, on peut pas dire qu'il soit très ordonné quand il fait les choses… Mieux vaut tard que jamais, hein !

— Marie Nunez, répliqué-je, la main tendue qu'il saisit et serre d'une poigne virile.

Aïe ! Doucement quand même !

— Ce n'est pas du tout corse comme nom, constate la vieille femme qui vient aimablement, à la différence de ceux qui nous dévisagent du bas de la rue, de m'offrir son hospitalité.

— En effet, approuvé-je en essuyant mon front moite d'un revers de main.

— Tu veux manger avec nous ? ajoute-t-elle à l'intention d'Alessandro.

— Merci, mais Ornella est passée, répond ce dernier en s'éloignant.

C'est qui, Ornella ? Et il part comme ça sans rien me dire de plus ? Il est trop bizarre ce type. Oui, bizarre, mais avec un superbe cul que je reluque sans vergogne.

— Alors, ma petite, quel bon vent vous amène dans notre belle région ?

La voisine, que je ne connais pas encore, affiche un visage avenant, de beaux yeux doux, cependant on devine chez elle un fort caractère. Ses rides très marquées semblent chacune porter une histoire, une origine, une justification. Pourtant, elles n'entachent en rien sa grâce manifeste. Elle a dû être très belle du temps de sa jeunesse.

— Un héritage.

— *Oh,* vous êtes parente avec ces Poli ?! s'étonne-t-elle d'un air indéchiffrable.

Va-t-elle me jeter comme une malpropre elle aussi ?

— Non.

— Avec les Ragazzi, alors ?

— Non plus.

— Vous devez bien avoir un lien, lointain tout au moins. Que dit le notaire ?

Elle est bien curieuse, ce qui peut se comprendre, cependant, sa manière de poser des questions, le timbre de sa voix et l'aura qu'elle dégage me donnent envie de me livrer à elle.

— Il m'a remis une lettre. D'après le testament, si je veux savoir pourquoi j'ai reçu ce bien, je dois chercher les réponses dans la maison. Mais que je le veuille ou non, elle m'appartient sans contrepartie.

— Que de mystères ! Comme c'est excitant ! Et qu'en pensent vos parents ?

— Ma mère est morte d'un infarctus l'année dernière. Quant à mon père, il est atteint de sénilité précoce. Une forme d'Alzheimer. Je suis fille unique, comme mes parents. Je n'ai donc ni oncle ni tante qui pourraient m'éclairer.

Je me demande ce qui peut bien m'inciter à me confier à cette octogénaire que je viens à peine de rencontrer. Comme je l'ai dit, elle dégage quelque chose de réconfortant, et c'est aussi probablement parce que, depuis mon arrivée, je souffre de ces regards suspicieux, de ces discussions à voix basse sur mon passage, de ma rupture avec Stéphane. En résumé, je me sens isolée et rejetée sans que j'en comprenne les raisons. La vieille dame commence à avancer vers sa maison, m'intimant de la suivre, ce que je fais.

— Vous savez pourquoi tout le monde me regarde de travers ? Je savais les Corses un peu sauvages, mais quand même !

— Pas plus que d'autres. Mais les clichés et les a priori ont la vie dure. Mon histoire personnelle démontre qu'au contraire, ils sont très accueillants. Voyez-vous, mon époux et moi sommes Carcassonnais d'origine. Nous sommes tombés amoureux de l'île lors de nos premières vacances et sommes venus toutes les suivantes jusqu'à ce que nous décidions d'y résider à temps plein, une fois Richard à la retraite.

— Ah oui ? Et comment ça s'est passé ? lui demandé-je sans vraiment me rendre compte que nous sommes à présent dans l'entrée de sa demeure.

— Nous y avons reçu, dès la première fois, un accueil chaleureux. Depuis le décès de mon époux, je vis seule, entourée de voisins avenants. Mes enfants et petits-enfants viennent tous les étés et ma plus jeune petite-fille, elle, dès qu'elle peut. Elle rêve de vivre ici. Elle s'est liée d'amitié avec quelques enfants du village. Ici, c'est comme ailleurs, ma grande. Les relations se tissent autour d'un respect mutuel. Bien souvent, les individus oublient cette règle essentielle de savoir-vivre, ce qui crée des conflits. Et croyez-moi, il n'en existe pas davantage en Corse que dans n'importe quel endroit du continent.

Je souris faiblement et timidement, savourant les mots réconfortants de cette inconnue qui me rend mon rictus avant de poursuivre :

— Je suis persuadée que vous ferez fondre cette froideur et la méfiance de nos voisins, surtout si vous devenez amie avec Alessandro, très apprécié par tous. Oh mon Dieu, je parle, je parle et je ne me suis pas présentée. Je m'appelle Louise d'Artignac.

La prénommée Louise, si elle me paraît relativement diminuée physiquement, ne manque pas de verve et d'esprit analytique. Elle me rappelle ma grand-mère maternelle, aujourd'hui décédée. Chemin faisant vers la cuisine, tout en boitillant, elle commente l'origine de quelques objets exposés qui lui sont chers, chargés de souvenirs heureux.

— Installez-vous, ma belle. Ornella, ma femme de ménage, m'a préparé du veau à la corse.

Ornella est donc la femme de ménage du quartier… J'en prends note car j'en aurais bien besoin, de ses services.

— Vous êtes sûre ? Je ne veux pas déranger…

— Tss, tss, il y en a bien assez pour deux. Alessandro aurait même pu se joindre à nous avec les petits, c'est pour dire. Et je suis enchantée d'avoir un peu de compagnie. Je ne sors plus beaucoup, à part pour les visites médicales, et encore.

Ce qui explique probablement que je me sois heurtée à une porte close, hier, quand je cherchais à recharger mon téléphone. Je regrette son absence, elle m'aurait évité la déplaisante rencontre avec Alessandro Cantini, pour qui j'éprouve peu d'estime malgré son aide, ses excuses et son physique attirant. Il suscite en moi des pensées délictueuses, pour ne pas dire de mots plus cochons.

Eh ben oui, j'ai des yeux pour voir, et il est sexy, surtout dans sa tenue de pompier.

Une agréable odeur chatouille mes narines, stimule mon appétit, et je me laisse convaincre par mon hôtesse. Son accueil chaleureux me va droit au cœur et le sourire qu'elle me renvoie lorsque j'accepte son invitation me donne envie de lui rendre service en retour, même si le temps passé en sa compagnie perturbe mon planning. Je n'envisageais pas de rester plus de quinze jours, mais vu la situation, un mois suffira à peine, à moins que je renonce à mes projets initiaux. Pour l'instant, je ne suis pas prête à retourner dans ma bicoque, de crainte de retomber sur ces créatures maléfiques, et m'installe à la place désignée par la maîtresse de maison.

— Puisque vous êtes ici depuis longtemps, j'imagine que vous connaissez l'histoire de ces Poli.

— Ah, plus ou moins. C'est une histoire qui remonte à presque trente ans. D'après les racontars, la fille Poli, Marissa, dix-huit ans, bien que fiancée à un Cantini qui s'appelait Gabriel, s'est entichée d'un étranger qu'elle aurait suivi sur le continent. Un an plus tard, Gabriel décédait lors d'une escalade des Aiguilles de Bavella. Son père a toujours réfuté la thèse de la chute accidentelle, le jeune homme étant un sportif accompli. Pour lui, son fils se serait suicidé, sans que rien ne le prouve, parce qu'aucune lettre n'a été trouvée. Il disait que c'était à cause de la trahison de Marissa. Après ce drame, les relations entre les deux familles se sont complètement dégradées. Elles n'arrêtaient pas de se disputer, de s'insulter, jusqu'à ce qu'un jour, l'irréparable se produise : le décès du père de Marissa, dans les mêmes circonstances que Gabriel. Certains locaux parlent de vendetta menée à son terme. Pourtant, Vicente, le père de Gabriel, clamait son innocence et assurait qu'il ne s'agissait que d'un stupide accident. L'enquête a conclu ceci : le père de Marissa a trébuché et s'est cogné contre une pierre du chemin en tombant. Accident qui lui a bêtement coûté la vie. Mais vous savez, les ragots… ici comme ailleurs… Bref, cette tragédie a détruit deux familles.

— Incroyable ! Il est mort d'une banale chute !? Et vous y croyez, vous, à la vendetta ?

— Y croire ou pas ne change rien à l'issue de ce drame.

— Mais qu'est-ce que je peux bien faire là-dedans ? Mes parents n'ont pas d'attaches corses, que je sache. Et pourquoi l'auraient-ils caché s'ils en avaient ? Je suis bien en peine de le savoir, maintenant, me désolé-je en acceptant le verre de liqueur de myrte que Louise m'offre.

— Et qu'allez-vous faire, alors ?

— Franchement ? J'envisageais juste de retaper ce bien et le vendre. Mais la curiosité prend le pas sur le raisonnable. Car qu'est-ce que cela va m'apporter de découvrir mes liens de parenté qui sont forcément éloignés ? Cependant, l'accueil de ce Cantini, qui m'a foutu à la porte de chez lui, hier, en apprenant que j'avais hérité de la bicoque, et les regards sombres des gens que je croise, j'avoue, me donnent envie de comprendre pourquoi j'ai reçu ce cadeau empoisonné. Et peut-être même que pour les faire chi… pour les enquiquiner, je vais la garder, cette foutue baraque !

Pendant que je bois mon verre cul sec, Madame d'Artignac éclate de rire au terme de ma longue litanie.

— Eh bien, ça promet, vous semblez avoir du caractère. Pour ce qui est du comportement de mon voisin, je suis étonnée, cela ne lui ressemble pas. Mais d'autres événements se sont produits par la suite, que les Cantini imputent également aux Poli, j'imagine que votre présence rouvre de vieilles blessures. Mais Alessandro est un jeune homme de son temps…

— Ah oui ! Eh bien, de mon point de vue, il se comporte plutôt comme un sombre connard machiste. Et qu'a-t-il à voir avec cette vieille histoire ? Et moi ? Nous n'étions même pas nés, si je comprends bien, ou tout juste.

— Cette tragédie a détruit sa famille. Son oncle Gabriel décédé, ses parents ne s'en sont pas remis. La mort de Vittorio puis celle de Vicente n'ont pas arrangé la situation, dit-elle en nous resservant à boire.

— Vous habitiez déjà ici, je suppose.

— Nous sommes arrivés quelques mois plus tard, mais étions là quand la maison des Cantini a pris feu.

J'étais sur le point de porter mon verre à la bouche, mais je le repose à la hâte.

— Non ! Ne me dites pas que, là encore, on parle de vengeance ? m'exclamé-je.

La vieille dame hausse les épaules en guise de réponse.

Mais dans quel merdier me suis-je fourrée ?

J'exhale un soupir, extirpe de mon sac la lettre remise par le notaire, pose l'enveloppe toujours close sur la table. Mon prénom y est inscrit dans une belle calligraphie, a priori féminine.

L'octogénaire m'observe en silence, bien que j'imagine que sa curiosité la titille.

— Bien, je crois qu'il est temps de découvrir la première pièce du puzzle qui me révèlera, j'espère, pourquoi l'on me traite comme une pestiférée.

D'une main tremblotante, je retire le feuillet de son contenant, hésitant un instant à le lire. D'un hochement de tête, mon hôtesse m'encourage d'un œil bienveillant.

Mes yeux se posent sur le papier…

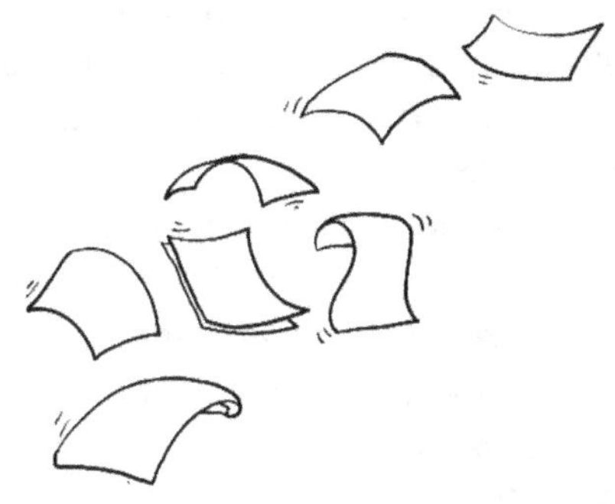

4 : JEU DE PISTE

Marie

Bonjour Marie,

Tu te poses probablement une multitude de questions, je peux le comprendre. Je regrette de ne pouvoir te les donner de vive voix. Tu trouveras les réponses à travers une sorte de jeu de piste. Pourquoi ? Parce que je souhaite te laisser le choix. C'est important de pouvoir décider par soi-même sans être influencé par qui ou quoi que ce soit. Personnellement, certains des miens m'ont été imposés par les événements et, devenue plus sage avec l'âge, j'en ai regretté quelques-uns, j'aurais dû être davantage acteur de mon destin. Or, le regret est un acide qui peut atrocement te ronger. Il a empoisonné ma vie et n'a fait qu'accroître, au fil des ans, ma culpabilité.

J'ignore, au moment où je t'écris cette lettre, l'âge que tu auras quand tu la liras, ni si tu le feras. J'espère qu'il ne sera ni trop tôt ni trop tard pour que tu apprennes le lien qui te lie aux Poli. J'aimerais tant que tu le connaisses, tout en souhaitant le contraire. Ce que tu

découvriras te troublera probablement, ou pas, quelques secrets de famille t'ayant peut-être été révélés.

Je te laisse libre de décider. La liberté est un bien précieux qu'il faut préserver et apprécier à sa juste valeur.

Sache qu'à chaque moment de ta quête, tu pourras fermer la maison et retourner d'où tu viens, parce que tu risques de ne pas aimer ce que tu apprendras à mesure de ton avancée. J'ai l'espoir du contraire. Au terme de tes découvertes, s'il te plait, n'en veux à personne, surtout pas à Lydie et Robin, et ne sois pas en colère. La colère est aussi destructrice que les regrets.

Étape deux : trouve la caissette enterrée dans le jardin. Ci-joint un plan avec les coordonnées.

Bon jeu de piste.

Avec amour. M

L'allusion à mes parents nommément cités, laisse supposer que l'auteur de ce pli les connaît. Madame d'Artignac m'observe, les bras croisés sur sa poitrine, et attend certainement que je fasse un quelconque commentaire. À la place, je glisse les feuilles vers elle et opine d'un signe de tête à son sourcil interrogateur. Ce courrier est privé, certes, bien qu'il ne révèle pas grand-chose, et j'ai besoin d'un avis extérieur. Je pourrais le prendre auprès d'Inès, mais je sais déjà quelle sera sa réaction : « *OMG ! Trop excitant et so romantic !* ». Non, j'ai besoin du conseil de quelqu'un de pragmatique, genre mon père qui, malheureusement, a perdu la raison. Appeler Stef n'est plus une option. En une journée, j'ai perdu mon job et mon petit ami en claquant la porte de son bureau. Sans ce clash, j'aurais ignoré cet héritage, demandé à mon notaire de gérer ce bien, le vendre… J'en suis persuadée.

— Eh bien !

— Vous en pensez quoi ?

— J'ai une petite idée, mais malheureusement, ma grande, je ne peux pas la partager avec vous. Pour l'instant. Comme le laisse entendre l'expéditeur, vous devez cheminer toute seule.

Je me renfrogne. J'attendais plus de cette femme aux airs de grand-mère bienveillante et qui en sait pas mal sur les Poli.

Ma famille, on dirait. Ou bien ceux avec qui j'ai juste des liens, sans pour autant qu'en nous coule le même sang.

— OK ! déclaré-je en me levant. Je vais me débrouiller. Vous auriez une pelle ?

— Une pelle ? s'étonne la vieille dame.

— Oui, vous savez, ces machins pour creuser.

— Maintenant ? Mais, je ne vous ai même pas servi mon veau, ma petite. Vous n'allez pas creuser le ventre vide quand même !

— Merci, mais, vraiment, je me sens barbouillée d'un coup. J'ai besoin de savoir maintenant. Je reviendrai un autre jour, promis. Il me faut juste une pelle, là, tout de suite, déblatéré-je à toute vitesse, comme une enfant pressée de rejoindre la salle de télévision.

Comprenant soudain mon impatience, elle m'oriente vers Alessandro. L'idée d'aller mendier chez lui ne me tente pas. Je soupire, me raisonne. Plus vite j'en aurai terminé avec cette histoire, plus vite je rentrerai pour me lancer à la recherche d'un nouveau poste. Mes trois ans d'expérience devraient m'aider à en décrocher un rapidement. Mes compétences de chef de pub ne sont plus à démontrer, je gérais depuis peu mon propre portefeuille client. Ma colère contre Stéphane revient en force. *Comment a-t-il pu me faire ça ! Espèce de salaud !*

Remontée contre la gent masculine et décidée à ne pas me laisser intimider sans aucune raison par le bel architecte, je récupère mes affaires, remercie Madame d'Artignac avant de sortir pour frapper à sa porte.

— C'est un gentil garçon, malgré la première mauvaise impression qu'il a pu vous donner, le défend Louise comme si elle lisait dans mes pensées.

Postée sur le pas de sa porte, elle croise les bras en me souriant.

— Peut-être. Vous croyez que je peux fermer mes fenêtres ?

— Je pense que oui. Mais j'espère que vous n'envisagez pas de dormir dans ce taudis. La maison me paraît insalubre. Si vous prévoyez de la retaper, Alessandro pourra vous conseiller des personnes compétentes.

— Mouais, on verra. Pour le reste, ne vous inquiétez pas, j'ai une chambre à la résidence Rossa.

— Oh, quel magnifique endroit ! J'espère qu'elle a vue sur la mer ?

— En effet, et le cadre est sublime.

— Alessandro en a dressé les plans. Il est très talentueux et sait accorder les constructions aux lieux, mettre en avant nos paysages sans les dénaturer. Les résultats sont toujours époustouflants et offrent des panoramas grandioses, déclare-t-elle en se courbant difficilement pour ramasser une mauvaise herbe qui dépasse de sa pelouse sur les dalles en pierre de son allée.

Alessandro par ci, Alessandro par-là ! À l'évidence cette femme l'adore.

— Merci, Madame d'Artignac.

— Louise, appelez-moi Louise, et revenez quand vous voulez, ma belle. Je ne suis pas contre quelques visites, même si mon gentil voisin et ses adorables gamins m'honorent assez souvent des leurs. Si j'étais plus vaillante, je garderais bien les petits, mais Lisandru… je ne pourrais pas le suivre.

Son langage châtié, ses objets décoratifs de valeur et son nom à particule laissent entrevoir des origines bourgeoises, et je reviendrai volontiers pour l'écouter discourir sur son passé dont, manifestement, elle aime parler… Et par la même occasion, glaner d'autres informations sur le conflit Poli/Cantini.

— Et vous me raconterez vos découvertes. À très bientôt !

— Promis.

D'un pas décidé, je me dirige vers la maison d'Alessandro au moment où il en sort.

— Auriez-vous une pelle à me prêter, s'il vous plait ?

— Vous comptez jardiner ? s'enquiert-il, apparemment surpris.

Les rayons du soleil qui lèchent subtilement son visage le rendent encore plus sublime. Dommage qu'il soit con, vraiment.

— En quelque sorte, répliqué-je, avare de détails.

— Je dépose Livia à l'école et je vous en donne une à mon retour.

La gamine, à ses côtés, m'adresse un sourire qui illumine ses traits et creuse deux fossettes sur ses joues rebondies. Ses yeux mordorés pétillent de malice, et j'imagine que son père ne s'ennuie pas tous les jours, tant elle doit déborder d'énergie et d'imagination malgré son air réservé et posé. Le petit frère, mutique, me semble plutôt introverti, même si je ne connais pas grand-chose aux comportements des enfants.

En attendant le retour de monsieur Cantini, je retourne chez moi, ferme les vantaux après avoir au préalable examiné les plafonds, sans toutefois oser m'approcher de la cheminée. Au cours de mon inspection, je découvre avec surprise et bonheur, en appuyant accidentellement sur un interrupteur, que le courant est rétabli suite à ma demande. Pas pour longtemps, hélas. L'ampoule grésille, puis s'éteint, et je laisse échapper un flot de grossièretés à l'instant ou le charmant voisin revient, pelle et râteau à la main. Il n'a même pas pris la peine de sonner. *Ah, c'est vrai, la sonnette ne marche pas, évidemment.*

— Qu'est-ce qui se passe encore ?

Je le fusille du regard pour son « encore » déplacé. Ce dernier lève les yeux au ciel. Démunie, je lui explique brièvement la situation.

— Le compteur a dû disjoncter, déclare-t-il en me tendant les outils de jardinage.

— Mouais, et où je vais trouver ce maudit compteur ?

— Au garage, je suppose.

Je l'y suis sans répliquer, décidant de le laisser régler ce nouveau problème. Une odeur de brûlé nous accueille à peine la porte franchie.

— Merde ! s'écrie Alessandro, me bousculant en quittant la pièce.

Le temps que je réagisse, le voilà de retour, extincteur à la main, et m'ordonne de reculer. J'obéis sans rechigner à la vue des flammes qui lèchent le mur face à moi. Quelques minutes suffisent à *mon* pompier pour en venir à bout.

— L'installation n'a pas été entretenue depuis longtemps. Il aurait fallu la refaire de toute façon. Contactez EDF pour qu'ils s'en occupent. Je vous conseille de régler ça avant toute chose, et de trouver un électricien et un plombier en priorité. Si vous voulez mon avis, vous n'êtes pas au bout de vos surprises. J'espère que vous avez touché un peu d'argent en plus de cette maison délabrée.

Sur ces paroles, il tourne les talons. Je ne peux m'empêcher de lui adresser une grimace et lui tirer la langue, comme une gamine. Ce mec m'agace prodigieusement, et j'en ferai bien à ma tête, comme toujours, ne serait-ce que pour le contrarier. Néanmoins, cette fois-ci, je dois admettre que ses conseils sont judicieux, et je m'impose de les suivre en contactant immédiatement le service adéquat.

Inutile de préciser que j'ai maté le cul du diable, *encore une fois*, avant de prendre le téléphone.

5 : Miss catastrophe

Alessandro

Une demi-heure après avoir couché Lisandru et m'être plongé dans mon projet en cours, je m'octroie une pause, accoudé au comptoir de ma cuisine, et mon regard dérive sur la partie du jardin mitoyen avec celui de ma nouvelle voisine. Je recrache mon café en découvrant ce à quoi elle s'occupe. Une minute plus tard, je me poste devant cet aimant à problèmes qui lève la tête vers moi avec un air insolent. Vêtue d'un jean qui souligne sa silhouette toute en courbes et d'un chemisier noué sous ses seins, je peste intérieurement de m'attarder quelques secondes de trop sur sa généreuse poitrine, puis me reprends, vindicatif à l'excès. *Allez, révèle les yeux, mon vieux.*

— Je peux savoir à quoi je dois le saccage de mes platebandes ? hurlé-je en désignant mes pieds de lavande arrachés.

Surprise, elle en fait tomber sa pelle sur ceux encore intacts.

— Mais c'est pas vrai ! Quelle plaie ! Pas de doute, du sang Poli coule dans vos veines.

Debout, les mains sur les hanches, elle me toise malgré sa taille qui ne doit pas excéder les un mètre soixante, alors que je la dépasse de vingt bons centimètres.

— Vos fleurs sont sur *ma* propriété.

— Oh, non, Mademoiselle Nunez, les bornes de nos jardins sont l'olivier, là-bas, et sur la même ligne droite, l'abrico…

Je me stoppe net dans mes gestes en constatant que… *Merde ! Comment est-ce possible ?* J'ai tort.

— Je… je…, bafouillé-je.

Devant son air satisfait et ce sourire qui ourle ses lèvres, au demeurant sensuelles, je me reprends aussitôt :

— OK, j'ai débordé de vingt centimètres. Involontairement, croyez-moi. C'est Livia qui a planté les fleurs après que nous ayons démoli la clôture à demi écroulée, dangereuse pour les enfants.

— Justement, je m'étonnais de l'absence de murs pour séparer les terrains, vu la rancœur entre vos deux familles.

Tiens, elle a l'air d'en avoir appris un peu plus sur le différend qui nous oppose. Par Louise, je présume.

— Vous souhaitez en rajouter une couche ? m'enquiers-je, moqueur, en croisant les bras sur ma poitrine. Avant votre arrivée en fanfare, cette histoire était presque oubliée.

Totalement oubliée par défaut de protagonistes vivants pour attiser les flammes du conflit interfamilial.

— Je ne suis pas là pour raviver une légende. Je cherche juste des informations que seul un jeu de piste ridicule m'apportera.

J'arque un sourcil, interloqué.

— Mais si vous m'aidiez, je n'aurais peut-être pas besoin de bêcher toute l'allée pour trouver cette fichue boîte censée me procurer des réponses.

Sur ce, rageuse, elle ramasse la pelle qu'elle plante d'un mouvement vif dans la terre retournée. L'objet de notre récent différend émet un bruit mat en heurtant un objet enfoui sous mes belles fleurs, tout au moins ce qu'il en reste. Aussitôt la jeune femme s'accroupit et met à jour une caissette en fer.

— Waouh ! Comment avez-vous su qu'elle serait là ? m'étonné-je en m'accroupissant à mon tour.

Pour toute réponse, elle extirpe de la poche de son pantalon un feuillet qu'elle me tend et que je parcours des yeux. Un plan y est crayonné, assorti d'indications. Je la dévisage, cherchant à comprendre tandis qu'elle s'acharne sur la serrure visiblement coincée.

— C'est quoi, ce binz ?

Nos regards se ligotent l'un à l'autre pendant trois secondes. Un court instant, je peine à distinguer l'odeur qui émane de la lavande à celle, sucrée, de mon interlocutrice.

— La première étape d'une chasse au trésor, dit-elle en détournant le regard. Je vous le concède, les Poli sont… particuliers. Oui, parce que des personnes normales m'auraient transmis les documents administratifs faisant état de ma parenté avec eux. Au lieu de quoi, si je veux le savoir, eh bien, je dois reconstituer le puzzle.

— Quel âge avez-vous ? demandé-je, une soudaine idée en tête.

— Quel rapport ?

— J'avais à peine trois ans, je crois, au moment du scandale. Je me demandais si vous étiez née. Probablement pas.

— J'aurai vingt-huit ans dans quelques mois.

— Vous avez été adoptée ?

— Non ! Quelle idée ! s'insurge-t-elle.

— Ce serait plausible.

— Et pourquoi ça ?

Elle se lève, le trésor fraîchement déterré entre ses mains. J'en fais de même avant de lui dévoiler le fond de ma pensée :

— Bah, je me disais que vous pourriez être la fille de Marissa.

— Non, mes parents ne m'auraient jamais caché un truc pareil.

— Vous savez, on a tous des squelettes dissimulés quelque part.

— Les Cantini ont peut-être des secrets honteux à camoufler, mais pas les Nunez, réplique-t-elle sèchement.

— J'ignore ce qu'a pu vous raconter Louise, mais mon grand-père n'a fait de mal à personne. Lisez donc les lettres que je vois dans cette boîte, en espérant que le jeu s'arrêtera là. Et si vous souhaitez connaître un autre aspect de l'histoire, je vous invite à vous joindre à nous ce week-end. Nous rendons visite à mon père qui pourra certainement vous donner sa version des évènements et vous renseigner sur votre famille.

Je prends conscience que je viens de convier cette catastrophe ambulante à la rencontre de mon père. *Quel con... Je vais devoir supporter sa détestable maladresse pendant mon week-end.*

— Et j'apprécierais que vous replantiez ces fleurs. Ma fille s'est donnée beaucoup de mal pour les faire pousser, ajouté-je en m'éloignant à grands pas.

Je ne lui laisse pas le temps de répondre. De toute façon, je suis presque certain qu'elle est en train de grimacer dans mon dos, tout comme il y a quelques heures. Elle se croit maligne, mais elle oublie que j'ai deux enfants…

Une fois de retour chez moi, je me vilipende encore pour cette invitation grotesque, tout en me persuadant que, quoi que contienne cette capsule souvenir, Marie n'acceptera jamais ma proposition. Convaincu et soulagé, je me remets au travail en attendant l'heure de la sortie d'école.

À peine descendue de la voiture, Livia stoppe devant le carnage pas du tout réparé par mon insupportable voisine. Je me demande d'ailleurs où elle peut être.

— Qu'est-ce qui s'est passé ?

— Eh bien, cette partie du jardin n'est pas à nous. Je suis désolé, ma princesse. La… propriétaire y a cherché quelque chose qui…

Alors que j'imagine qu'elle va se mettre à pleurer face aux dégâts, un sourire étire ses lèvres.

— Oh, cool ! Elle a trouvé la boîte, alors ! me coupe-t-elle en se cramponnant aux lanières de son sac à dos.

Elle tourne les talons et sautille vers l'entrée de notre maison. Intrigué et surtout curieux, je la suis à l'intérieur de chez nous. Pendant qu'elle prend ses aises, je pose Lisandru dans le salon, près de ses jouets et rejoins ma fille, campée devant le frigo.

— Comment tu le sais ? Et comment ça se fait que tu sois au courant de cette boîte ?

Livia affiche un de ces airs particuliers qui disent « enfin papa, c'est évident, non ? ».

OK, elle l'a trouvée en jardinant et laissée en place.

— J'espère que j'avais bien refermé et que l'eau est pas rentrée dedans, s'inquiète-t-elle, plus préoccupée par cette fichue caissette que par les dégâts occasionnés et ce bout de jardin qui ne nous appartient pas.

— Parce que tu l'as ouverte ?

— Ben oui, me rétorque-t-elle avec aplomb en sortant une briquette de jus de fruits du réfrigérateur. C'est ce qu'on fait quand on trouve un trésor.

— Et pourquoi l'avoir remise en place ?

— Pour que Marie la trouve, pardi ! Parce que comment elle aurait fait, sinon pour trouver les autres boîtes ?

— Parce qu'il y a en a d'autres ? m'étranglé-je en avalant mon café.

— Ben oui. Au milieu des lettres d'amour, y a un plan.

— Tu as lu le courrier ? Ce n'est pas bien. Il ne t'était pas adressé.

— Je sais, mais juste une ou deux. C'est signé Gabriel. Le tonton qui est mort, tu crois ?

Surpris par la référence à Gabriel, mon verre m'échappe et s'écrase au sol.

— Ça va, papa ? s'alarme ma fille.

— Tout va bien, il m'a juste échappé.

Ma fille se remet à siroter son jus comme si de rien n'était sans se douter de la bombe qu'elle vient de lâcher.

— Allez dans le salon, que je balaie avant que vous ne vous blessiez.

Toute ma curiosité se tourne vers ces lettres. J'admets que j'aimerais en savoir plus… Et comment faire sans approcher cette satanée voisine ?

Alessandro, mon vieux, tu files un mauvais coton.

6 : Toujours dans mes jambes

Alessandro

Cette histoire de lettres m'a fait perdre l'envie de travailler. Malgré moi, je pense à ce jeu de piste sans arrêt. Alors que je sirote une Pietra sur ma terrasse face à la mer, Madame D'Artignac, essoufflée, me rejoint en coupant à travers nos jardins qu'aucune clôture ne sépare. Son arrivée me surprend tant il n'est pas dans ses habitudes de s'introduire chez moi de cette manière.

— Qu'est-ce qui se passe, Louise ? m'inquiété-je en retirant mes jambes de la petite table de jardin.

— C'est la petite Marie, je crois qu'elle a des ennuis !

— Encore ?!

— On ne l'entend pas de ce côté, mais elle hurle. C'est pourquoi je me suis permise de me présenter chez toi si familièrement. Tu ne veux pas aller voir ? suggère-t-elle, sachant pertinemment que je vais m'y coller. Encore.

Non, mais c'est pas vrai ! Ça va durer encore longtemps ce cirque ?

Je souffle, agacé, mais la suis jusqu'à la propriété mitoyenne. Au même instant, Marie dévale les escaliers menant à l'étage. Une chance – ou pas – qu'elle ne se rompe le cou dans sa cavalcade jusqu'au rez-de-chaussée, poursuivie par quelques nouvelles bestioles, des abeilles, si je ne m'abuse, dérangées dans leur habitat. Je la cueille dans mes bras alors qu'elle rate la dernière marche.

— Eh, du calme !

Elle me foudroie du regard, ses iris verts ayant pris des nuances ocre ; une lueur de colère y flamboie, comme si j'étais l'instigateur de toutes ses maladresses. Elle se dégage d'un geste vif et remet de l'ordre dans sa tenue, différente de tout à l'heure : short hyper court et t-shirt moulant tout aussi minimaliste. *Combien de fois se change-t-elle par jour ?* Des reliquats de toiles d'araignée s'entremêlent aux boucles brunes qui encadrent un visage à l'ovale parfait et ses yeux émeraude aux reflets mordorés, malgré la colère qui y sourde, illuminent sa jolie frimousse.

— Alessandro, je crois que tu devrais appeler tes collègues. On dirait que des abeilles ont élu domicile au grenier, intervient Louise.

Merci, Louise, pour l'info ! Je n'avais pas remarqué !

Visiblement, la nature a quelque peu repris ses droits dans cette baraque inhabitée depuis très longtemps. J'appelle donc à la rescousse mes camarades pompiers pendant que Louise entraîne Marie dehors et lui propose de s'installer chez elle pour se remettre de ses nouvelles émotions. Mais cette dernière la remercie, refuse l'invitation, prétextant l'avoir suffisamment dérangée, et s'installe à l'ombre d'un cerisier sur un banc qui me paraît bancal. J'espère qu'avec la poisse qui lui colle à la peau, elle ne se cassera pas la figure.

— Vous pouvez y aller, Louise, je gère, la rassuré-je, sachant que l'octogénaire peine à rester debout trop longtemps.

Et fatiguée par son expédition à travers nos terrains respectifs, je ne veux surtout pas qu'elle s'installe près de Marie sur cette banquette potentiellement instable.

Manquerait plus que toutes les deux se cassent la figure et que Louise se fracture le col du fémur !

Après avoir à nouveau invité Marie à passer chez elle si besoin, elle s'éloigne en claudiquant.

Une demi-heure plus tard, leur mission terminée, mes amis me tapotent gentiment l'épaule, me traitant de « petit veinard », me chuchotant qu'avec une nouvelle voisine aussi sexy, ils ne manqueraient pas d'accourir au moindre souci. C'est lorsque Pierre, notre séducteur de service, s'empresse de tester son charme sur la jeune femme – sans grand succès, cette fois – que je prends conscience de sa beauté, plus naturelle que celle de mon ex-femme, grande, longiligne et sophistiquée. Je m'étonne de ces pensées, mon intérêt pour une personne de sexe féminin émoussé depuis bien longtemps. *Mais je ne suis qu'un mec après tout...*

Marie m'ignorant, le nez plongé dans son téléphone, je retourne chez moi après un dernier regard sur elle, puis sur le pied du banc qui penche dangereusement. Je hausse les épaules ; s'il lâche, elle ne tombera pas de bien haut, et dans l'herbe. Une nouvelle occasion d'accourir à ses hurlements de Parisienne effarouchée par un nid de fourmis rouges !

Quelques heures plus tard, j'emprunte la route reliant Ile Rousse et Monticello, légèrement sinueuse et étroite et qui s'élargit au niveau du lacet à hauteur de la *Rusta.* J'y croise un véhicule arrêté et maugrée dans ma barbe face à l'inconscience du chauffeur stationnant en cet endroit. Je le dépasse en klaxonnant, ce qui lui fait lever la tête. Tout à mon énervement croissant depuis l'arrivée de mademoiselle Nunez dans mon horizon, je ne m'attarde pas sur son identité.

— C'est Marie ! Elle a crevé, on dirait, note Livia.

J'ignore le commentaire de ma fille et me gare sur le parking du restaurant, à un mètre à peine de la jeune femme en difficulté.

— Tu vas pas l'aider ? s'étonne ma gamine.

Je souffle, exaspéré, parce que pour être honnête, je commence à saturer. Cette nana attire les problèmes avec une constance incroyable. Je n'ai jamais rencontré quelqu'un qui en cumule autant en une seule journée.

— Je ne vois pas comment je pourrais faire avec Lisandru dans les bras, argué-je comme excuse après un coup d'œil rapide sur la jeune femme se débattant avec le cric dont, manifestement, elle ne connaît pas le maniement.

— Babbu ! Demande à Lisa de le garder un moment.

Lisa est la propriétaire de la pizzeria dans laquelle nous avons nos habitudes. Je lève les yeux au ciel tout en m'interrogeant sur l'engouement de ma fille pour la pinzuta. Un attrait s'expliquant probablement par la nouveauté et un peu d'animation dans notre vie bien calme depuis le départ de Giulia.

— OK ! consens-je face à son regard implorant.

Ravie, Livia traverse la rue avec précaution pour rejoindre Marie et lui annonce que je vais l'aider. Je dépose mon fils à Lisa et ressort de l'établissement.

— Vous auriez dû vous garer sur le parking, ou tout au moins mettre le triangle et votre gilet fluo. C'est dangereux cet endroit… bougonné-je en les rejoignant. Livia, va rejoindre ton frère dans le restaurant, ordonné-je, ne souhaitant pas la voir traîner au bord de la route.

— Papa… me supplie-t-elle.

— Ton père a raison, me soutient Marie.

— Vous devriez faire de même, je n'ai pas besoin de vous. Une table est réservée. Lisa, la patronne, y surveille mon gosse. Installez-vous, je vous rejoins dans quelques minutes.

Livia glisse sa main dans celle de la jeune femme et l'incite à la suivre. Je m'étonne de sa placidité tant je m'attendais à ce qu'elle résiste. Une fois la roue changée, les mains lavées, je retrouve ma fille en grande discussion avec ma perturbante brunette.

De quoi peuvent-elles parler ?

— J'ai invité Marie à manger avec nous, déclare ma puce, toute fière de sa décision.

Pourquoi cela ne m'étonne pas ?

— Non, c'est moi qui vous invite, rectifie Marie. Je vous dois bien ça ! Et je suis vraiment désolée de vous avoir ennuyé toute la journée.

Ne sachant que répondre face à son inédite douceur, je marmotte un, « c'est rien », entre mes dents.

Le repas s'avère être plus plaisant que je ne le pensais, ponctué de rires et de confidences. J'apprends que l'héritière Poli est sans emploi suite à une rupture récente, qu'elle vit à Paris, mais que ses parents sont Marseillais d'origine, avec des ancêtres espagnols pour son père. Quant à sa mère, elle réalise soudain qu'elle l'ignore.

Puis elle enchaîne sur cet héritage et ce jeu de piste qui la déconcertent. Je parle peu, ma fille monopolisant la conversation, brossant un portrait édulcoré de sa « star » de mère qui ne m'aime malheureusement plus. Je découvre alors que cela l'affecte plus que je ne l'imaginais ; bien plus encore que le peu d'amour qu'elle leur octroie à distance, les couvrant de cadeaux assortis de belles promesses qui ne trompent personne. Je prends conscience de la maturité de ma petite fille, me désole de la voir bien trop responsable et trop vite catapultée dans l'univers adulte. Ses préoccupations devraient être toutes autres à son âge. Devant l'air ébahi de Marie, Livia hausse les épaules et assure que ce n'est pas grave parce que je les aime pour deux, elle et son frère. Puis la conversation dérive sur la capitale, ses attractions, ses musées, les lieux que Marie affectionne, ainsi que les cafés théâtres, les sorties entre copines et Inès, sa meilleure amie, à faire la fête. Livia y oppose mes goûts personnels, des centres d'intérêts plus centrés sur les activités sportives, les randonnées, l'escalade, les balades en bateau, la pêche avec eux, quelques compétitions équestres lorsque j'en ai le temps.

— Le cheval de papa est superbe, c'est un cheval corse, une race très particulière, précise-t-elle en mâchouillant la croûte de sa margherita. Paganece a déjà gagné plusieurs concours, tu sais ? Ma jument s'appelle Blanche et le poney de Lisandru, Paillettes. Tu montes à cheval, toi ?

— Oh non, j'en ai trop peur !

— Dommage, se désole ma gamine. Samedi, on va chez oncle Toni et papi. Je t'aurais prêtée Blanche. Elle est très douce.

À l'allusion du week-end, je m'agite sur ma chaise, songeant à ma proposition. Si j'espérais mon invitation oubliée, Livia vient de la rappeler à la jeune femme. J'imagine qu'elle va répondre négativement.

— Eh bien, ton papa m'a proposé de venir et…

— Super ! la coupe Livia. Tu seras pas obligée de faire du cheval, tu peux aussi pêcher, te promener autour du lac, faire du vélo. Et si on va manger chez Feliceto, tu pourras même te baigner, y a une piscine.

— Houlà ! Tout un programme ! s'exclame Marie en riant.

— Dis oui, implore ma fille.

— Je… Si l'invitation tient toujours… répond Marie en me fixant.

Non vraiment, je ne m'explique pas l'attraction que suscite la jeune femme chez Livia. Je dois admettre qu'il émane de miss catastrophe quelque chose d'indéfinissable, qu'elle est d'une compagnie agréable, attirante pour celui qui veut bien s'attarder sur son physique, comme moi, actuellement. Des lustres qu'une femme ne m'a pas mis en émoi comme en cet instant. J'en rougirais presque aux idées qui me traversent l'esprit, alors que mes yeux peinent à se détacher de sa bouche. *Il serait peut-être temps que je recommence à me masturber.*

— Papa ?

— Pardon, j'étais distrait. Oui, ça tient toujours.

— Yes !

Une fois l'organisation de notre week-end réglé, notre fiadone[7] avalé, nous quittons le restaurant, mi principella[8] excitée comme une puce, mon fils somnolant sur mon épaule, et moi totalement déconcerté par le chemin que prennent les évènements et regrettant cette idée saugrenue de mettre un probable descendant des Poli en relation avec mon paternel. Tout bien considéré, pas certain que celui-ci apprécie. Je décide de ne pas l'informer que je viendrai accompagné.

— Vous êtes sûr que je ne vais pas déranger et que votre père voudra bien répondre à quelques questions ? s'assure Marie, apparemment tout aussi tourmentée que moi.

— Oui, ne vous inquiétez pas. Tout va bien se passer, assuré-je en bouclant les ceintures des enfants.

Vœu pieux auquel j'aspire de tout mon cœur, bien plus qu'une conviction. Heureusement que Livia saura amadouer son grand-père. Elle y parvient toujours. Je mise donc sur elle pour que la visite se déroule sans problèmes et que je ne doive pas ramener notre curieuse invitée, à peine arrivés.

Enchantée par ce week-end en perspective, ma fille, volubile, parvient à transmettre sa bonne humeur à mon taiseux de fils. Elle

7 Dessert à base de brocciu (fromage corse).

8 Princesse en corse

chantonne et son frère rit en baragouinant dans son jargon personnel que seule Livia arrive à décoder.

Quant à moi, je garde les mains bien droites sur le volant, essaie de calmer mes pensées contradictoires et tente d'oublier que Miss Catastrophe – et sa jolie bouche – est parvenue à me troubler ce soir…

7 : Appréhensions

Marie

Quelques heures plus tôt.

Les lettres trouvées dans la boîte retracent la correspondance entre Marissa et Gabriel, son impétueux « fiancé », deux adolescents visiblement très amoureux, et ce depuis leur plus jeune âge, de ce que je devine du courrier unilatéral. Arrivée au terme du contenu de la caissette qui recèle également une bague et quelques photos du jeune garçon aux airs d'Alessandro, je peine à comprendre que Marissa se soit entichée d'un autre. Cependant, la dernière missive laisse supposer une dispute. Je poursuis donc la chasse aux indices concoctée par mon généreux donateur. *Généreux !* Doux euphémisme tant ce bien n'est que source d'ennuis permanents.

Mon excursion au grenier me vaut une nouvelle source d'ennuis, une attaque en règle par des abeilles, guêpes ou frelons – bref, des bestioles qui volent et qui piquent –, et une intervention d'Alessandro mandaté par Louise. À l'évidence, je l'agace. Il souffle, marmonne tout en me dépatouillant des emmerdes qui me tombent sans discontinuer sur la tête. Je l'admets, je ne me présente pas sous mon meilleur jour, et l'avalanche d'incidents dont je suis victime depuis la prise de possession de cet encombrant héritage ne favorise pas de bonnes relations. Gênée, je préfère l'ignorer, ne sachant pas comment me comporter, tout comme avec la gentille Louise.

En un temps record, mon problème d'intruses se voit résolu par ses collègues, dont un me drague ouvertement. Hermétique à son rentre-dedans, je l'ignore. Aucune chance qu'il parvienne à ses fins, d'une part parce que je ne suis pas le genre de fille à cautionner ce type de relations et d'autre part, parce qu'après Stéphane, je n'ai aucune envie d'une nouvelle aventure. J'ai bien d'autres préoccupations en tête, comme le contenu de ce courrier qui, j'espère, ne m'achèvera pas.

Fatiguée, je décide de reporter sa lecture à plus tard et prends la route de mon hôtel, impatiente de m'octroyer une bonne douche, m'allonger sur un transat et peut-être effectuer quelques brasses pour me délasser. Il faut croire que mon quota d'emmerdements pour la journée est hors norme et sans limite : un pneu de ma voiture de location crève avant que j'atteigne mon havre de paix.

Décidément, je les accumule, et en rafales !

Les larmes menacent de me submerger tandis que je bataille avec ce maudit cric, quand Alessandro vient à nouveau me sortir de ce mauvais pas. Et sans savoir comment, je me retrouve à partager sa table. Je ne saurais dire pourquoi, mais le regard insistant d'Alessandro rivé sur moi, tout le long du repas, me trouble plus que de raison. Je le dévisage en retour et il me semble qu'une légère teinte incarnate habille ses joues. Probable élucubration de mon cerveau face à cet homme sexy en diable, sûr de lui, à la bouche sensuelle, troublante invitation à l'embrasser.

Tellement pas moi !

Son genou qui effleure par accident ma jambe nue accentue cette envie de goûter à ses lèvres. Je me morigène intérieurement et réprimande mon corps dissocié de mon cerveau.

Lui, moi, dans la situation abracadabrante actuelle, même pas en rêve ! En d'autres circonstances... peut-être...

Grâce à Livia, cette maudite journée s'achève sur une note plaisante, et je m'étonne de cette facilité à me confier tandis que la petite en fait autant. Sa maturité me déconcerte, tout comme sa manière d'assurer que le manque d'amour de sa mère ne l'affecte pas, qu'elle s'en accommode, son père compensant cette absence. Moi, pour en avoir reçu plus qu'il n'en faut, je m'en attriste. Je peine à comprendre que l'on ne possède pas l'instinct maternel. Visiblement, il n'est pas inné, comme je l'ai toujours pensé.

De retour à mon hôtel, sur ma terrasse face à la mer dont le ressac berce mes pensées agitées, je tente d'analyser les informations censées m'éclairer sur ma place dans cette histoire, tout en tentant de chasser de mon esprit cette illégitime attirance pour le beau Cantini. Mon regard se porte sur l'horizon avant de revenir sur le pli adressé à Marissa, posé sur mes jambes, que je relis une énième fois.

Carissima

Je te demande pardon pour m'être emporté. Mais avoue que c'est ta faute. Comment peux-tu laisser ce pinzutu te tourner autour ? Ne vois-tu pas ce qu'il cherche ? Je ne le laisserai pas faire, Si tu n'arrêtes pas de flirter avec lui, Doumé et moi irons lui régler son compte. Et crois-moi, sa petite gueule amochée ne plaira plus aux filles. Ni à toi. Je ne comprends pas ce qui t'arrive ; en plus, tu me fais honte, à moi et à ta famille aussi. Nous sommes tout comme fiancés. Comment peux-tu me faire ça ! Je t'aime et je croyais que tu m'aimais aussi. Reviens-moi.

Ti tengu cara[9] **Gaby.**

Je laisse tomber le feuillet, intriguée par l'allusion des menaces à l'encontre de Marissa et du téméraire étranger qui semble lui plaire. Manifestement, elle n'en a pas tenu compte

---

[9] Je t'aime/Je tiens à toi.

puisque, d'après les informations de Louise, elle s'est enfuie avec le « pinzutu » après avoir trompé Gabriel. Je ne suis pas certaine d'apprécier cette femme. Je n'adhère pas à ses comportements. J'imagine ce qu'a dû ressentir son petit ami pour souffrir moi-même de la duplicité de Stéphane. Stéphane qui, ce matin encore m'a suppliée de rentrer, de revenir sur ma décision hâtive, se dédouanant par l'éternel ridicule « *ce n'est pas ce que tu crois* », alors que la vision d'elle et lui, le pantalon sur les chevilles, ânonnant au rythme de ses poussées, est à jamais gravée sur ma rétine. Je suis loin d'être idiote, notre séparation professionnelle le dérange davantage que la fin de notre couple. Le « *reviens, je tiens à toi* » me rappelle soudain le dernier mot de Gabriel, et je me demande ce qu'il a pu insinuer avec « *pardonne-moi de m'être emporté* ». À nouveau, je m'inquiète sur l'accueil qui me sera réservé demain, étant moi-même un pinzuntu – merci Google traduction.

Le temps, aux airs d'été indien, étant exceptionnellement chaud en ce mois d'octobre, malgré l'heure tardive, j'enfile un maillot de bain et descends sur la plage illuminée par des torches disposées tout le long d'une allée de bois qui mène jusqu'à la mer, et m'y plonge. Une lune rousse semble faire un clin d'œil aux roches ocre qui cernent la ville – d'où son nom, très probablement – et l'eau scintille sous les reflets rougeoyants de l'astre de la nuit. Après quelques brasses jusqu'aux bouées, je reviens m'envelopper dans un doux peignoir et m'installe sur un transat encore ouvert. Aussitôt, un serveur me propose un cocktail. Le brouhaha ambiant s'accorde au bruit des vagues qui heurtent les rochers encadrant ce lieu enchanteur. Neuf heures sonnent au clocher de l'église toute proche. En me tendant ma boisson, le barman souhaite savoir si je vais dîner sur place et m'informe que quelques tables sont toujours disponibles. Je décline, j'ai dîné tôt avec les Cantini. Et je ne le regrette pas tant je suis vannée. Je somnole presque. Aussi, avant de me ridiculiser en m'endormant en cet endroit, je rejoins ma chambre, détendue par ma baignade, ou par le Mojito fortement dosé en rhum.

Des cauchemars hantent ma nuit. Tout s'y mélange : insectes, incendies, Gabriel en colère, visage d'inconnus, certains étant flous comme celui que je sais pourtant être celui de Marissa. Lorsque Gabriel chute de la falaise, c'est le corps d'Alessandro fracassé qui s'impose à moi sous les rires de Stéphane et son « je t'avais dit que je ne le laisserais pas faire ». Je m'éveille trempée et le cœur tachycarde. L'aube me trouve peu reposée, des cernes mauves ombrent mes yeux.

— Super ! m'exclamé-je face à mon reflet dans le miroir.

M'habiller me prend un temps fou et me laisse hésitante sur la meilleure tenue à adopter. Après plusieurs essayages, j'opte pour une paire de jeans, un t-shirt et des sandales. Satisfaite par mon image, je descends petit-déjeuner. Les regards des hommes glissent sur ma silhouette. *Voilà qui est flatteur.* Je soupire de plaisir en m'installant sur la terrasse. Après toutes mes mésaventures, ces yeux s'égarant sur moi remontent mon moral en berne.

Out Stéphane ! Quant à mon portefeuille clients que tu as tant peur de perdre au point de me supplier… Tu vas voir ce que tu vas voir.

Je m'empresse d'ouvrir ma boîte mail pour informer mes contacts de ma démission et leur assure que je reviendrai vers eux très rapidement, une fois sur mon nouveau poste. Confiante en ma valeur professionnelle, je ne doute pas d'en trouver un dans l'heure si je m'y penchais. Tout à mes occupations, je ne vois pas le temps passer.

— Veuillez m'excuser, mademoiselle, mais monsieur Cantini vous attend depuis presque une demi-heure,

Je sursaute face à la jeune femme de la réception, surprise et confuse de m'être laissée emporter dans mes pensées au point d'oublier mon rendez-vous.

— Pourriez-vous lui dire que j'arrive dans cinq minutes, juste le temps de passer par ma chambre pour chercher mon sac ?

Dans ma précipitation à descendre les marches de l'hôtel, je manque la dernière et Alessandro, accoudé à son 4X4, se précipite pour m'empêcher de chuter.

— Je suis désolée.

— Vous n'aviez rien d'autre à vous mettre ?

Je suis son regard sur mes chaussures que j'estime assorties à ma tenue. Bon, elles sont peut-être un tantinet trop hautes.

— Euh, des tongs ? suggéré-je.

Les mains sur les hanches, Alessandro lève les yeux au ciel. Visiblement, ce n'était pas la réponse attendue.

— Je n'envisageais pas de crapahuter pendant mon séjour, répliqué-je, agacée. Si ça vous dérange, je vais plutôt me faire un spa. Et peut-être que vous devriez aussi, vous êtes toujours prêt à exploser.

— Montez, m'ordonne-t-il froidement.

— J'ai changé d'avis.

— Vous êtes insupportable. Et vous vous demandez pourquoi je m'énerve ?

Je m'apprête à m'insurger, mais le visage radieux de Livia derrière la vitre m'en dissuade et je pousse mon insupportable voisin pour monter dans le véhicule sans son aide, exercice complexe vu ma taille.

Durant le trajet, Livia ne cesse de jacasser tandis que son père tambourine sur le volant au rythme de la musique que diffuse la radio. Lisandru dort comme un bienheureux et moi, je me retiens de me ronger les ongles tant je suis nerveuse.

La vraie question est de savoir si je suis dans cet état à cause du père Cantini, que je m'apprête à rencontrer, ou du fils, assis à ma gauche…

8 : Coup d'éclat

Alessandro

Lorsque je stoppe la voiture dans l'allée, l'angoisse m'étreint et l'idée de faire demi-tour m'effleure. Mais la silhouette de mon père se détache dans le contrejour et, impatient d'embrasser ses petits-enfants, il s'avance déjà vers nous de sa démarche claudicante. Livia, fébrile, sa ceinture de sécurité détachée à peine le 4X4 à l'arrêt, se jette dans ses bras avant même que j'ai le temps d'ouvrir ma portière. Son grand-père, homme bourru et taiseux, n'a jamais été très démonstratif en matière de sentiments. Longtemps, je me suis demandé s'il en éprouvait pour sa famille. La mort prématurée de ma mère, dix ans plus tôt, m'a prouvé qu'il ne faut pas se fier aux apparences et ne pas confondre pudeur avec indifférence. Depuis le départ de Giulia, il m'épaule comme il peut. Seul survivant de l'accident ayant coûté la vie à ma mère et ma sœur, quinze ans au moment du drame, il n'en est cependant pas sorti indemne. Physiquement et psychologiquement. À cinquante-cinq ans, fortement diminué, il ne gère désormais que l'aspect administratif de son affaire. Mon oncle Toni, célibataire, venu le rejoindre quelques mois après la tragédie qui a secoué notre famille, a abandonné temporairement son métier pour devenir oléiculteur, plus ou moins sous la contrainte. Désormais, il prend soin du domaine tout en gérant sa propre entreprise. Je n'ignore pas que mes choix personnels et professionnels ne correspondent pas à leurs attentes, qu'ils espéraient que je m'implique dans la société, mais je n'ai jamais eu goût pour le travail de la terre. À quinze ans, je ne rêvais que de redonner vie aux ruines calcinées de notre demeure ancestrale. L'endroit se prêtait à un projet à la hauteur de ma passion. Quand j'ai atteint la majorité, fuir mon lieu de vie à l'ambiance délétère devint une priorité. Chaque objet de la maison me rappelait la perte d'Olivia et de ma mère. Encore aujourd'hui, leurs derniers livres en cours de lecture attendent qu'elles reviennent la reprendre, posés là où elles les avaient laissés la veille de leur décès. Il m'arrive de les déplacer et aussitôt, ils reprennent leur place initiale. À l'évidence, mon père n'a toujours pas fait son deuil.

— Alessandro ? m'interpelle Marie.

La chaleur de ses doigts sur mon bras me ramène au présent, je m'ébroue intérieurement pour chasser ces tristes souvenirs.

— Désolé, j'étais ailleurs. Venez, je vais vous présenter à ma famille.

J'atteins sa portière avant qu'elle ne puisse descendre et l'aide à le faire.

— Papi, voici Marie, notre nouvelle voisine, annonce ma fille, tandis que j'extraie Lisandru de son siège.

Lorsque je me retourne, le visage blême de mon père me frappe et m'inquiète, mais très vite les couleurs reviennent.

— Merde ! s'exclame mon oncle Toni, lâchant le seau qu'il tient à la main, marquant une surprise que je ne comprends pas.

Devant son air grave, personne ne pipe mot ni se penche pour ramasser le contenu épars. Les yeux des frères se rivent sur mon invitée que je devine mal à l'aise sous ces regards insistants. Celui de Livia navigue entre son grand-père, désormais cramoisi, son grand-oncle visiblement troublé et moi, cherchant à déchiffrer ce qui se passe.

— Je vais boire un verre, j'en ai besoin, et elle… elle dégage, ordonne mon père, inopinément au bord de l'apoplexie, en désignant Marie d'un doigt tremblotant.

Nom de Dieu ! Cette agressivité me déconcerte et me perturbe. Bien évidemment, je ne l'imaginais pas ravi, mais pas aussi belliqueux. D'autant que les présentations n'ont même pas été faites. Comment il a pu conclure si vite que Marie avait pris possession de la vieille demeure des Poli ? Elle aurait pu être une banale nouvelle voisine du quartier…

— Écoute, papa…

— Comment oses-tu amener sa fille ici ?!

Je cale mon fils sur ma hanche et mon regard désolé accroche celui de mon invitée décomposée.

— Doumé, c'est du passé tout ça, tente mon oncle.

— Le passé ! tonne mon père. Tu ne peux pas oublier que sa traînée de mère est la cause de toutes nos emmerdes ! Gabriel est mort à cause d'elle !

— Tout d'abord, rien ne prouve que Marie soit ce que tu prétends, interviens-je. Cette fille, comme tu dis, s'appelle Nunez. Et quoi qu'il en soit, elle ne peut être tenue responsable d'événements vieux de presque trente ans !

— Nunez, pff, c'est une Poli ! Y a qu'à la regarder ! peste mon géniteur dont la rage monte crescendo.

Ma fille, paniquée par la colère subite de son aïeul, se détache de lui et vient récupérer Lisandru en larmes pour l'éloigner de notre querelle. Toni, face à la situation qui dégénère, s'efforce de calmer son frère :

— Arrêtez un peu tous les deux, vous affolez les enfants et le petit n'a pas besoin de ça. Bien que cette jeune femme soit tout le portrait de Marissa, Alessandro a raison, on ne peut l'incriminer pour les erreurs commises par une ado de tout juste dix-huit ans entichée d'un beau parleur. La belle histoire !

— Mais tout est de sa faute ! Des promesses brisées pour un petit con. Des familles détruites. Et on en parle des décès ? Gabriel s'est suicidé, nos pères se sont battus et l'un deux en est mort. Notre maison a été incendiée, je suis le seul survivant d'un accident de voiture et regardez-moi bien : je tiens à peine debout.

Un ronronnement de moteur attire notre attention vers mon SUV. Marie au volant, mes enfants installés à l'arrière, amorce un demi-tour dans l'allée. *Putain, mais qu'est-ce qu'elle fait ?!*

— Eh, où est-ce que vous allez comme ça ? l'interpellé-je.

— Quand vous aurez cessé de vous battre entre Cantini, venez récupérer les gosses à l'hôtel. Ils n'ont pas à assister à cette affreuse dispute, et moi, je ne mérite pas d'être traitée de la sorte alors que vous ne me connaissez même pas.

— Je vais appeler les gendarmes et la faire arrêter, cette petite salope ! vocifère mon père.

Là, il va trop loin.

— Les gendarmes ? C'est nouveau ça ! me marré-je, connaissant ses sentiments envers la maréchaussée. Non, mais j'y crois pas.

Mon père ne se calme pas pour un sou.

— Tu ne vas rien faire du tout ! hurlé-je en lui arrachant son téléphone des mains. Tu as assez foutu le bordel comme ça. Les gamins sont en sécurité avec Marie.

Enfin, j'espère que « miss catastrophe » les mènera à bon port.

— Tu es de son côté avec tout ce que tu sais ? s'emporte mon paternel qui, s'il n'était pas aussi affaibli, m'aurait probablement fichu son poing sur la figure.

— Écoute-moi bien, papa : cette nana, je viens à peine de la rencontrer. Elle a débarqué et cherche ses origines parce qu'elle a hérité de la propriété des Poli. Elle ne connait pas Marissa, sa mère s'appelle Lydie et son père Robin. En venant ici, je pensais que tu pourrais l'aider.

Je voulais lui apporter des réponses pour qu'elle retourne au plus vite chez elle. Cependant, je constate que la situation m'a totalement échappé.

— Et tu laisses tes gosses avec une étrangère ?

— Les petits l'aiment bien et j'ai confiance. Ils seront à son hôtel, comme elle l'a dit.

— C'est une Poli ! Forcément source de problèmes, s'emporte mon père.

Je dois admettre qu'elle l'est, Poli ou pas. Mais je ne suis pas inquiet. Enfin, pas trop.

— Sans aucun doute, c'est la fille de Marissa, assure mon oncle, qui revient avec un album photos à la main. Regarde.

Je me saisis du cliché qu'il me tend. Je reconnais Gabriel étreignant une adolescente qui fixe le photographe. J'en reste abasourdi. Même sourire, même regard effronté que mon envahissante et perturbante voisine.

— Si c'est pas une preuve, ça ! crache mon père, toujours furibond.

Malgré la ressemblance saisissante, rien n'atteste avec certitude son ascendance avec les Poli. *Les sosies, ça existe !* pensé-je sans y croire.

— Allez, viens, je te ramène, décrète mon oncle à qui je rends la photo. Garde-la, tu lui donneras.

— Hors de question ! hurle mon géniteur en essayant de s'en saisir.

— Écoute, Dominique, tu nous fatigues, là. Cette photo vient de mon album, OK ? Alors j'en fais ce que je veux. Va boire un coup, après tout, un de plus, un de moins… Moi, je ramène le petit, et j'espère que tu seras calmé à mon retour.

Il sera probablement saoul, comme souvent, et endormi sur le canapé, pensé-je.

Ignorant son frère qui maugrée dans sa barbe, Toni m'entraîne vers sa voiture. Sur le chemin vers Ile Rousse, il m'interroge sur Marie. Je lui narre notre rencontre, sa propension à se mettre dans la panade, comment elle a saccagé mes lavandes. Je lui parle du jeu de piste et des motivations étranges de son instigateur.

— C'est probablement Marissa qui est derrière tout ça, et elle ne veut pas la brusquer après tout ce temps, suppose mon oncle en regardant la route. Je ne pensais pas que sa fille débarquerait.

— Comment aurais-tu pu le savoir ?

— J'ai longtemps correspondu avec elle. Nous étions très amis. Je sais tout ce qui s'est passé dans sa vie. Son amourette avec le pinzutu s'est très vite terminée, quelques mois après la naissance de Marie à Marseille. Quelques années plus tard, elle a rencontré un type, un chic type. La petite était déjà adoptée, elle a donc suivi Yann au Canada et ils ont eu un fils ensemble Ça remonte à une vingtaine d'années maintenant. Après ça le contact s'est rompu.

Je reste abasourdi face à cette révélation… Il confirme donc bien que Marie est la fille de Marissa et qu'en plus, ils étaient amis !

— Je croyais que vous la détestiez !

— Pas moi. Nous étions tous amoureux de Marissa, déclare mon oncle comme si ces paroles justifiaient ses actes et ceux de mon père. Mais elle n'avait d'yeux que pour Gabriel, peut-être parce qu'elle nous trouvait trop vieux. Jusqu'à ce que ce fanfaron de pinzutu la drague et qu'elle s'enfuie pour le rejoindre. Quel gâchis !

Tout se mélange et s'imbrique à la fois dans ma tête… La ressemblance et l'évidence des prénoms. Marissa, Marie… C'est un diminutif que toutes les Marissa du monde auraient envisagé pour leur fille.

— Eh bien, Marie n'est pas au bout de ses surprises. Apprendre son adoption, l'existence d'un frangin… À sa place, je ne serais pas certain d'apprécier la nouvelle. Personnellement, j'en voudrais beaucoup à ma mère d'avoir fondé une autre famille après m'avoir abandonné à des étrangers.

— On ne peut pas juger des décisions prises par Marissa. Pour les comprendre, il faudrait chausser ses godasses. De l'extérieur, ce que l'on perçoit est toujours faussé. Tu n'as qu'à regarder notre histoire. Les gens s'imaginent que tous les ennuis que nous avons essuyés sont le résultat d'une vendetta entre nos familles. Mais c'est faux.

— Pourtant, papa estime que…

— Ton père interprète les événements comme ça l'arrange. On peut émettre des doutes sur l'incendie. Mais pas sur l'accident qui a coûté la vie à ta mère et ta sœur. Celui-là, Doumé en est seul responsable.

Je hausse un sourcil, surpris.

— Comment ?

— Comme je l'ai dit, c'était un accident. Il n'a pas pu contrôler le véhicule, et voilà.

Je devine ce qu'il sous-entend et que je refuse de reconnaître depuis longtemps : l'alcoolisme de mon père, déjà latent à l'époque. Était-il ivre ce jour-là ? Et rongé par la culpabilité, se dédouanerait-il en incriminant d'autres personnes, cette famille qu'il exècre depuis la mort de son jeune frère ? Je préfère ne pas y songer, au risque de le haïr pour m'avoir privé de ma mère et de ma sœur.

Sur le reste du trajet, je ne cesse de fixer la photo que je tiens entre mes mains. Si Marie est vraiment la fille de Marissa, alors elle n'est pas au bout de ses peines. Moi non plus, d'ailleurs.

9 : Contre coup

Marie

— Tu sais, mon papi, il est un peu lourd, des fois. Mais c'est quelqu'un de très gentil. Je comprends pas pourquoi il était si en colère et pourquoi ils se sont criés dessus.

— Hum, je crois que je mets un peu la pagaille autour de moi, en ce moment.

— Ah oui ! Un peu. Papa t'appelle « miss catastrophe » ! déclare Livia en riant.

J'avoue, je les accumule ces derniers jours, la faute à pas de chance. C'est bien pour cette raison que je fais particulièrement attention à ma conduite en ce moment même. Il ne manquerait plus que je nous envoie dans le décor.

— Tout ça, c'est à cause des lettres ?

— Des lettres ? Quelles lettres ?

— Ben, celles que tu as trouvées dans la boîte au milieu des lavandes. Y en a une autre sous l'olivier, ajoute la petite fille sur le ton de la confidence.

— Mais comment le sais-tu ? l'interrogé-je, étonnée par ses révélations.

— J'aime jardiner. Ben, c'est comme ça que je les ai trouvées, m'explique-t-elle visiblement fière d'elle.

Je déglutis en ralentissant un peu.

— Après les avoir déterrées, tu les as laissées à leur place ? demandé-je surprise.

— Pas vraiment, me répond la gamine, visiblement embarrassée.

— Tu as lu le courrier d'abord, deviné-je avant de lui jeter un coup d'œil.

Livia détourne le regard avant de me répondre.

— Papa m'a dit que j'aurais pas dû.

— Ton père est au courant ?

— Que pour celles des lavandes. C'est là que je lui ai dit. Du coup, comme il m'a grondée, j'ai pas parlé de l'autre boîte. Je te dirai où elle est, pour pas que tu abîmes mes fleurs.

— Je suis désolée. Je ne suis pas très douée pour le jardinage.

— C'est pas grave. Tu crois que papa va vite venir ? s'inquiète-t-elle en se triturant la lèvre inférieure.

Je le pense, en effet. Qui laisserait ses gosses avec une foldingue qui les embarque avec elle ? Pour autant, l'ambiance délétère nuisait à l'équilibre émotif du petit que Livia, se comportant en sœur protectrice, avait mis à l'abri dans la voiture. Après avoir beaucoup pleuré, le gamin dort comme un bienheureux. Et moi, face à l'acrimonie du patriarche, je n'ai eu qu'une envie : fuir devant ces Cantini colériques peut-être responsables des évènements du passé. Me revient en mémoire la phrase de Gabriel : « *Je te demande pardon pour m'être emporté* ». Aurait-il agressé Marissa ?

— Ne t'inquiète pas. Il ne va pas tarder, réponds-je en garant le véhicule sur le parking de l'hôtel. En attendant, on va s'installer sur la plage.

— Et comment il va nous trouver, mon papa ?

— Je vais prévenir la réception.

Pendant que les enfants jouent au bord de l'eau, allongée sur un transat, je repasse en boucle l'horrible scène. Mon monde s'écroule. Tout ce que j'ai toujours cru sur mes origines n'était basé que sur un affreux mensonge. Est-ce vrai ? Je peine à y croire, mais ça devient de plus en plus probant. Être adoptée n'est pas un drame en soi. Cependant, j'aurais aimé le découvrir autrement. Je comprends en partie l'idée de la chasse aux indices de Marissa. Ma mère biologique, sans nul doute. Visiblement, notre incroyable ressemblance expliquerait la réaction des Cantini, et à l'évidence, le père Cantini est du genre rancunier.

— Mais pourquoi ma mère adoptive ne m'a-t-elle rien dit ? Je ne l'en aurais pas moins aimée, marmotté-je.

— Tu parles toute seule ? s'informe Livia en levant les yeux vers moi. Tu pleures ?

— Non. Juste du sable dans l'œil, affirmé-je en essuyant la larme ourlant mes cils et que cette petite fille très observatrice n'a pas manqué de voir.

Livia me dévisage, sceptique, et soudain son visage s'illumine.

— Babbu !

Je m'empresse de mettre mes lunettes de soleil – ces Cantini m'ont assez humiliée, je ne souhaite pas qu'ils s'en réjouissent – et me lève pour faire face à Alessandro, accompagné de son oncle. Je remets les clés de la voiture à son propriétaire.

— Bien que je sois, semble-t-il, une catastrophe ambulante, comme vous pouvez le constatez, vos petits vont bien. Je pense qu'à dater de maintenant, il est préférable que nous nous tenions à distance l'un de l'autre. Je mentirais si je me disais ravie d'avoir fait votre connaissance, messieurs Cantini. Le politiquement correct et moi…

Sur ce, je tourne les talons pour rejoindre l'hôtel. Le père de Livia tente de m'intercepter, mais Toni l'en empêche.

— Laisse-la digérer, ce n'est pas facile d'apprendre de but en blanc que tes parents t'ont menti toute ta vie, même par omission, entends-je avant de quitter la plage.

Cette fois-ci, les larmes dévalent le long de mes joues et je ne tente pas de les retenir.

Une fois dans la chambre, la colère prend le pas sur ma peine. En l'instant, je déteste mes parents, adoptifs et biologiques, et cette famille inconnue qui me reproche des faits dont je ne suis en rien responsable. Je me considère plutôt comme une victime de leurs actes, car dans la vie, les responsabilités ne sont jamais unilatérales et rien n'est jamais blanc ou noir. Cependant, je ne m'étonne pas de ces comportements archaïques, tant de journaux font état de drames suite à de sombres histoires familiales. Pour autant, je n'accepte pas de me trouver prise à partie. Cet héritage maudit, je n'en veux pas, ni connaître mes origines qui sèment le trouble dans mon esprit.

Mais qu'est-ce que je fiche ici ?

J'invective Stéphane, le responsable de mes tourments actuels. Sans sa tromperie, je ne serais pas là à arpenter la pièce, à me morfondre, à subir la vindicte populaire pour les péchés de mes ancêtres. Si je parviens à les considérer comme tels.

Sauf qu'apparemment, je suis le fruit d'un adultère, rejetée par la suite par mes géniteurs.

Adultère, tu y vas un peu fort !

Mais elle a trompé Gabriel ! Son fiancé !

Presque fiancé, nuance.

De mon point de vue, un engagement reste un engagement. Je conçois que l'amour ne puisse perdurer toute une vie, s'étioler au fil des ans, que l'on se croit amoureux pour ensuite s'apercevoir qu'il n'en est rien. Cependant, j'estime que l'honnêteté prime. Adepte des ruptures franches et sans bavures, je ne souhaite à personne de surprendre son petit ami dans les bras d'une autre.

Encore moins, le froc sur les chevilles.

Raison pour laquelle je compatis pour Gabriel. L'image d'Alessandro, également abandonné par sa femme, s'impose à moi. Comment peut-elle délaisser ses enfants et cet homme si attentionné ? Parce que malgré le ressentiment que j'éprouve pour cette famille, manifestement, Alessandro semble quelqu'un de bien, et je dois admettre que, face à cette situation, les mâles ne sont pas les seuls salauds dans les histoires de cœur.

10 : Un soutien inattendu

Marie

Durant quelques jours, je tourne en rond et ressasse, assaillie de sentiments ambivalents, partagée entre l'envie de rentrer chez moi et celle de me plonger dans la correspondance de Marissa. Une photo d'elle en compagnie de Gabriel, déposée à la réception par Toni et accompagnée d'une note et de son numéro de téléphone, trône désormais sur le bureau. Sans aucun doute, nous nous ressemblons comme deux gouttes d'eau. Tout particulièrement si l'on compare ce cliché avec celui pris le jour de mes dix-sept ans. Même traits de visage, même sourire, même regard émeraude. Je ne doute plus que Marissa soit ma mère, ce qui me bouleverse et ravive la colère que j'éprouve envers Robin et Lydie. Mille questions tournent en boucle : pourquoi ce silence ? Comment ma mère biologique a-t-elle pu savoir où me trouver ? Comment puis-je hériter d'elle ? Après quelques recherches sur internet, je découvre que pour que ceci soit possible, l'adoption ne doit pas être plénière, car cette dernière, irrévocable, coupe totalement les liens entre l'enfant et sa génitrice. Je déambule en ruminant, plus que jamais indécise, en proie à des sentiments contradictoires, partagée entre ressentiments et mille autres émotions douloureuses envers mes parents adoptifs et biologiques. Un appel d'Inès me distrait de mes atermoiements.

— Alors, les travaux avancent dans ta maison ? J'ai hâte d'avoir un pied-à-terre en Corse.

— C'est une ruine, Inès ! Je ne suis pas certaine de la garder. J'accumule les emmerdes.

— Ah mince ! Tant que ça ?

— Tu n'imagines même pas, soupiré-je, dépitée.

Pendant un quart d'heure, je lui narre mes déboires, ma rencontre avec les Cantini, les secrets de famille.

— Mais c'est trop cool ! s'écrie mon amie, ravie.

— Ah non, ça ne l'est pas du tout ! m'agacé-je.

— Oh, si ! J'aimerais être là ! Et il est comment l'héritier Cantini ?

— Pas mal. Et assez sympa, finalement. En tout cas, ces gosses sont adorables.

Le « pas mal » est de très mauvaise foi. Il est canon, oui !

— Les gosses ? Mais tu n'aimes pas les gamins ! s'étonne Inès.

— Ben, eux, oui.

— Qu'est-ce que tu vas faire, alors ?

— Eh bien, lire ces foutues lettres.

— Attends-moi. C'est peut-être mieux que tu ne sois pas seule pour ça. Je te trouve un peu trop déboussolée par toutes ces nouvelles. Je serai à Calvi à dix-neuf heures.

— Quoi !?

— Je viens de réserver un vol en discutant avec toi. Tu titilles ma curiosité. Et j'ai hâte de rencontrer cet Alessandro !

Houlà, ça promet !

Je ne tente pas de la dissuader. Inès, une fois un projet en tête, n'en démord pas. Je crains que son côté fantasque ne vienne mettre un peu plus la pagaille dans mon quotidien déjà merdique, mon amie étant du genre à me pousser à prendre des décisions fantaisistes, tant elle estime que j'aborde la vie avec trop de sérieux. Et puis, d'un autre côté, ça me fera du bien de la voir.

En attendant son arrivée, je décide de me défouler, enfile un jogging, me cale sur ma playlist et prends le chemin du bord de mer pour un footing.

Une heure plus tard, j'en reviens totalement détendue. Malheureusement, les effets bénéfiques s'estompent avec l'appel de Stéphane. J'ignore pourquoi je daigne encore lui répondre. Mon ex-boy-friend me relance à nouveau, me supplie de revenir, me promet monts et merveilles. Je devine qu'il s'inquiète surtout pour l'avenir de son entreprise et Monsieur tente son va-tout. Au lieu de quoi, son insistance exacerbe mon désir de vengeance.

— Renvoie Maddie et je réfléchirai à un éventuel retour et à la reprise de nos relations. Mais uniquement à titre professionnel.

— Mais je ne peux pas faire ça. Je n'ai aucun motif sérieux…

— Incite ta salope à démissionner, alors, craché-je dans le combiné.

— Marie, mais c'est une secrétaire talentueuse, argue-t-il pour la défendre.

— Ah oui, j'ai eu un petit aperçu de ses talents, persiflé-je en me déshabillant. Pour tout dire, je me moque qu'elle conserve une certaine utilité à tes côtés. Mais au boulot, ce sera elle ou moi. Je pense que tu sauras mettre en balance tes intérêts financiers et personnels. Ne me rappelle qu'une fois ton choix fait.

J'abrège la communication pour ne pas le laisser argumenter. Ce licenciement apaiserait ma colère, me vengerait de l'affront, mais ne changerait rien à la tromperie. Maddie était célibataire, pas lui. Nous étions en couple depuis deux ans, et l'idée qu'il puisse m'avoir trompée à d'autres reprises au cours de cette période m'effleure. Je ne reviendrai pas sur mon départ. Mon portefeuille client sous le bras, celui-ci m'ouvrira la porte de multiples sociétés. À cette idée, sourire de contentement aux lèvres, je me glisse sous la douche, satisfaite d'avoir réglé un de mes problèmes, consciente cependant que deux autres m'attendent. Et pas des moindres.

*

— Oh, mon Dieu ! J'ai bien cru ma dernière heure arriver ! s'exclame Inès lorsque je la récupère à sa descente d'avion.

— Normal, tu es une trouillarde, affirmé-je en la serrant dans mes bras.

— Non mais quand même, avoue qu'un atterrissage face à la montagne… si près. Et c'est un aéroport international, ça !?

— Ben, oui !

— J'avoue le cadre est beau, mais avec ce vent !

— C'est vrai que le mistral souffle pas mal aujourd'hui. Allez, bouge, j'ai réservé une table au *U Spuntino*, tu vas adorer. Les propriétaires sont super sympas et la cuisine familiale, une tuerie.

— Et ma chambre à l'hôtel, elle a vue sur la mer, comme la tienne ?

— Oui, c'est calme en ce moment, donc j'ai pu en avoir une à proximité de la mienne et sa réplique exacte, en plus. Tu vas adorer.

— Je sens que l'on va bien s'amuser, s'excite Inès comme à son habitude.

— Pour ce qui est des ambiances festives, je crois que tu te trompes d'endroit. Nous ne sommes pas à Ibiza.

— Il doit bien y avoir des discothèques, quand même ?!

— Je ne me suis pas penchée sur la question. Je suis là pour la maison et je devrais me lancer à la recherche d'une entreprise de maçonnerie plutôt que de songer à découvrir les attraits de l'île.

— J'ai une idée. Toi, tu vois avec l'architecte, il doit pouvoir t'aider. Et moi, je m'occupe de nous trouver des occupations. Il fait beau, on pourrait en profiter pour visiter, suggère-t-elle, son sac de voyage en main, pendant que nous regagnons le parking de l'aéroport.

— Je n'ai pas vraiment l'intention de m'éterniser. Une fois les lettres et un maçon trouvés, on se casse.

— Écoute, si on faisait les deux ? Tu as besoin de te distraire après ce qui s'est passé avec Stef. Il faut te remettre en selle comme quand on tombe de vélo.

Je la foudroie du regard. Ma copine est timbrée ! Comment peut-elle évoquer avec une telle désinvolture que je me lance dans une aventure après ce que j'ai vécu avec Stéphane ?!

— Eh ! Je ne parle pas de t'engager avec le premier venu. Mais… un petit coup rapide avec un beau mec… Y a pas meilleur traitement.

— Non, ça, c'est ta manière de faire, pas la mienne, tu le sais ! Moi, j'ai bien d'autres choses à penser qu'évacuer ma désillusion en couchant avec un type rencontré lors d'une soirée. Et je te rappelle que je suis au chômage et que je dois me trouver un boulot assez rapidement, rallé-je en me positionnant derrière le volant de ma voiture.

Mon amie jette ses affaires sur la banquette arrière et met sa ceinture juste avant que nous ne quittions l'aéroport.

— Eh bien, à propos, j'ai suggéré ton nom à mon boss, m'informe Inès, illustratrice dans une agence de publicité concurrente de celle de Stéphane.

Je détourne le regard de la route et fixe ma meilleure amie. Elle et moi nous connaissons depuis le collège. Des liens amicaux nous unissent depuis cette époque. Nous nous épaulons toujours dans les moments difficiles, partageons tout, le meilleur comme le pire. Telles des âmes sœurs, elle sait ce que je pense, l'éprouve avant même que je ne l'énonce, et réciproquement. Je ne m'étonne donc pas de son initiative.

— Et…

— Et un poste va se libérer. Vu ton CV, je ne doute pas que tu l'obtiennes.

Je me penche pour l'embrasser et la voiture fait une légère embardée, ce qui affole Inès avant qu'elle n'éclate de rire. J'adore mon amie, toujours là pour m'aider et prête à tout pour y parvenir.

Et hop, deuxième souci réglé ! Jamais deux sans trois.

Enfin, j'espère.

11 : Quand les deux font la paire

Alessandro

Exclamations et rires cristallins me détournent de mon projet. Excuse parfaite pour justifier mon manque de motivation sur l'étude en cours. Mes pensées reviennent invariablement sur ma voisine. L'agitation dans son jardin m'attire vers la fenêtre et je découvre l'objet de mes tourments en compagnie d'une blonde, instrument de jardinage à la main, face à l'olivier.

Et merde ! Les voilà deux maintenant pour saccager les plantations de Livia !

Je me précipite pour les empêcher de faire de nouveaux dégâts, mais étonnamment, arrivé à portée de voix, j'entends la brunette conseiller à celle qui doit être Inès, d'après ses confidences, de ne pas se précipiter.

— Attends deux minutes. Si Livia est capable de repérer l'endroit exact, on doit le pouvoir aussi. La petite tient à ses fleurs, donc on fait un minimum gaffe. Tiens, regarde, ici, il y a un espace vide. Creuse là.

Je ralentis le pas, envisage un demi-tour stratégique dans la plus grande discrétion, mais Marie lève les yeux et m'aperçoit. Aussitôt, elle se fige. Après la journée catastrophe dont je m'estime responsable, je ne sais comment rompre le silence. Blondie le brise pour nous.

— Je l'ai ! Je l'ai ! Et de trois. Tu crois qu'il y en a combien ?

Marie détourne le regard vers son amie qui croise alors le mien.

— Oh, voilà donc le beau gosse.

Une fois debout, la jeune trentenaire, presque aussi grande que moi, me toise et me jauge des pieds à la tête, sourire canaille aux lèvres.

— Pas mal pour un architecte assis des heures devant une planche à dessin, commente-t-elle sans gêne.

— Inès !

— Quoi !? J'ai toujours dit ce que je pense. Pourquoi je devrais me taire aujourd'hui ?

Marie soupire, baisse les yeux, visiblement embarrassée. Cette fois, ce serait plutôt à moi de me sentir mal. Mon père s'est montré odieux.

— Écoutez, je… je suis désolé pour l'autre jour. Je ne pensais pas que mon père éprouvait encore tant de rancœur après tout ce temps. Livia… Livia en a été bouleversée… et n'arrête pas de vouloir faire quelque chose pour réconcilier nos familles. Quant à Toni, il estime que… le passé, c'est le passé, et que ni vous ni moi devrions en subir les conséquences… Que nous pourrions devenir amis, ou tout au moins entretenir de cordiales relations de voisinage.

J'arrive à bout de souffle au terme de ma tentative d'excuses à moitié bredouillée. Seule Inès y répond :

— Génial ! Bon, vous voilà réconciliés. On va pouvoir passer à autre chose, se réjouit la blonde aux allures de mannequin.

Sur ces paroles, elle glisse son bras sous le mien et m'entraîne vers la maison. Je m'y laisse guider tandis que, dans notre dos, Marie bougonne.

— Non, mais j'y crois pas. Inès ! Qu'est-ce que tu fabriques ?

— Ce type est architecte, non ? Il va t'aider. N'est-ce pas, Alessandro ?

À l'évidence, la blonde sculpturale en sait pas mal sur moi.

— A priori, cette bicoque possède beaucoup de potentiel. Cependant, elle a subi quelques dégradations au fil des ans. Dans un premier temps, il faudrait établir un diagnostic immobilier : amiante, plomb, termites, électrique. Une fois établi, vous aurez un aperçu des travaux à effectuer. L'étape deux sera celle des devis, débité-je assez mécaniquement en pénétrant dans la ruine.

— Si je comprends bien, il est possible que les frais soient importants ? devine Inès.

— Je te l'ai dit. C'est une ruine. Et je ne pense pas avoir les moyens de la retaper, ronchonne Marie dans notre dos.

— Vendez-la-moi, proposé-je soudainement.

Une proposition purement professionnelle et stratégique. Si c'était personnel, mon père en ferait une attaque !

— Hors de question ! s'emporte-t-elle étonnamment à ma suggestion.

— Tu vas en faire quoi, alors ? Regarde autour de toi. C'est magnifique et le panorama… Même moi, la citadine, je suis subjuguée. Tu ne peux pas refuser cette proposition et envisager de la laisser dans cet état !

La belle blonde me tient encore par le bras, comme une mère possessive.

— Mais je n'ai pas envie d'investir toutes mes économies ! Et une fois que j'aurai ouvert tout ça…

Son regard dérive vers des coffrets alignés sur le rebord de la cheminée.

— Chérie, va savoir si, au contraire, tu n'auras pas envie de conserver ce bien en lui rendant vie, réplique Inès qui semble deviner les sentiments de son amie sans même qu'elle les ait énoncés. Et je te parle même pas du cadre de vie.

Je me détache de cette dernière pour essayer d'apporter une solution au problème de Marie. *Après tout, je lui dois bien ça.*

— Écoutez, je vais demander son avis à Toni. En parallèle du boulot chez mon père, il possède une petite entreprise spécialisée dans la rénovation. Il pourra vous faire une évaluation au plus juste. De mon côté, laissez-moi une semaine et je vous prépare un projet raisonnable.

Les deux femmes se concertent en silence. Le regard d'Inès posé sur Marie ne laisse planer aucun doute sur ses sentiments. Elle souhaite que celle-ci accepte.

— Je vous laisse réfléchir, c'est l'heure d'aller chercher mes gosses.

Avant de m'éloigner, je tends ma carte professionnelle. Inès s'en saisit à la place de Marie qui me tourne le dos, accoudée au manteau de la cheminée. Une grande tristesse émane d'elle et je ne saurais dire pourquoi, mais l'envie de la prendre dans mes bras pour lui arracher un sourire m'envahit. Bien évidemment, je n'en fais rien. Sa pétillante amie venue la soutenir gérera la situation. Son arrivée soudaine laisse entrevoir une relation de longue date et une amitié certainement indéfectible entre ces deux femmes si différentes l'une de l'autre. Physiquement, et je devine, psychologiquement. Le Ying et le Yang. La blonde et la brune. Le petit bout de femme aux formes sensuelles n'a rien à envier aux allures de mannequin de sa copine. Pour ce qui en est de la personnalité, j'ai comme idée que l'extravertie Inès incite la brunette à quelques folies, tandis que les aspirations de celle-ci sont tout autres. Mais en cet instant, je présume que la présence de blondie ne sera que bénéfique à Marie alors que, sous peu, elle affrontera son histoire personnelle. Et j'en suis heureux pour elle. J'imagine que la découverte de son passé sera éprouvante, qu'elle souffrira de ne pouvoir en discuter avec ses proches, tous disparus à ce jour. Peut-être que son demi-frère pourra lui brosser le portrait de sa mère, si tous les deux parviennent à se rencontrer et s'entendre. Là encore, je doute que Marie s'en rapproche. Tout au moins pas dans l'immédiat. Personnellement, apprendre l'existence d'un frangin ne ferait qu'accroître mon désarroi et je me poserais sans cesse ces questions : pourquoi ma mère n'a pas voulu de moi dans sa vie ? Pourquoi lui et pas moi ? Ces pensées m'attristent et, à nouveau, le désir d'alléger ses tourments m'étreint sans que j'en détermine la raison.

Le sourire de Livia et les baisers de Lisandru me font prendre conscience que je suis le plus heureux des pères. Je ne peux pas vivre sans eux et, bien que je me sois souvent demandé comment Giulia pouvait être aussi peu maternelle, si égoïste, j'en remercie le ciel, parce que ce que je considère comme une tare affective me permet de profiter à fond de mes enfants.

Peut-être qu'un jour, Marie comblera son vide par la maternité. C'est tout le mal que je lui souhaite.

12 : Journal intime

Marie

— Mais qu'est-ce qui t'a pris de t'en mêler ! fulminé-je. Je ne veux rien devoir à cet homme.

— Mauvaise idée. Tu devrais au contraire profiter de cette aide. Ce serait dommage de ne pas exploiter ses connaissances et ses compétences. Plus vite le projet sera sur les rails, plus vite tu pourras rentrer. C'est bien ce que tu veux, non ? Même si, de mon point de vue, tu as tort de ne pas tirer profit de ce magnifique cadeau.

— Oui, soupiré-je, vaincue.

— Bien. On fait quoi, maintenant ?

— Je… je vais ouvrir le coffret numéro deux.

— Cool. Tu crois que ce canapé miteux est assez solide pour recevoir nos fesses ?

— J'aimerais autant que tu me laisses seule.

Mon amie valide mon souhait d'un baiser sonore sur ma joue. D'ordinaire, elle aurait insisté pour rester, commère au possible, mais, elle sent certainement que je suis fatiguée de batailler pour tout.

— J'ai repéré un banc dans le jardin. À toute.

Je suis Inès des yeux tandis qu'elle se dirige vers le cerisier. Je reste à l'observer, perdue dans mes pensées, jusqu'à l'arrivée de Livia qui, sautillante et, probablement intriguée par la présence de cette étrangère, fonce droit vers elle malgré les appels de son père.

— J'arrive, babbu. Je veux juste savoir qui c'est, réplique la petite curieuse.

Alessandro n'insiste pas. C'est peine perdue avec cette gamine qui le mène par le bout du nez. Je souris, amusée à cette pensée. Et un souvenir ressurgit : enfant, moi aussi, j'obtenais toujours gain de cause. Maman s'agaçait souvent de voir mon père céder à la plupart de mes caprices. Une larme nostalgique s'invite. Il est temps de découvrir la vérité sur mes origines.

J'ouvre le coffret, lequel contient une lettre en introduction.

Marie

Je n'ai rien trouvé de mieux que de t'offrir mes journaux intimes que je tiens depuis l'âge de 9 ans. Je te fais grâce de la lecture des tomes 9 à 15 que je viens de relire et ne sont que la retranscription d'une somme d'inepties pour l'adulte que je suis aujourd'hui. Ils ne t'apprendraient pas grand-chose, à part que j'adore les gâteaux au chocolat de ma grand-mère et autres détails factuels sans intérêt. Un seul passage évoque ma relation avec Gabriel Cantini, un sale môme à l'époque, qui ne cessait de tirer mes couettes et de se moquer de moi jusqu'à ce qu'il devienne mon protecteur, puis mon amoureux l'année de mes seize ans. Au fil des carnets, tu partageras ma vie jusqu'à ce que tu saches pourquoi j'ai fui un avenir tout tracé. Tu peux sauter les étapes et t'en aller lire les réponses à tes questions, Ou tu peux marcher dans mes pas et faire connaissance avec moi, ta mère biologique.

Avec amour. M

Une photo, jointe à cette lettre, nous représente elle et moi. Un bébé dans les bras d'une adolescente au regard pas vraiment joyeux.

L'émotion me gagne et je ne sais comment la contrôler.

— Je ne vais pas y arriver !

— Marie, ça va ? s'informe Livia, arrivée de nulle part, la voix teintée d'inquiétude.

Merde, je la pensais avec Inès.

Je sors en trombe de la maison sans lui répondre. Je ne veux rien savoir de plus, juste rentrer chez moi, voir mon père, qu'il me dise que tout ceci n'est qu'une blague de mauvais goût. Je dois m'éloigner d'ici au plus vite avant d'être submergée par cette vague de révélations qui menace de m'engloutir et d'où je ne suis pas certaine de sortir indemne. La fuite me semblant la meilleure alternative, je fonce jusqu'à ma voiture de location et démarre dans un crissement de pneus sous les appels d'Inès et de Livia.

La vue brouillée de larmes, je m'engage sur la route qui descend vers Ile Rousse. À la sortie d'un virage, affolée à la vue d'une voiture mangeant ma voie, je freine – sans résultat – braque, effleure le muret, tente de contrebraquer et me retrouve dans le décor, sonnée.

L'écriture ronde de ma mère biologique vient danser devant mes yeux, puis, vient le noir complet.

*

— Oh, mon dieu, faites quelque chose !

— Calmez-vous. Les pompiers sont en route.

— Mais sortez-la, bon sang ! Le moteur fume, il va prendre feu !

— Inès, il n'y a pas de risques que ça arrive.

— Dans les films…

— Voilà, vous l'avez dit : dans les films. Reculez que je puisse faire un premier bilan.

— Qu'est-ce que vous y connaissez, monsieur l'architecte.

— Plus que vous, réplique Alessandro.

Qu'est-ce qu'ils font là à se chamailler ? Ils me donnent la migraine. J'ouvre les yeux et me sens fébrile, mais constate que je suis encore entière.

— Inès, tout va bien. Laisse-le faire. Il est pompier, murmuré-je, tentant de la calmer.

— Ah, euh, OK, je ne savais pas. Mais toi, qu'est-ce qui t'as pris de t'enfuir comme si tu avais le diable à tes trousses ! m'engueule mon amie.

— Je ne crois pas que ce soit le moment des reproches, intervient Alessandro.

— Peut-être, mais elle en serait pas là. Ah, enfin, voilà vos collègues.

Deux heures plus tard, j'ai enfin l'autorisation de quitter l'hôpital de Calvi, plus courbaturée que blessée, et rejoins une Inès rassurée par les examens qui confirment l'absence de fractures.

— Qu'est-ce qu'il fait là ? chuchoté-je à son oreille à la vue d'Alessandro accoudé à son 4X4.

— Il nous attend.

— Où sont les petits ? m'inquiété-je.

— Chez la voisine, une mamie du nom de Louise qui s'est gentiment proposée de les garder pour qu'on puisse partir à ta suite.

Oh, bon sang ! Je ne suis pas prête à redorer mon blason avec « Foldingue » et « Miss catastrophe » en guise de lettres de noblesse. À juste titre, d'ailleurs.

Bon, mais qu'est-ce que tu en as à foutre ! Ce n'est pas cela qui te définit !

— Ils ne vous gardent pas pour la nuit ? s'étonne Alessandro en me voyant arriver claudicante.

— Non. Le médecin m'a juste conseillé de ne pas commettre d'imprudences.

— Vous pensez pouvoir y arriver ? s'enquiert-il, sourire narquois aux lèvres.

Grrr… Il a vraiment la répartie irritante.

— Oh, mais je vais m'en assurer, rétorque Inès à ma place.

— Parfait, je vais pouvoir dormir sur mes deux oreilles et m'occuper de mes gosses. Grimpez. J'ai hâte de rentrer chez moi.

— Personne ne vous a rien demandé, m'agacé-je face au 4X4.

— Euh… si… moi, bafouille mon amie.

Devant mon regard furibond, Inès s'indigne et me toise, les mains sur les hanches.

— Si tu n'étais pas partie comme une folle furieuse, au lieu de lire ces fichus documents, je n'aurais pas eu besoin… Oh, merde !

Inès prend conscience des motifs ayant suscité une telle réaction et m'étreint chaleureusement.

— Allez, viens, rentrons à l'hôtel, déclare-t-elle en passant son bras autour de ma taille.

Malgré les tentatives d'Inès pour retenir notre chauffeur, sur qui elle a, je le devine, flashé, celui-ci ne s'éternise pas. Étonnamment, cette fois-ci, elle se contente de minauderies et pas d'une attaque frontale. Si je n'étais pas si fatiguée, je lui en ferais la remarque. Mais quelle que soit la méthode qu'elle emploiera, je doute qu'elle parvienne à ses fins. Je veux y croire. Cela m'ennuierait qu'Alessandro cède à ses charmes plutôt qu'aux miens.

Non mais, tu divagues, là ! Depuis quand tu as des vues sur ce mec ?

Choquée par le chemin que prennent mes pensées, je les repousse aussitôt, d'autant que lui et moi, c'est forcément impossible.

13 : Révélations

Marie

Installée sur un fauteuil face à la mer, les cassettes disposées autour de moi, le premier tome du journal intime de ma mère biologique entre les mains, j'hésite toujours à m'y plonger. Inès, allongée sur mon lit, bouquine. Ou plutôt fait *mine de*. Suite à mon comportement de la veille, je la suspecte de passer plus de temps à m'observer qu'à lire.

Allez, go, vas-y !

Je m'insuffle le courage nécessaire par quelques exercices respiratoires avant de m'immerger dans la vie de Marissa Poli. Dans la soirée, j'en connaîtrai tout ce qu'elle aura bien voulu partager dans les pages de ces carnets. Pour l'instant, je bouillonne toujours de ressentiment et de frustration de ne pouvoir exorciser ma colère envers mes parents.

Trois heures plus tard, je suis presque parvenue à bout des confidences de Marissa, une adolescente attirée par les belles paroles d'un charmeur, à l'opposé du rustre Gabriel parfois colérique, parfois violent, et d'une jalousie maladive. Tout au moins d'après le portrait qui se dessine entre les pages. Particulièrement dans l'avant-dernier calepin, dont ce passage :

16 août 1992

Je le déteste ! Comment a-t-il pu me gâcher cette journée de fête ! Nous étions tranquillement installés à faire bronzette avec mes amis et Esteban ne faisait que m'étaler un peu de crème solaire dans le dos. Je n'avais pas de mauvaises intentions et Esteban non plus, même si plus nous nous rencontrons, plus je constate que je lui plais. J'avoue, j'aime ça. Esteban est gentil, charmant et… attentionné. Gabriel, lui, devient franchement insupportable avec ses excès de jalousie. Je commence à me demander si ce sera tout le temps ainsi, ou pire, une fois mariés. Je ne veux pas de ça. Je ne veux pas d'un homme qui ressemble à mon père. Qui hurle sur ma mère pour tout et rien, Qui décide de tout. Gaby fait un peu pareil, il m'engueule s'il n'aime pas mes tenues. Ça m'énerve. Surtout après avoir passé près d'une heure à me préparer pour lui plaire. J'ai eu droit à ses plaintes, hier, pour la soirée du feu d'artifice. J'ai refusé de me changer. Une énième dispute s'en est suivie. Cette fois-ci, j'ai répliqué. Il m'a dit que si je voulais passer pour une pute aux yeux des autres, ça n'allait pas le faire, parce que j'étais sa fiancée et que je devais bien me comporter. Je l'ai traité de connard et il m'a giflée. Violemment. J'étais sonnée et sous le choc. Heureusement, Toni était là pour le calmer (comme d'habitude), parce que quand Gaby est énervé, il fait parfois n'importe quoi. Ce n'est pas la première fois qu'il me menace de m'en coller une. Mais là…, La noirceur de ses yeux m'a effrayée, plus encore que le fait qu'il ait levé la main sur moi. J'ai fait demi-tour et suis retournée m'enfermer dans ma chambre. Mes parents, bien sûr, l'ont laissé entrer (ils l'adorent) et tambouriner à ma porte. Toni l'a obligé à me laisser tranquille. Mon cher Toni, mon plus fidèle serviteur, dommage que je ne sois pas amoureuse de lui comme il l'est de moi. Il est si gentil. Gab, lui, a gâché mon 15 août. Je lui en veux et je ne sais pas si je lui pardonnerai.

Le mot du lendemain fait état de la lettre de Gaby, celle où il s'excuse à demi. Mais suite à cet incident, je note que les autres pages évoquent les sentiments de Marissa envers Gabriel Cantini. Ceux-ci s'étiolent à mesure que Esteban la drague de plus en plus ouvertement par l'intermédiaire de divers messages précieusement conservés entre les feuilles du journal.

Indubitablement, le bel apollon savait user de sa plume et de flatteuses paroles pour l'attirer dans ses filets. D'une beauté moins brute que Gaby, il devait faire des ravages parmi la gent féminine, à ce que je constate sur la photo de couple scotchée sur une page du journal et annotée, prise lors d'une sortie en mer avec Esteban et ses amis. Au fil du récit, je découvre l'évolution de leur histoire et le portrait de celui qui est peut-être mon géniteur. Et je ne saurais exprimer ce que je ressens pour cet inconnu.

Quelques pages plus loin font état de la découverte de la trahison, provoquant un drame familial. Victime d'un tabassage en règle par Doumé et Gabriel, ayant pour objectif de le rappeler à l'ordre, Esteban, vexé par la dérouillée, s'était vengé en révélant à Gabriel l'indicible faute commise par Marissa. Le fiancé humilié l'aurait probablement très amoché, voire tué – d'après Marissa –, si Toni, encore lui, ne l'en avait pas empêché. Suite à quoi Marissa fut sommée de mettre un terme à ses enfantillages, Gabriel, magnanime, étant prêt à lui pardonner. Sauf que Marissa ne souhaitait pas reprendre une relation avec un Gaby de plus en plus colérique et belliqueux.

Tout dans cette révélation fracassante tend à confirmer ma parenté avec Esteban. Mais suis-je prête à en apprendre davantage sur lui ? Après tout, mes parents adoptifs, *mes parents*, m'ont offert amour, attention, confort matériel. Je suis la fille de Lydie et Robin, même sans lien de sang. Pourquoi poursuivre cette lecture qui me blessera certainement ? Je n'ai nul besoin d'en savoir davantage. Qu'en ai-je à faire de mon ascendance corse ? De découvrir cet homme qui a séduit une jeune femme pour probablement la jeter une fois son objectif atteint ? De cette femme qui m'a mise au monde pour m'abandonner plus tard ?

Parmi divers objets – bijoux, babioles, photos – que contient le coffret, la couverture d'un carnet en moleskine noire me défie de m'en saisir et de poursuivre ma lecture. Je n'en fais rien et claque le rabat du coffret, interpellant Inès toujours à feindre de lire.

— Tu as fini ? m'interroge-t-elle d'un air qui se veut indiffèrent.

— Non. Il en reste un, mais j'en ai assez. J'ai besoin de me vider la tête, là.

— Tu as appris des choses intéressantes sur ton père ?

— Plus ou moins. Probablement le bad-boy de service, un dénommé Esteban.

— Elle ne donne pas son nom de famille ?

— Pas pour l'instant. J'ai dans l'idée que je suis le fruit d'une histoire des plus ordinaires, assortie d'une grossesse malvenue. Bon sang, elle ne pouvait pas prendre ses précautions ! 1992, c'est pas le Moyen Âge quand même !

— Tu ne serais pas là, ma belle. Et je n'aurais pas une amie formidable comme toi. Ce qui serait dommage. Sans parler du bonheur que tu as apporté à Lydie et Robin.

— Mouais, maugrée-je en me levant. Sortons d'ici, j'étouffe.

— Excellente idée ! Allons faire un tour à la *Brasserie du Port*. J'ai repéré un serveur super canon, l'autre jour.

— Inès !

— Quoi !? Je laisse de glace le bel Alessandro, faut bien que je me trouve un autre encas ! Par contre, toi…

— Quoi, moi ?

— Tu lui plais à l'architecte.

— Qu'est-ce que tu peux débiter comme conneries ! soupiré-je, agacée.

— Tut, tut, fais confiance à mon instinct.

Je n'insiste pas, préférant négliger ses élucubrations. Pourtant, lorsque Alessandro se dirige vers nous alors que nous nous apprêtons à quitter l'hôtel, je veux croire qu'elle puisse avoir raison. Je ressens le besoin de séduire à nouveau après cette affreuse trahison. L'image de Stéphane avec Maddie s'impose à moi trop souvent. Bien que, suite à cet affront, je ne sois pas prête pour une quelconque relation ni quoi que ce soit d'autre de sentimental, savoir que je plais à un homme me satisferait.

— Vous sortiez ? s'informe Alessandro en arrivant à notre hauteur.

— Oui, nous avions besoin de prendre l'air, me devance Inès.

— Et vous êtes remise de votre accident ?

Mais qu'est-ce qu'il fait là ? Il venait demander de mes nouvelles ? *Arrête de t'enflammer, Marie... Il venait sûrement pour voir un client.*

— Plus que quelques douleurs supportables. Vous avez rendez-vous avec un client ? m'enquiers-je, ravie de le voir m'aborder, espérant que mon état de santé l'intéresse sincèrement et que ses paroles ne soient pas simplement convenues.

D'après Inès, on ne peut pas mettre tout le monde dans le même panier. Bien qu'à l'évidence, Cantini sénior soit un crétin, je ne peux, d'après mon récit, y cataloguer ni le fils ni l'oncle. J'avoue qu'elle n'a pas tort et je devrais peut-être m'excuser pour ma froideur et ma désagréable conduite, tant auprès d'Alessandro que de Toni qui semble être une très belle personne d'après les commentaires de Marissa.

— Euh, j'étais dans le coin et Livia... qui ne vous a pas vue à la maison... se demandait comment vous alliez.

— Oh, Livia s'inquiète. C'est gentil de sa part ! répliqué-je, sarcastique tant je suis déçue.

— Pas que ma fille... en fait, bafouille Alessandro, manifestement gêné par la fraîcheur de mon ton.

Tu as encore raté l'occasion de t'excuser !

— Oh, quelle aimable attention, minaude Inès. Nous allions boire un verre à la *Brasserie du port*. Ça vous dit ?

Alessandro hésite, probablement parce que je m'abstiens de renchérir. Mon amie, devant mon peu d'engouement, m'assène un coup de coude sans discrétion. Message on ne peut plus implicite que personne ne manque ni de voir ni d'interpréter.

— Merci, une autre fois peut-être. J'ai quelques courses à faire, prétend Alessandro pour me sortir de l'embarras. Toni passera probablement dans la semaine avec des devis. Si vous me donniez votre numéro... au cas où... pour qu'il puisse vous joindre.

Inès s'empresse de lui communiquer, et le bel architecte de le noter dans son répertoire avant de tourner les talons. Arrivé au bas des marches, il pivote vers nous.

— Vous êtes sûre d'aller bien, Marie ?

— Je suis en pleine forme, assuré-je, sourire factice aux lèvres.

— Ça ne sonne pas faux du tout, marmonne Inès entre ses dents, tout en saluant notre visiteur d'un geste de la main.

Ce dernier hoche la tête en retour, visiblement peu convaincu, mais n'insiste pas et s'éloigne enfin.

— Marie Nunez Poli, vous êtes une imbécile.

— Eh, ne m'appelle pas comme ça ! Je ne suis pas une Poli !

— Ben, je crois que oui. Tu veux qu'on en parle ? Et pour ce qui est d'être une imbécile, j'insiste, tu l'es. Bon sang, ce mec est canon et tu lui plais, c'est sûr… Tut tut. Dans le cas contraire, il ne s'inquièterait pas pour toi.

— Primo, arrête de te faire des films. Et deuzio, non, je ne veux pas discuter pour l'instant. Je veux me bourrer la gueule et oublier tout ça, conclus-je, soudain en larmes.

— Oh, ma chérie ! se désole Inès qui m'enveloppe de son étreinte chaleureuse que j'accepte de bon cœur tant j'éprouve le besoin d'être aimée.

L'appel de l'alcool est de plus en plus fort. Si seulement il pouvait effacer ce nom maudit… Poli.

14 : QUAND L'ONCLE S'EN MÊLE

Alessandro

Non, mais qu'est-ce qui m'a pris de vouloir prendre de ses nouvelles ?! Visiblement, elle n'a toujours pas digéré la petite virée chez mon père. Là, encore, je me demande ce qui a bien pu me passer par la tête et, à la réflexion, je doute soudain de mes bonnes intentions. Mon véritable objectif n'était-il pas de la faire déguerpir plutôt que de l'aider ?

L'arrivée de ce boulet de canon perturbe un peu trop ma petite vie bien rangée. Livia s'inquiète pour cette inconnue, lui voue un attachement inexplicable et même mon sauvage de gosse réclame après elle. Du grand n'importe quoi ! Comment est-ce possible ? Ils la connaissent à peine, tout comme moi d'ailleurs. Pourtant, il flotte un je-ne-sais quoi entre nous. Depuis la première rencontre, je ressens des émotions ambivalentes. Elle me touche autant qu'elle m'insupporte. J'éprouve de la compassion pour elle, de l'empathie même, imaginant ce qu'elle peut ressentir face à cette avalanche de nouvelles. D'un autre côté, je lui en veux de perturber ma petite vie bien réglée, justement parce qu'elle suscite des émotions que je peine à comprendre. Et je me demande vers quoi tout ceci peut me mener. Rien de bon, je présume. D'autant que très prochainement, elle repartira chez elle. Je doute que, par la suite, elle revienne souvent dans cette maison chargée de souvenirs, celle de sa vraie mère, celle qui l'a abandonnée.

La sonnerie du téléphone me sort de mes divagations.

— Salut, t'es chez toi ? s'enquiert mon oncle.

— Oui, je viens d'arriver. Tu veux passer ?

— Ben, je suis sur le parking du *Bar du Port*. Je bois un coup et je monte. J'aimerais jeter un œil à la baraque et à tes plans, que je puisse adapter un devis à ta proposition. Tu crois que je pourrais ? Elle est là-haut, Marie ?

— Non. Elle et sa copine sont au même endroit que toi. Tu devrais les voir.

— Sa copine ? s'étonne Toni.

— Oui, une de ses amies du continent, Inès.

Toni marque un temps d'arrêt, certainement pour les chercher du regard. Son silence me fait remarquer le brouhaha continuel derrière lui.

— Ah oui, je les vois. Je te laisse. Je vais négocier avec Marie, si elle ne m'envoie pas bouler après ce qui s'est passé l'autre jour. Eh, Alessandro ! m'interpelle-t-il alors que je suis sur le point de raccrocher. Ne culpabilise pas, OK ? Ton père, il peut être très con… et interpréter les choses à sa sauce. Un jour, il faudra que nous en parlions tous les deux. Parce que tu vois, moi, la petite de Marissa, j'envisage de veiller sur elle.

Du Toni tout craché. À défaut de prendre soin d'une famille, le célibataire passe son temps à apporter son soutien moral ou son aide financière à tous les malheureux qu'il croise sur son chemin. Je ne comprends toujours pas pourquoi personne ne partage sa vie. Pourtant, le séduisant cinquantenaire ne manque pas de conquêtes à son palmarès et de relations féminines dans son entourage. Néanmoins, je ne lui connais aucune longue liaison.

Chat échaudé craint l'eau froide. Un peu comme toi.

Je ne peux que le supposer, car j'ignore tout de la vie intime de mon oncle. Quant à moi, je dois admettre que mon expérience personnelle douloureuse m'a vacciné contre les femmes. De véritables nids à problèmes quand elles ne sont pas des tigresses du genre de mon ex.

Mon « ex », elle le sera vraiment le jour où je serai prêt à consentir au divorce, dès le point fait sur ses exigences. Je ne m'en sens ni le courage ni l'envie. Mais je devrais. Notre dernière dispute vient, une fois de plus, d'anéantir mes espoirs de réconciliation. *Comme si tu y croyais encore !* De plus, les enfants semblent s'être accommodés de son départ et moi… Moi, j'apprécie la sérénité de ma vie actuelle. Que demander de plus ?

Qu'une brunette ne vienne pas monopoliser mes pensées, peut-être ?

Agacé de n'y parvenir, j'abandonne ma table à dessin pour une énième pause-café. Mais face à la vue sur la maison voisine, l'image de Marie, blessée dans sa voiture, s'affiche. L'irritation grimpe et j'emporte ma tasse pour la boire sur la terrasse face au panorama époustouflant sur la mer à perte de vue. Je reste là, à rêvasser sans fixer mes pensées, apaisé par ce paysage magnifique dont je jouis quotidiennement. L'appellation d'île de beauté n'est pas usurpée. Tous ceux qui y viennent tombent sous son charme dès leur premier séjour. Personnellement, je ne peux vivre ailleurs, la frénésie des grandes villes m'indispose. Nos goûts, avec Giulia, divergent sur ce point. Elle adore New York, Paris et les capitales, et même si y passer des vacances ne me déplait pas, hors de question d'y résider à temps complet.

Le tintinnabulement de la sonnette m'arrache à ma contemplation. La porte s'ouvre sur Toni, ma voisine et son amie à ses côtés.

— Bon, alors, ces plans ? m'interroge tout de go mon visiteur, à peine le seuil franchi.

Inès m'adresse un petit signe de la main tandis que Marie fuit mon regard.

— Je n'ai pas terminé. Je suis très en retard sur d'autres projets.

— Eh bien, fais-en une priorité, m'ordonne mon oncle, péremptoire.

Non mais qu'est-ce qu'il lui prend ?

— Si possible, tempère Inès.

— Vous êtes pressée, Marie ? m'enquiers-je auprès de la principale intéressée.

— Je dois rentrer le plus rapidement possible pour postuler sur un emploi. J'aimerais que ceci soit réglé avant mon départ.

— OK.

— Parfait, allons voir la maison de plus près, maintenant, annonce Toni, tournant les talons, Marie dans ses pas.

Inès s'attarde quelques secondes.

— Ne lui en veuillez pas, c'est difficile pour elle. Peut-être, dans quelque temps, verra-t-elle les choses sous un autre angle ?

Avant que je ne puisse répliquer à son étrange tirade, la jeune femme m'abandonne sur le pas de la porte. Je renonce à interpréter ses propos, je cogite assez sur une multitude de tracasseries quotidiennes. D'ailleurs, le texto de Marcus Desvejian, mon client impatient, me rappelle à l'ordre. Il est temps que je chasse ma perturbante voisine de mes pensées et que j'honore mes devoirs, négligés depuis quelques jours. L'idée de me rendre sur le continent ne me réjouit pas. Mais il semble que je doive m'y résoudre. Le maître d'œuvre ignore mes appels et ceux de l'homme d'affaires et, aux dires de celui-ci, les travaux sont en stand-by pour une raison inconnue. J'espère pouvoir régler le problème en une journée. Je déteste devoir laisser les enfants à la nounou trop longtemps. Afin d'éviter ce voyage, je tente une nouvelle fois de joindre le chef de chantier, sans succès. Dépité, j'abandonne, les petits m'attendent l'un à la garderie, l'autre devant l'école.

À peine sommes-nous de retour que Livia se précipite vers Toni sortant de la maison quasi mitoyenne, accompagné de Marie et Inès.

— Alors, tonton Toni, tu vas réparer la maison de Marie ?

— Possible, oui.

— Trop cool ! Tu vas venir habiter là, alors ? s'enquiert ma fille auprès de l'intéressée.

— Non, pas vraiment, j'ai un travail à Paris qui m'attend.

Bien que je ne puisse voir le visage de ma princesse, je devine sa déception, tandis qu'Inès annonce qu'elles y viendront probablement pour les vacances.

— Nous ne connaissons pas la Corse et j'aimerais bien la découvrir. Ce pied-à-terre est une aubaine.

— Inès ! intime Marie, a priori en désaccord avec son amie vu le timbre de sa voix.

— Je me ferai un plaisir de vous servir de guide, annonce mon oncle.

— Livia ! Dépêche-toi de rentrer, l'interpellé-je. Je dois préparer le dîner.

— J'ai une meilleure idée, je vous invite tous à la *Rusta,* décrète mon oncle.

— Oh, super ! s'exclame ma fille en sautillant, enchantée par cette perceptive qui, personnellement, ne m'emballe pas.

Pourtant, je ne m'y oppose pas et, étonnamment, les deux comparses non plus.

Durant le repas, les deux jeunes femmes charmées par Toni, tout particulièrement Inès, boivent ses paroles. Malgré la différence d'âge – d'environ vingt ans, je suppose –, je ressens une forme d'alchimie entre la blonde et mon oncle. Préoccupé par l'organisation de mon départ imminent, j'écoute d'une oreille distraite ce dernier narrer quelques anecdotes de son passé, amusant ses invitées. La main de Marie sur mon bras me tire de ma bulle. Surpris, je sursaute.

— Ça va ? Vous êtes fâché ? Je suis désolée de…

— Non, non, la coupé-je. C'est moi qui le suis… Je ne pensais pas que mon père… Cette histoire…

— Ah, oui, j'avoue que je ne m'attendais pas à autant de ressentiment. Mais vous n'y êtes pour rien si votre père est si vindicatif envers ma… famille, puisqu'il semble qu'elle le soit, après toutes ces années. Je suis désolée de vous avoir rabroué et de vous voir si contrarié.

— Je le suis, c'est vrai, mais cela n'a rien à voir avec vous, m'empressé-je d'ajouter. Tout d'abord parce que vous n'êtes responsable de rien. Non, en l'instant, je suis surtout tracassé par un autre problème. Je dois me rendre sur un chantier et je n'aime pas laisser les petits.

— Où tu vas ? marmonne Livia, la bouche pleine.

— Je dois aller à Nice pour le boulot, l'informé-je tout en la réprimandant du regard pour ses mauvaises manières.

— Ben, Marie et Inès, elles ont qu'à nous garder, décrète innocemment ma petite chipie aux idées parfois loufoques.

J'aurais dû m'y attendre à celle-là !

15 : Nounou malgré moi

Marie

— Mais qu'est-ce qui t'as pris d'accepter cette proposition ? m'emporté-je une fois de retour dans ma chambre.

— Quoi !? La petite a en avait envie.

— Non, mais depuis quand tu prends en compte leurs désirs ?! Je n'aime pas les gosses, mais toi, tu les détestes. Et là, soudainement, tu décides de répondre aux élucubrations d'une gamine de dix ans que tu viens de rencontrer et que je connais moi-même à peine.

— Je hais les mioches de ma sœur, nuance.

— J'y crois pas, c'est nouveau ça ? répliqué-je, irritée. Parce que tu t'es toujours targuée de ne pas en vouloir, que je sache.

— C'est ce que tu as compris, parce que j'exècre mes petits monstres de neveux. Mais j'aimerais en avoir… Un jour.

— Ah oui !? Et tu vois ça comment, toi qui rejettes toute relation sérieuse ? Tu envisages une PMA[10] avec un donneur anonyme ?

— Eh bien… pour tout dire… en réalité… j'envisage un autre moyen, plus…

— Ben, accouche !

— J'espère rencontrer quelqu'un avec qui faire ma vie, m'avoue-t-elle dans un souffle.

J'en reste sans voix et me laisse choir sur lit tant je suis surprise. Bon sang, mais qu'est-ce qui se passe ?

Qui que vous soyez, sortez de ce corps ! Rendez-moi mon Inès.

Qu'elle tienne de tels propos ne lui ressemble pas. Ma meilleure amie s'enorgueillit d'être une célibataire endurcie – échaudée par une liaison désastreuse – qui assure haut et fort que tous les hommes sont des salauds et, depuis Stef, j'adhère plus que jamais à son point de vue.

— Toi, tu es amoureuse, en conclus-je aussitôt.

Ma sœur de cœur s'installe à mes côtés, nos regards se croisent et une ombre de tristesse voile le sien.

— Oh, bon sang ! Je parie qu'il ne te voit même pas, ce qui te met dans cet état et raison pour laquelle tu t'es précipitée pour me rejoindre, deviné-je à toute vitesse.

— Tu lis en moi comme dans un livre ouvert, admet-elle sans résistance.

— Qui est-ce ? Je le connais ?

— Non, et je préfère que l'on ne parle pas de lui. J'aimerais me distraire. Toni m'a parlé d'une boîte de nuit sympa sur Calvi. Il propose de nous y accompagner.

— Toni ?!

— Hum, hum, ce soir.

— Tu veux aller danser avec Toni ?

— Yes, et conclure agréablement la soirée.

— Non, mais tu blagues ! Il doit avoir cinquante ans !

— Et alors ? Il est super sexy pour son âge, bel homme, forcément expert dans un certain domaine. Le mec idéal pour une liaison passagère.

— Sérieux !? Tu envisages de coucher avec lui ?

---

10 Procréation médicalement assistée

— Oui. Une bonne baise, rien de tel pour me changer les idées.

— Ah ben, je te souhaite de passer une bonne soirée, alors.

— Ah non, tu ne vas pas me faire faux bond ! Tu viens avec nous.

— Quoi, tu veux que je tienne la chandelle ? Hors de question !

— Oh, mais tu la tiendras pas, Toni va convaincre Alessandro de venir.

— Mais quand est-ce que tu as concocté tout ça ?.

— Eh bien, pendant que tu étais occupée à reluquer le beau corse en fantasmant sur lui, ricane ma piquée de copine.

— Inès, il faut vraiment que tu arrêtes de te faire des films, asséné-je, refusant de reconnaître la véracité de ses propos.

Parce qu'en effet, la proximité du beau brun ténébreux titille mes fantasmes les plus licencieux.

— Et de toute façon, Alessandro ne viendra jamais. Qu'est-ce qu'il va faire des gosses ?

— Les confier à sa nounou le temps d'une soirée.

— Explique-moi pourquoi on va jouer ce rôle dans les jours à venir puisqu'il en a une ?

— T'es vraiment chiante, parfois ! Pour faire plaisir à Livia ! On en a déjà parlé, me rappelle Inès, manifestement exaspérée.

Je renonce à polémiquer davantage face à « madame réponse à tout » qui une fois engagée dans un projet, le mène toujours à terme tambour battant. Et j'aime bien Livia. De plus, deux jours maximum de garde ne va pas me tuer et me distraira des pensées maussades qui tournent en boucle et ne me laissent pas en paix une seconde.

— OK, va pour une sortie en discothèque, avec ou sans Alessandro.

Ravie, Inès se jette dans mes bras.

— Génial ! J'espère que tu profiteras de ce moment pour te lâcher un peu et que tu te saouleras la gueule pour répondre à ton envie de ce matin.

— Si tu parles de coucher avec le premier venu, n'y compte pas trop.

— Avec Alessandro alors, suggère Inès, mutine.

— Rêve pas ! Il ne viendra pas, affirmé-je, convaincue qu'il fera de ses enfants sa priorité et n'acceptera jamais de les laisser le temps de ce genre de soirée.

Pas du tout sa tasse de thé, d'après ce que je sais de ses goûts personnels.

— Tant pis pour lui, alors. Et toi, tu ne changes pas d'avis si c'est le cas.

Je soupire, résignée, lasse de me battre, avec pour seul désir celui d'en finir avec ce séjour, remettre mon héritage en état pour éventuellement le vendre, fermer à double tour les coffres de ce fichu passé et l'oublier définitivement.

— Promis.

— Allez, fais pas cette tête. On va s'éclater, tu vas voir. Et quoi qu'il se passe ici, eh bien, on fait comme d'hab. On profite de cette escapade comme quand nous étions ados. On se permet toutes les folies parce que personne ne nous connaît et, une fois à Paris, on n'en parle plus. On considère ça comme un interlude sympa. D'accord ?

— Sympa ? Franchement, Inès, je ne suis pas certaine que j'arrive à considérer mon séjour ici comme sympa.

— Mais si, vois le bon côté des choses. Tu as hérité d'une maison dans un lieu splendide, rencontré un mec super canon qui pourrait te distraire…

— Et découvert que j'ai construit ma vie sur des mensonges, que ma mère biologique m'a abandonnée, que des familles unies se détestent parce qu'elle a cédé à un connard qui a dû foutre le camp à l'annonce de ma venue. Et pour finir, tout le monde me regarde de travers parce qu'à l'évidence, je suis une Poli !

— Mais les Cantini semblent t'apprécier et ne pas te reprocher tes origines.

— Ouais, tu n'as pas rencontré le père.

— On s'en tape. Les autres t'aiment bien. Et de toute manière, tu n'envisages pas de vivre ici, que je sache ?

Absolument pas. Et pas certain que j'y revienne un jour.

Ouais, enfin, faudrait déjà en partir pour envisager un retour…

16 : À MON CORPS DÉFENDANT

Alessandro

Non, mais je dois être la masse pour avoir accepté de suivre mon oncle dans son idée loufoque. Depuis combien de temps n'ai-je pas mis les pieds dans une discothèque ? Toni, en revanche, semble très à l'aise. Incroyable ! Dès notre arrivée, les hommes lui assènent de franches accolades, ravis du retour de cet habitué, s'extasient sur la beauté de celles qui nous accompagnent, tandis que les femmes minaudent et lui reprochent sa trop longue absence en ces lieux. Le carré VIP nous attend. Je n'en reviens pas. La célébrité de ma femme ne nous aurait pas offert autant de privilèges, ici, sur l'île. À New York par contre, les propriétaires de ce genre d'endroit lui déroulaient le tapis rouge, offraient toutes les consommations. Une photo sur les réseaux sociaux et en quelques minutes, des noctambules, fans du célèbre mannequin, arrivaient et des agents prêts à tout pour lui proposer un contrat débarquaient. L'alcool coulait à flot entre de vagues promesses de s'intéresser à certaines propositions juteuses. Giulia rayonnait sous les lueurs stroboscopiques, paradait sous les regards admiratifs de son public. Je n'existais plus. Un temps, je m'étais forcé à l'accompagner, bien que préférant la tranquillité de ma chambre d'hôtel. La naissance de Livia m'offrit la meilleure excuse au monde pour fuir ces mondanités que ma femme affectionne.

Pourtant, ce soir, me voilà, mes enfants confiés à Justine, incité par ma fille à me divertir. Qui pousse son père à les laisser à la nounou pour que celui-ci aille s'encanailler ? Cette chipie s'était rangée à l'avis de Toni qui estimait qu'un peu de distraction me détendrait, que je travaillais trop, tandis que Livia concluait par un « Et Marie et Inès sont trop sympas ! ». *Je crois que la petite cherche une remplaçante à sa mère,* en avait déduit mon oncle en me le chuchotant à l'oreille, sourire aux lèvres.

Mais je n'envisage pas de faire entrer une femme dans ma vie, même provisoirement. Premièrement, parce que je ne suis pas libre, et deuxièmement, parce que… je ne veux pas. Pas plus que de répondre à une attirance physique du genre de celle qui m'échauffe les sens en présence de Marie. Particulièrement ce soir, face à sa tenue à damner un saint. Pas que celle-ci soit provocante, non, mais il émane un je-ne-sais-quoi de sa personne qui ne laisse quiconque indifférent. Je devine les regards concupiscents, les bouches qui bavent de désir de goûter à la sienne parée de rouge carmin. Les mains s'agitent, la frôlent dans des parades bien peu innocentes. Certains hommes osent étreindre sa taille fine mise en valeur par sa robe écarlate qui volète à chacun de ses mouvements graciles tandis qu'elle se déhanche sur la piste. J'admire sa patience et son calme. Elle se défait de ces gestes hardis d'un sourire assorti de quelques mots. Jamais de franches rebuffades. Quant à Inès, plus délurée, elle semble jeter son dévolu sur mon oncle, qui visiblement apprécie les messages sans équivoque de la Parisienne. Même moi, de ma place, je peux deviner ses objectifs. À l'évidence, ces deux-là ne vont pas tarder à s'éclipser ; la tension érotique croît de minute en minute et ne tardera pas à atteindre son paroxysme.

Bon sang, ils ont vingt ans d'écart !

Je ne suis ni coincé de nature ni intolérant, mais quand même ! Peut-être que le fait qu'il soit mon oncle me perturbe. Elle pourrait être sa fille ! Je tente de chasser les images triviales qui s'imposent à moi. Difficilement, vu leur corps à corps sensuel. Assis à siroter mon whisky, je détourne mon regard et le laisse s'égarer sur la foule qui se démène au son de la musique. Je cherche Marie des yeux dans cette nuée compacte de silhouettes qui s'échauffent, sans la trouver.

Deux heures à peine que je suis là et l'envie de m'éclipser me taraude. Parce que, franchement, je me demande ce que je fiche ici. Le trio semble goûter à cette soirée tandis que je m'ennuie, comme d'habitude. Après avoir repoussé une énième nana passablement ivre, je n'y tiens plus. Inès me rejoint à l'instant où j'enfile ma veste.

— Oh, tu pars déjà ? s'étonne-t-elle.

— Je ne me sens pas vraiment à ma place. Les discothèques, c'est pas mon truc, lui avoué-je en essayant de parler assez fort pour couvrir le son des basses.

— Je me demande où est Marie. Elle est censée te tenir compagnie. Ou le contraire, je sais plus.

— Eh bien, tes projets et les siens semblent être différents, parce que, comme tu le constates, je suis seul, là, rétorqué-je, agacé.

— Eh, qu'est-ce que tu fiches ? s'interpose mon oncle alors que je me dirige vers la sortie.

— Je rentre. Je ne sais pas ce qui m'a pris de me laisser convaincre.

— Ne t'énerve pas. Ce n'était pas le but.

— Écoute, Toni, je m'emmerde, OK ? Toi, je vois bien quels sont tes plans et, bien que cela ne me regarde pas, Inès, elle n'est pas un peu jeune ?

— Y a pas de mal à se faire du bien avec une partenaire consentante. Tu devrais le savoir à ton âge, t'es plus un gosse. Merda[11] ! Aless ! Une partie de jambes en l'air de temps en temps, juste du sexe pour du sexe, ça te ferait le plus grand bien. Tu es bien trop sérieux, figliu[12].

Je n'arrive pas à croire que je tienne une telle conversation avec lui !

— Et marié, lui rappelé-je.

---

[11] Merde

[12] fils

— Je n'ai pas envie de polémiquer sur le sujet. Tu sembles oublier que ta femme t'a abandonné depuis plusieurs années avec les enfants pour un autre, ou plutôt pour une flopée d'autres. Rentre bien, conclut-il en tournant les talons.

Et me voilà sérieusement irrité avec ce rappel à ma vie amoureuse totalement en berne, hormis durant les visites sporadiques de Giulia qui m'attire dans mon lit, mais réclame quand même le divorce. Je ne sais pas ce que j'espère en cédant à ses avances.

Alors que je me dirige vers la sortie, des exclamations attirent mon regard vers le bar. J'y découvre Marie, apparemment énervée, semblant se débattre pour se défaire de l'individu manifestement trop audacieux qui lui fait face.

Dans quelle galère elle s'est encore fichue ?! Non, cette fois-ci, elle se débrouille. Elle doit en être capable.

Le « salope » et le bruit d'une gifle retentissante m'incitent à me retourner vers le couple qui hausse désormais le ton et attire les regards des fêtards accoudés au comptoir. Seul le barman tente de calmer les protagonistes de la querelle. Sans grand succès.

Je lève les yeux au ciel et rejoins le duo qui s'insulte. Je dois la sortir de là avant que cela tourne au pugilat. L'homme, visiblement ivre, pourrait devenir agressif, j'ai pu le constater à plusieurs reprises dans les soirées qu'affectionne mon ex, une des raisons qui m'incitait à les boycotter.

En quelques enjambées, je suis près d'elle et m'interpose entre eux à point nommé pour recevoir en pleine face le contenu du verre destiné à celui avec qui elle se dispute.

Génial !

— Oh, je suis désolée, s'excuse-t-elle aussitôt, tandis que le public s'esclaffe autour de nous.

La boisson alcoolisée dégouline de mon front au menton. Avant que je ne réagisse, Marie descend maladroitement de son tabouret, une serviette en papier à la main, dans l'idée, j'imagine, de m'aider. Au lieu de quoi, elle me tombe dans les bras et moi sur le type dans mon dos qui, d'une bourrade, me renvoie en avant. Sous le mouvement inattendu et violent, je bascule, tente de me rattraper au comptoir, balaie d'un revers de main un verre qui s'y trouve. Marie pousse un cri de surprise lorsque le liquide se répand sur sa robe. Nous voilà presque à égalité. Le tissu mouillé moule ses seins. À l'évidence, elle ne porte pas de soutien-gorge. Le barman diverti par la scène nous tend de quoi nous éponger et, au lieu de me sécher le visage, j'entreprends de tamponner son vêtement.

— Mais qu'est-ce que vous faites ? glapit la jeune femme en repoussant ma main.

Oh, putain… Misère.

— Je… je, bafouillé-je, soudain conscient de l'incongruité de la situation.

— Quelle soirée de merde ! Je savais que j'aurais dû rester à l'hôtel, se désole Marie en contemplant les dégâts. Quelle horreur, je pue le whisky. Je déteste le whisky !

Je la devine sur le point de craquer, le cœur au bord des larmes. Sa mine chagrine m'émeut.

— Venez, je vous ramène.

— Merci, je vais rentrer avec Inès.

— Inès est très occupée, vous allez lui gâcher sa fin de soirée. Je rentrais de toute façon.

— Pourquoi vous êtes là ?

— Aucune idée. Enfin, si. Livia et Toni estimaient qu'un peu de détente me ferait du bien. J'ai cédé.

— Ça ne vous ressemble pas.

— Ah bon ? Qu'est-ce qui vous fait dire ça ? m'étonné-je en la poussant devant moi, louvoyant entre les danseurs pour rejoindre notre table.

Sa démarche et ses yeux brillants me laissent entrevoir qu'elle a un peu trop bu.

— Eh bien, si je me réfère à vos confidences et celles de votre fille, vous n'aimez pas ce style de sortie.

— Je ne vous pensais pas attentive à ce point.

— Arrêtez donc de me juger, Monsieur Cantini.

— Alessandro.

— J'ai pour habitude d'appeler par leur prénom uniquement mes amis.

Le deviendrons-nous un jour ? Vu la complexité de nos relations entachées par nos passés, par certain que cela se produise de sitôt. *Il n'empêche que sa dernière réplique me pique au vif.*

Arrivés dans notre box, je détourne le regard, gêné par le déhanchement lascif d'Inès assise à califourchon sur Toni, tandis que ma belle brunette, totalement imperturbable, récupère ses affaires et murmure quelques mots à l'oreille de son amie. Elle a donc décidé de rentrer avec moi…

Waouh ! Ben, le tonton va s'éclater, ce soir !

17 : Douce folie

Marie

La fraîcheur de la nuit nous surprend à la sortie de la discothèque. Je frissonne malgré mon manteau, et nous accélérons le pas pour rejoindre la voiture. Une fois à l'intérieur, Alessandro s'empresse d'allumer le chauffage. Après dix minutes, la chaleur nous enveloppe enfin agréablement. Je dénoue mon foulard, ouvre mon manteau et m'appuie contre la vitre. Le silence plane dans le véhicule, tout juste altéré par la radio en sourdine qui diffuse des chansons locales. Doutant que j'apprécie, mon chauffeur tend la main pour changer de station ; je m'en saisis pour l'en empêcher. De doux picotements irradient à ce contact. Je le romps immédiatement, troublée sans que je me l'explique.

— Vous aimez ? me demande Alessandro, l'air étonné.

— Je ne sais pas. Je ne connaîs pas du tout.

J'écoute encore et suis incapable de dire si j'aime ou non. Il faut dire que je suis un peu pompette.

— Dans la semaine, les Meridianu, un groupe originaire de Santa-Reparata, chantent au couvent de Corbara, ça vous dit de m'accompagner ?

Mon cœur loupe un petit battement, j'ignore pourquoi.

— Vous allez encore donner vos gosses à garder ?

— Sûrement pas ! Ils viendront avec nous.

— À un concert polyphonique ? rétorqué-je, sourcils arqués de surprise.

— Oui, pourquoi ?

— Livia a dix ans !

— Et ?

— Et à cet âge, on apprécie un autre genre de musique.

— Quel genre ?

— Ben, je n'en sais rien. Des trucs de son âge. Genre, le générique de la reine des neiges.

Mes réponses l'amusent.

— Qu'est-ce qui vous fait rire ? m'agacé-je en affichant pourtant un sourire niais.

L'alcool...

— Vos a priori.

— Mais je n'en ai pas. C'est juste que je ne peux croire que des gosses puissent aimer ce style…

— Si, ils peuvent, me coupe-t-il en me jetant des œillades. Et en grandissant, Livia verra ses goûts évoluer en entendant autre chose que ce que j'écoute. Pour l'instant, mes choix personnels les influencent. Et il est primordial pour moi qu'elle connaisse tout ce qui a trait à notre patrimoine corse. J'estime indispensable de connaître nos racines, de perpétuer tout ce qui s'y rattache. Votre père adoptif est espagnol, il me semble, il a dû vous transmettre une part de ses traditions, j'imagine.

« Perpétuer les traditions ». Oui, Papa y tient. Je m'y suis pliée parce que j'estime important, tout comme Alessandro, de faire vivre notre culture, celle de nos origines, en la mêlant à celle du pays où je suis née. Mais aujourd'hui, je ne sais plus qui je suis. Espagnole, marseillaise, parisienne, corse... Un peu de tout ça, apparemment. Est-ce que découvrir de nouvelles ascendances change quoi que ce soit à mon identité ? Je ne pense pas. Mais connaître les raisons de mon existence, par contre, oui. Même si je suis toujours tiraillée par des sentiments ambivalents.

Comme je ne réponds pas, Alessandro n'insiste pas, et seuls le ronronnement du moteur et la mélodie très particulière des chants locaux comblent le silence, envahissant l'habitacle telle une berceuse.

— Nous sommes arrivés, me chuchote une voix chaude et suave à l'oreille.

Je m'étire, ouvre les yeux et croise ceux d'Alessandro. Il est tout près… Trop ou pas assez, je l'ignore. Mon regard caresse son visage ombré d'une barbe naissante. Instinctivement, je tends la main pour effleurer sa joue, ses lèvres. Sa mâchoire se contracte sous le mouvement de mes doigts, mais il ne me repousse pas.

— Qu'est-ce que vous faites, Marie ? chuchote-t-il d'une manière on ne peut plus sensuelle.

— Je ne sais pas…

Nos regards se ligotent l'un à l'autre comme un consentement commun. Soudain prise d'une irrésistible envie de l'embrasser, je cède au désir et découvre la douceur de sa bouche au goût de mojito. Le souvenir de l'incident me revient. Mais j'occulte tout : qui je suis, pourquoi je suis là, les catastrophes en série et mon agacement face à ses remarques déplaisantes sur mon côté « Pierre Richard ». Je ne retiens que sa présence et cette attraction physique irréelle et incontrôlable. Je crochète sa nuque pour l'approcher de moi et titille ses lèvres de ma langue, l'incite à me laisser entrer. Il cède, devient plus entreprenant et m'attire sur ses jambes. Ses mains me plaquent contre lui, bloquent mes hanches qui ondulent incontrôlablement. Une fièvre intense s'empare de moi, comme si Alessandro m'était interdit par mes propres barrières. *Et l'interdit, c'est trop bon.* J'ai chaud, je ressens une envie frénétique de lui, de sentir son corps nu contre le mien, d'ébats rapides et intenses à l'image de nos langues qui dansent un ballet enfiévré. Je retire mon manteau qui me gêne, remonte ma robe jusqu'à ma taille, me maudis d'avoir enfilé des collants plutôt que des bas, puis entreprends de le déshabiller. Il se cabre. J'insiste. Il bloque mes poignets derrière mon dos.

— Je veux…

— Je sais ce que tu veux, me coupe-t-il dans un soupir. Mais c'est impossible. Je n'ai pas…

J'aime qu'il me tutoie enfin.

— Moi si, dans ma pochette, si tu me laisses l'attraper.

Inès les a glissés à mon insu, je ne les ai découverts qu'en allant aux toilettes, maugréant face à son initiative qui se révèle finalement bienvenue.

— Non, pas comme ça, pas ici dans la voiture comme deux ados en rut et toi passablement ivre. Je ne suis pas certain que tu sois en pleine possession de tes capacités de réflexion.

Ce qu'il est beau avec les lèvres boursouflées par ma faute !

— Je ne suis pas saoule. Ma robe sent l'alcool et tu sais pourquoi. D'ailleurs, je pourrais te retourner la remarque. Tu empestes le rhum.

— Que tu m'as balancé à la figure.

— Par accident.

Il niche sa tête dans le creux de mon cou pour y étouffer son rire.

— Marre-toi, mais je ne suis pas si maladroite dans la vie courante. Tu ne me vois pas sous mon meilleur jour, c'est la faute à pas de chance. Et si tu crains pour ta personne, sache que mes partenaires n'ont jamais eu à se plaindre…

— OK, OK. Allons dans ta chambre, et si tu es toujours partante…

S'il s'imagine que le trajet jusqu'à mon lit amoindrira la tension qui m'habite, il se fourvoie totalement.

Je suis déjà sur le perron de l'hôtel avant qu'il n'ait refermé le véhicule. Un sourire amusé ourle ses lèvres devant mon empressement. Par chance pour lui, aucun ascenseur ne dessert les chambres de la résidence de deux étages et les escaliers m'interdisent un assaut frontal, mais aussitôt la porte de la chambre refermée, je le plaque contre le battant et entreprends de le dénuder. Il me stoppe dans mon entreprise.

— Si cela ne t'ennuie pas, j'aimerais me rafraîchir un peu.

Non, mais j'y crois pas, c'est des trucs de filles, ça !

— Excellente idée ! déclaré-je en l'orientant vers la salle de bains.

Si tu espères te défiler, c'est mort. Et j'ai toujours rêvé de le faire sous la douche, même s'il parait que c'est assez acrobatique !

Une fois dans la salle d'eau, je repasse à l'attaque. Un comportement qui ne me ressemble pas, et que je ne cherche surtout pas à analyser.

C'est vrai, ça ! Ce dévergondage et les « one shot », c'est ce que ferait Inès, pas toi !

Je balance un « *ta gueule* » à ma conscience qui s'invite à un instant très inapproprié. L'heure est au plaisir, pas aux questionnements.

— Tu envisages que… nous…, bafouille mon beau Corse qui me regarde me dévêtir sans broncher.

Bon sang, pourquoi fait-il autant le coincé alors qu'il se comporte comme Monsieur Grey au quotidien ?

— Yes. Envie d'assouvir un fantasme, ce soir, expliqué-je en réglant les débits d'eau, déjà nue alors que lui vient à peine de retirer son pull.

Non, mais j'y crois pas ! Il manque un peu de motivation, le mec !

Je m'empresse de lui en donner en lui apportant de l'aide pour ôter son jean, l'encourageant quelque peu par des effleurements sur sa verge, visiblement excitée, elle. Un soupir lui échappe lorsqu'une fois libérée de sa contention forcée, je tombe à genoux sous ses yeux. En le fixant insolemment, je m'emploie à le stimuler davantage par quelques caresses buccales, avant-goût prometteur de la suite à venir, du moins de mon point de vue. Totalement déchaînée ce soir, jamais je n'ai été aussi entreprenante. Mais très vite Alessandro prend les rênes, et je les lui laisse volontiers. Il en profite pour me tirer vers lui et me remettre debout, puis, s'empare férocement de mes lèvres. L'une de ses mains puissantes vient agripper ma cuisse pour la caler contre sa taille. Avant que je ne réalise ce qui m'arrive, nous sommes déjà sous les jets d'eau. Plaquée contre le carrelage frais, j'observe la beauté de cet homme qui opère un peu plus bas pour enfiler la protection que j'ai ramenée avec moi. *Merci Ines.* Sa mission achevée, ses pupilles attrapent les miennes.

— Tu es sûre ?

Si je suis sûre ?! OK, on est comme chien et chat la plupart du temps, mais j'ai quand même envie de lui depuis que j'ai tâté ses pectoraux et maté ses fesses. Ben tiens, j'allais pas me gêner ! Il est beau ce con ! Visiblement, son envie égale la mienne, il n'y a qu'à poser les yeux où il faut.

— Tais-toi et embrasse-moi.

Ma requête – mon ordre plutôt –, nous pousse définitivement vers le point de non retour. Alessandro tire le battant de la porte de douche, nous enfermant dans une bulle de désir trop longtemps refoulée.

18 : Effet boomerang

Alessandro

Putain, mais qu'est-ce qui m'a pris ? Comment ai-je pu me laisser dominer par mes pulsions tel un ado prépubère ? OK ! Mon corps a pris le pas sur la raison la première fois sous la douche, mais après ? En homme raisonnable et posé, je n'aurais pas dû remettre le couvert. Deux fois de plus.

Depuis quand n'ai-je pas baisé toute une nuit ? La dernière visite de Giulia remonte à… un an. Et nos ébats sont hypers rapides. Maintenant, voilà que cette… femme me retourne totalement le cerveau. Me retourne tout court, devrais-je dire. Pour être honnête, ça dure depuis notre première rencontre fracassante : moi de retour à la maison, complètement paniqué, ouvrant la porte à la volée, et elle, cette inconnue, protégeant mes enfants en se plaçant devant eux, ignorant mon identité...

Elle m'horripile, le plus souvent, tout en attisant mon désir de l'aider. Les occasions ne manquent pas, elle accumule les emmerdes. Mais là, je pense avoir dérapé. Tout comme elle, je suppose. À son réveil, j'imagine qu'elle va regretter sa folie tant je soupçonne que ce comportement ne lui ressemble pas. Et pourtant… C'était bon… Très bon.

Recroquevillée en position fœtale, elle dort. Le drap ne la recouvre pas totalement et laisse entrevoir la cambrure de son dos et le bombé de ses fesses. *Fermes*. Deux globes parfaits aussi attirants que ses seins ronds à la taille de mes mains. Magnifiques, sensibles aux caresses. Contrairement à Giulia qui déteste que je les lui mordille, les mamelons de Marie se tendent, réclament cette attention particulière.

Aux souvenirs de ma nuit de débauche, mon sexe se rappelle à moi. Ma raison sonne le glas de mon départ. Je dois avoir disparu avant qu'elle ne s'éveille. De plus, mon avion décolle dans quelques heures. J'espère que les foldingues de copines n'oublieront pas leur promesse, faute de quoi je devrais revoir mon planning.

Je la contemple l'espace d'un instant, quand soudain ses yeux s'ouvrent sur les miens et un hurlement me vrille les tympans. Dans un réflexe pour m'éloigner, je m'étale violemment au sol dans une position grotesque et pousse un cri mi de douleur mi de surprise. Le « ça va ? » de ma partenaire de la nuit attire mon regard sur elle, la tête penchée vers le bas, de l'autre côté du lit. Elle disparaît aussitôt sans attendre ma réponse, et je prends conscience du ridicule de ma situation : moi, à quatre pattes, ma verge en érection tel un cabot prêt à pisser contre le cadre du lit. L'humiliation me submerge ; je tente maladroitement de récupérer mon boxer que je pense avoir laissé au pied du matelas lorsque celui-ci atterrit sur ma tête.

De mieux en mieux !

Je cale ma queue débandante dans mon slip et me relève le plus dignement possible, pas vraiment emballé de me trouver face à Marie. Marie qui se cache sous la couette, visiblement aussi embarrassée que moi.

Tant mieux, c'est sa faute tout ça ! Et la tienne d'avoir cédé à son corps aguicheur. J'espère quand même qu'elle n'a pas oublié ce qu'on a fait, car vu sa réaction, ça en a tout l'air.

Je me rhabille prestement et quitte la pièce sans un regard pour celle qui ne cesse de me compliquer la vie.

Et dire que, dans quelques heures, elle viendra garder mes mômes !

Le jour ne pointera que dans deux heures. C'est à la fois trop tôt et trop tard pour monter chez moi. Les enfants et la baby-sitter doivent encore dormir, je ne souhaite pas les réveiller. La *Brasserie du Port* m'accueillera pour un petit déjeuner. J'y attendrai que sonnent sept heures pour rentrer. Quand j'atteins ma voiture, une voix m'apostrophe. Moyennement surpris, je pivote pour me trouver face à mon oncle.

Eh merde !

— Eh, Aless, tu as passé une bonne soirée ? s'enquiert ce dernier, sourire narquois aux lèvres.

— Et toi ?

— Eh bien moi, que du prévisible. Une bombe, cette jeunette.

Devinant que je ne suis pas prêt à m'étendre sur mes propres activités nocturnes, il se contente de me proposer de partager un café. Faute de pouvoir m'y soustraire, j'accepte, et nous prenons la route vers le port.

Une fois installés à table avec nos boissons fumantes, mon oncle me dévisage, affichant un air béat.

— Tu me parais en forme.

J'ignore sa nouvelle tentative à orienter la conversation vers le sujet qui suscite sa curiosité. Je n'envisage pas de la satisfaire. Tout d'abord parce que c'est mon oncle et parce que je n'ai jamais eu pour habitude de partager mes histoires de fesses comme certains de mes congénères, Pierre en tête, ce petit arrogant qui adore se vanter de ses conquêtes et de ses nombreux talents. De plus, menant une vie d'ascète depuis le départ de Giulia, côté sexe, j'aurais très peu à raconter. Même avant ma femme, n'étant pas un chaud lapin, mes relations peuvent se compter sur les doigts de la main. Enfin presque, si on occulte les flirts du lycée et les baises rapides dans les toilettes du temps de la fac. Et vu la finalité de cette nuit, il est plus qu'évident que j'ai commis une erreur monumentale et foutu le bordel dans la relation déjà complexe que nous entretenons, Marie et moi. Si j'en crois sa réaction, elle regrette son comportement. Je pourrais l'attribuer à notre ivresse commune, mais pour être honnête, nous n'étions pas si saouls.

— J'ai déconné, finis-je par lâcher en écrasant nerveusement les grains de sucre qui sont tombés sur la table. Je ne sais pas trop comment je vais devoir réagir, tout à l'heure, quand elle viendra garder les gosses.

Si elle vient. Parce que je ne suis pas certain qu'après cette sortie en fanfare…

— Oh, le con ! Il s'est barré comme un sauvage ! s'emporte mon oncle en se tapant la cuisse.

— Quoi !? Non, pas vraiment…

Je m'interromps, incapable de lui raconter la conclusion désastreuse de ce qui fut pourtant une nuit fantastique.

— Comment ça, « pas vraiment » ?

— Et toi, c'est pas ce que tu as fait ? Il est encore tôt. Pourquoi t'es pas toujours au pieu avec blondie ?

— Ah non, moi, j'ai conclu en beauté avant de partir. Toi, tu t'es débiné comme un voleur.

Je ne démens pas ; après tout, il est préférable qu'il le pense plutôt que de partager le ridicule de la scène.

— Je ne voulais pas l'embarrasser, mens-je en touillant le contenu de ma tasse.

— Tu manques de pratique dans ce domaine, figliu. Signe ces fichus papiers de divorce, que tu puisses passer à autre chose, m'enjoint-il en fourrageant dans sa tignasse brune, parsemée de quelques cheveux blancs.

Ce geste signe son agacement, il ne supporte pas mon indécision. Il déteste Giulia, il ne comprend pas ce qui me retient.

— Qu'est-ce que ça changera ? Tu crois que ça me donnera plus envie de coucher à droite à gauche ?

— Certainement que non. Mais au moins, tu pourras envisager la possibilité de fréquenter quelqu'un. Tu n'as que trente ans, Aless, et tu vis comme un moine.

— Parce que j'élève deux gamins, dont un de deux ans affecté par l'abandon de sa mère.

— Tu pourrais lui trouver une remplaçante, quelqu'un qui l'aimerait.

— Ou pas. Je ne veux pas d'une marâtre pour eux.

— Figliu, tu as trop regardé *Cendrillon* avec Livia ! s'esclaffe Toni.

— Non, je lis les journaux qui foisonnent de drames de la vie quotidienne et d'histoires de maltraitance dans les familles recomposées.

— Merde, Alessandro, positive un peu !

J'avoue, je suis d'un caractère assez pessimiste, du genre à voir le verre à moitié vide plutôt qu'à moitié plein. Mais quoi qu'il en soit, cette conversation ne rime à rien. L'interlude « Marie et moi » ne mènera nulle part. Je n'imagine pas qu'elle l'envisage. Tout comme moi.

— Si tu arrêtais de te torturer et laissais les choses évoluer naturellement. Si elle a accepté de coucher avec toi, peut-être lui plais-tu malgré ton caractère de cochon, décrète Toni, moqueur.

S'il savait que c'est tout le contraire, que je ne suis pas l'instigateur de cette soirée torride. Les rayons tièdes du soleil levant me rappellent à l'ordre, si bien que je dépose un billet sur la table avant de me remettre sur mes pieds.

— Il faut que je te laisse, j'ai mon bagage à préparer.

— Aless, pense à ce que je t'ai dit !

— C'est facile de donner des conseils aux autres quand on ne les applique pas soi-même.

— Qu'est-ce que tu insinues ?

— Que tu aurais dû appliquer tes préceptes à ta propre vie, toi, l'éternel célibataire, rétorqué-je, agacé par cet échange moralisateur.

— Tu ne peux pas comprendre. Tu ignores tout de mes choix et de leurs raisons, maudit garnement. Et c'est par affection pour toi que je me permets ces réflexions, pour pas que tu finisses seul, comme moi.

Je regrette aussitôt, de l'avoir piqué à ce propos. Je l'aime énormément, Toni. L'idée de lui faire du mal m'en fait en retour, seulement, il me saoule avec ses leçons.

— Mais tu n'as que cinquante ans, bon sang ! C'est peut-être un peu tard pour faire des gamins, mais pas pour finir en couple.

Parce cet idiot ne manque pas d'atouts pour plaire aux femmes, il est grand, bien bati, séduisant. La preuve Ines a craqué pour lui malgré son âge et il est pas que bel homme, mon oncle Toni, c'est vraiment quelqu'un de bien.

— Rentre chez toi. Je t'expliquerai une autre fois.

De nouveau penché vers l'obscurité de son breuvage, je devine que la conversation est terminée pour aujourd'hui. C'est comme ça chez les Cantini. On ouvre difficilement la porte, par contre, on sait parfaitement comment la fermer.

19 : La honte de ma vie

Marie

Oh, mon Dieu, mais c'est pas vrai !

Depuis mon arrivée sur l'île, je ne cesse d'accumuler les situations merdiques ! Je ne me suis jamais sentie aussi humiliée de toute mon existence.

Mets-toi à la place d'Alessandro, le pauvre !

Mais qu'est-ce qui m'a pris de hurler comme une hystérique ?

Ah oui, c'est sûr, maintenant, tu peux rajouter « démente » à ton pédigrée.

Je ne m'attendais pas à croiser ses yeux posés sur moi à peine les miens ouverts. En fait, je ne m'attendais pas à le croiser tout court. Pas que j'étais trop ivre pour oublier m'être jetée à sa tête, non, mais parce que je le pensais rentré chez lui au petit matin.

C'est déjà le matin, crétine !

Oh, Seigneur, je n'ose imaginer ce qu'il doit penser de moi ! Et dire que, dans quelques heures, je me retrouverai face à lui !

Non, je ne peux pas affronter de nouveau son regard. Et si je prétendais être malade ? Inès gérera la situation. Après tout, elle en est l'instigatrice, qu'elle se débrouille ! Ma décision prise, je cesse de déambuler, en proie à mille tourments, pour finalement rejoindre mon lit. Fatiguée par mes activités nocturnes, j'envisage de récupérer et d'oublier toute cette folie. Malheureusement, les effluves du parfum boisé de mon amant d'une nuit titillent mes narines et me renvoient à nos ébats. Ses mains douces et caressantes, sa bouche sur mes seins, sur mon ventre, ses doigts agiles et son sexe… Me recoucher entre les draps imprégnés de son odeur se trouve être une très mauvaise idée.

Je me relève en rageant, rejoins la salle de bains, prends une douche rapide et m'habille d'une tenue de sport. Puis je migre vers le restaurant pour y avaler un petit-déjeuner avant un footing qui, j'espère, me videra la tête de toutes les images du corps nu d'Alessandro. Étonnamment, j'y trouve Inès attablée.

— Waouh ! Déjà debout ?

— Tout comme toi, me contre-t-elle en me claquant une bise sonore sur la joue.

— Oui, mais toi, tu n'es pas très matinale, d'habitude. Et je pensais que tu étais encore dans les bras de ton Toni.

— Oh, j'y étais jusqu'à pas plus tard qu'une demi-heure. Ce mec baise divinement bien. Le proverbe se confirme : « c'est dans les vieilles marmites que l'on fait les meilleures soupes ».

— Tu as de ces comparaisons, quand même, m'offusqué-je en détaillant sa crinière emmêlée.

— Ton retour s'est bien passé ? me demande Inès entre deux gorgées de café.

— Très bien, merci, réponds-je en engouffrant une bouchée de brioche, évitant consciencieusement son regard inquisiteur.

— Et ?

— Et quoi ?

— Eh bien, dis m'en plus.

— Bah, y a rien à dire, marmotté-je, la bouche pleine, les yeux toujours sur ma tasse.

— Pourtant, quelque chose me fait penser qu'au contraire, il y a beaucoup à raconter.

— Ben non.

De toute évidence, je suis grillée. En plus, je voulais lui faire croire à un rhume pour éviter le baby-sitting. C'est raté. Elle voit bien que je suis en forme et donc je vais devoir expliquer pourquoi je veux éviter Alessandro aujourd'hui.

— Menteuse !

— Je ne mens pas ! m'insurgé-je, vexée qu'elle soit si intuitive.

À croire que le pénis de Toni est magique et qu'il insuffle des dons de voyance à ses partenaires...

— OK. Alors comment expliques-tu la présence d'Alessandro à l'hôtel et son départ matinal ? Ah, tu rougis ! Allez, crache le morceau.

— Je... je...

Et merde...

— Oh, Inès, j'ai super déconné, avoué-je en cachant mon visage dans les mains.

— Mais non, tu as juste pris un peu de bon temps, assure mon amie, visiblement ravie.

— Tu ne comprends pas. Je lui ai hurlé dessus et ce matin...

Au souvenir de ma réaction et la scène vaudevillesque qui s'en est suivie, une bouffée de chaleur irradie dans mes veines pour venir, sans nul doute, colorer d'écarlate mes joues.

— Et ce matin s'est conclu en apothéose, suppute Inès, sourire aux lèvres.

— Eh bien... non, au contraire. La honte puissance dix, ou le plus haut degré de l'échelle de Richter. Je suis maudite depuis que j'ai mis les pieds sur ce fichu îlot, décrété-je en m'effondrant sur la table.

— Mais non, ça ne peut être aussi désastreux que tu le prétends. Et les lendemains de baise, ça arrive que la gêne s'installe, tente de me rassurer Inès.

— Si, ça peut, crois-moi. Je ne vais pas pouvoir me retrouver face à lui. Tu vas devoir monter toute seule et quand il sera parti, tu m'appelles et je te rejoins.

— À condition que tu me dises ce qui s'est passé. Je veux les moindres détails, des plus croustillants à cette fin dont tu as si honte.

Je relève la tête pour fusiller Inès d'un regard menaçant censé la dissuader d'insister.

— Pas la peine de me faire tes yeux noirs. Tu racontes ou je te laisse affronter Alessandro.

— Tu peux pas me faire ça !? m'insurgé-je dans un glapissement.

— Si.

— Non, parce c'est ta faute si je me retrouve dans ce merdier, avec tes… tes idées à la noix, fais-je remarquer en lui balançant un bout de brioche sur le buste.

— Eh, je ne t'ai pas mis le couteau sous la gorge pour que tu couches avec le beau gosse. J'étais même pas là ! se moque ma meilleure amie en me balançant mon morceau de viennoiserie en retour

Plutôt « ex » meilleure amie, parce que je vais la tuer.

— Tout va bien par ici ? nous demande une serveuse en s'approchant, sûrement inquiète face à la pseudo dispute.

Bravo Inès ! J'adore me faire remarquer ! Je la foudroie du regard alors qu'elle se fend littéralement la poire.

— Oh, mais oui, parfaitement, réponds-je le plus innocemment possible.

Une fois la serveuse disparue après nous avoir offert un aimable sourire, Inès, peste au possible, reprend la parole :

— Alors ? insiste-t-elle tout en tartinant de confiture de clémentines son pain grillé.

Saleté !

Sachant qu'elle me harcèlera jusqu'à ce que sa curiosité soit assouvie, je cède et lui narre ma folle nuit jusqu'à l'horrible conclusion, sans donner les détails triviaux qu'elle aimerait néanmoins connaître. Son hilarité, bien peu discrète, fait tourner quelques têtes vers notre table.

— Arrête ! D'un, ce n'est pas drôle, et de deux, tout le monde nous regarde.

— Oh si, c'est marrant, parvient-elle à dire tout en peinant à contrôler son rire. Le pauvre, tu te rends compte que, dans l'histoire, il est le plus à plaindre ? Et c'est pour lui que je vais te rendre ce service.

— Non, mais j'hallucine !

— Allez, file courir un peu, tu as besoin de te détendre parce que, visiblement, ta soirée sexe n'a pas eu l'effet escompté. On se retrouve chez les Cantini.

Je ne sais pas pourquoi, mais je lui obéis sans rechigner. Pour autant, cet interlude sportif ne me rassérène pas le moins du monde. J'en reviens plus crispée qu'au départ, sans avoir pu déconnecter mon cerveau de ce tout ce qui me tourmente : ma nuit avec Alessandro, mon héritage maternel, le contenu de ces fichus carnets. De plus, une sensation de malaise m'a saisie tout le long de mon jogging. Bien que seule, à cette heure matinale, j'éprouvais le sentiment d'être épiée. Probablement que l'ambiance troublante m'incite à imaginer tout et n'importe quoi !

En effet, qui pourrait faire ça et pourquoi ?

Mon téléphone m'échappe tant je suis à bout de nerfs lorsqu'Inès m'informe par SMS que la voie est libre. L'espace d'un instant, j'envisage de la laisser se dépêtrer avec les enfants. Par pur esprit de vengeance. Je lui en veux de m'avoir poussée dans les bras d'Alessandro. Sans sa maudite soirée, lui et moi…

Les souvenirs de nos étreintes me reviennent à nouveau et la seule pensée de ses mains sur ma peau, de son corps uni au mien, de ses coups de reins lascifs…

Stop ! me morigéné-je mentalement. Je dois absolument cesser de penser à ces délicieux moments d'ivresse. Il est plus que temps que je rentre chez moi, pour l'oublier et oublier par la même occasion tout ce qui me lie à ici.

Je veux retrouver ma vie, aussi pourrie soit-elle.

20 : Reprendre ses esprits

Alessandro

Trouver Inès devant ma porte me déconcerte quelques secondes. Elle me vend une excuse bidon sur l'absence de Marie et sur les raisons de sa présence à laquelle, bien évidemment, je ne crois pas. Je fais « mine de ». En réalité, je suis mi-soulagé, mi-contrarié. En revanche, Livia ne masque pas son désappointement. Inès lui adresse un sourire charmeur et s'efforce de la rassurer, lui promettant que Marie les rejoindra dès qu'elle se sentira mieux – *dès que j'aurai tourné les talons*, en déduis-je.

Je m'interroge sur ce que la jeune femme peut savoir. Peut-être tout, peut-être rien. Rapidement, je devine qu'elle n'ignore rien de notre interlude nocturne. Son « ça va aller » et sa main en signe d'apaisement sur mon bras m'incitent à supposer qu'elle connaît également l'issue matinale.

Oh, mon Dieu ! J'espère que Marie s'est abstenue d'en donner les détails.

Une chaleur soudaine embrase mes joues tant l'idée qu'elle se soit laissée aller à raconter cette situation humiliante m'embarrasse.

— J'espère qu'elle se remettra rapidement.

— Tout sera oublié… enfin, rentré dans l'ordre à ton retour, m'assure Inès.

Souhaitons qu'il en soit de même pour moi, que mes occupations professionnelles effacent les images de cette nuit, de son corps brûlant et impatient, de sa stupeur – donc de ses regrets – lorsque son regard a croisé le mien au petit matin.

À l'évidence, je dois éviter cette femme. Pour mille raisons. Donc à mon retour, j'éviterai tout rapprochement physique, j'adresserai mon projet directement à mon oncle et il se démerdera avec la Poli. Moi, je ne veux plus rien avoir à faire avec elle. Je n'aspire qu'à retrouver ma vie d'ermite, ce qui ne sera pas évident, Marie ayant perturbé ma libido. J'admets que Toni a raison, mettre un terme à cette mascarade de mariage s'avère nécessaire pour passer à autre chose, reprendre une vie sociale et « vider mes couilles » plus souvent, comme il ne manquerait pas vulgairement de le dire. Pas le plus difficile, je ne manque pas de sollicitations. C'est donc la tête pleine de bonnes résolutions que j'emprunte le chemin de l'aéroport après avoir chaudement abreuvé mes enfants de recommandations et les avoir couverts de baisers.

Une heure après mon arrivée à Nice, les emmerdes ne cessent de pleuvoir. Le temps, d'ailleurs, se marie parfaitement à la situation et à mon humeur de chien. Impossible de mettre la main sur le chef de chantier. Seuls quelques ouvriers s'affairent à l'intérieur de la bâtisse pour échapper aux trombes d'eau qui perturbent les activités extérieures.

— Mais qu'est-ce qui se passe, ici ?

— Z'êtes Corse ? s'enquiert un jeune d'une vingtaine d'années, un plâtrier, je suppose, vu son occupation. Parce z'avez drôlement l'accent, dis donc.

— Écoutez, je ne suis pas venu pour débattre de mes intonations. Je suis l'architecte et mon client mécontent aimerait savoir pourquoi vous n'êtes pas dans les temps.

— Ben, faudrait voir avec le contremaître.

— Et il est où ? Pas dans son bureau en tout cas.

— Sûrement chez lui, suggère l'électricien.

— Chez lui ? Pourquoi, il est malade ?

— Bah, non. Il fonctionne comme ça, le gars. Il vient pas beaucoup sur les chantiers.

— Donc quand le chat n'est pas là, les souris dansent, m'énervé-je en perdant patience.

— Eh ! Nous, on bosse avec ce qu'on a, OK ? Allez voir le chef et gueulez-lui après si ça vous chante. Nous, on y est pour rien, s'insurge le plus âgé des ouvriers.

— OK, et quelqu'un peut me donner son adresse ?

Je pressens les ennuis se profiler à l'horizon et mon séjour sur le continent s'allonger. Je doute pouvoir régler le problème en une journée et ma visite houleuse au chef de chantier confirme mes soupçons. Un aller-retour express est désormais inenvisageable. J'espère néanmoins redresser la barre en quarante-huit heures, maximum. Je ne supporte pas d'être éloigné de mes gosses, et les savoir sous la surveillance de Marie, plutôt encline à susciter des catastrophes, ne me rassure pas. J'appelle donc mon oncle pour qu'il me tienne informé de la situation, soupçonnant que Livia ne soit pas assez franche pour tout me raconter.

— Oncle Toni, je suis dans la panade. Mon séjour va durer quelques jours et j'aimerais que tu montes voir si tout se passe bien. Et… si Marie est bien avec les gamins, comme prévu.

— Pourquoi n'y serait-elle pas ?

— Eh bien, ce matin, seule Inès est venue. Marie était… indisposée, on va dire.

— Oh, elle est malade ou elle souhaitait éviter de te croiser après ton départ matinal en mode goujat ?

Je souffle, exaspéré qu'il remette le sujet sur le tapis.

— Bon, ça va, pas de soucis, je passerai après l'école. Mais écoute, mon grand, Marie, faut être sympa avec elle, OK ? Ça m'ennuierait beaucoup de la voir malheureuse, la gosse de Marissa. Je… j'ai fait une promesse et… Bref, promis, j'irai voir mes neveux, conclut-il avant de raccrocher subitement, me laissant pantois tant j'éprouve le sentiment que cet engagement évoqué n'a rien à voir avec les enfants, mais avec tout autre chose.

Pris dans les tracasseries professionnelles, j'oublie rapidement cette étrange discussion, tout comme la troublante brunette qui perturbait mes pensées ces derniers jours. Ce n'est que dans la soirée que les souvenirs déferlent, lors de mon appel à mon domicile. Livia ne cesse d'évoquer la jeune femme et sa rigolote de copine avec lesquelles elle passe indubitablement du bon temps. Lisandru semble également enchanté ; je l'entends au loin rire aux éclats, ce qui lui arrive bien peu fréquemment. Je peine toujours à comprendre ce qu'il ressent en présence de ces quasi-inconnues, mais me réjouis de le savoir heureux, m'inquiétant cependant de ce qu'il adviendra quand les deux parisiennes rejoindront la capitale.

Moi, je retrouverai ma vie, ma tranquillité et… ma solitude. Celle que je m'impose, mais qui me convient.

Pas vraiment.

Peut-être cherché-je simplement à m'en convaincre, trop déçu par Giulia, refusant d'envisager une liaison stable et m'imaginant que repousser sans cesse la signature du divorce me protège des tentatives de séduction qui ne manqueront pas si je révèle au monde l'échec de mon mariage.

Une nouvelle femme dans ma vie risquerait de fragiliser la relation particulière que j'entretiens avec ma progéniture, centre de mon univers. J'aime mes enfants plus que tout, plus que qui se soit, et dénie à quiconque le droit de les élever, de les choyer ou de les réprimander à ma place.

Pourtant, assis seul dans ma chambre d'hôtel, l'évidence me frappe : j'ai confiance en Marie. Bien plus que je ne peux le croire moi-même. Au point de lui confier les amours de ma vie.

Et merde, la voilà de retour dans ma tête.

21 : Révélations

Marie

Je ne peux m'empêcher de marquer ma surprise en découvrant Toni sur le pas de la porte. Sa présence enchante sa petite nièce, mais personnellement, elle me gêne quelque peu. Je suis rattrapée par des images de lui et ma meilleure amie dans un corps à corps érotique. *Berk.* Il faut admettre que l'homme possède un certain charme, du charisme même, et certains traits physiques communs à mon beau ténébreux. Mais Inès est comme ma sœur !

J'ai dit *« mon » beau ténébreux ? « Mon » rien du tout, oui !*

Je chasse de mon esprit ce croisement d'idées grotesques, pour recevoir Monsieur Cantini, individu hyper protecteur à qui Marissa portait manifestement beaucoup d'affection. Et l'idée de l'interroger sur cette relation et découvrir à travers ses propos ma mère biologique m'effleure l'espace d'un instant. Envie fugace freinée par l'arrivée d'Inès qui se réjouit de cette visite dont elle se croit l'objet. Pour ma part, j'en devine une autre raison : Alessandro s'inquiète pour sa progéniture.

— Oh, Toni, quelle agréable surprise ! s'exclame mon amie en minaudant.

Je lève les yeux au ciel, agacée. Je n'ai guère envie qu'elle nous la joue séductrice devant les enfants et j'espère qu'elle se comportera correctement.

— Eh bien, je passais dans le coin…

Ouais, c'est ça ! Ah, ah, très crédible, alors que la maison se situe au plus haut de Monticello, et dans une impasse !

— Votre neveu vous envoie, il n'a pas confiance en les capacités de « miss catastrophe », lancé-je, caustique, en refermant la porte derrière lui.

— J'ai cru comprendre que tu les accumulais depuis que tu es là. On ne peut donc pas lui reprocher de s'inquiéter, se marre l'oncle.

— Non, c'est vrai, concédé-je. Mais pour ma défense, tout est arrivé à cause de la dégradation de la maison.

— Très juste, admet Toni. C'était une très belle demeure du temps de ta mère.

— Oncle Toni, tu viens manger avec nous à la *Rusta ?* le coupe Livia.

— Je ne crois pas que ton père serait content si tu mangeais encore des pizzas. Et si je vous préparais mes cannellonis au brucciu[13] ?

La gamine sautille sur place, enchantée par la proposition, et j'avoue que je le suis également. Inès et moi étant de piètres cuisinières, manger dehors relevait d'une question de suivi papillaire.

— Oh, mais c'est que tu possèdes de multiples talents ! s'exclame Inès, admirative. Comment se fait-il que tu sois toujours célibataire ?

Toni me semble se rembrunir, élude la question et tourne les talons avec pour excuse des courses à faire pour l'élaboration du repas.

---

[13] Communément appelé brousse sur le continent, fromage que les Corses désignent comme leur « fromage national ». « *Qui n'en a pas goûté ne connaît pas l'Île* » écrivait Émile Bergerat à la fin du xixe siècle.

— Qu'est-ce que j'ai dit ? s'étonne Inès à qui cette fin de non-recevoir soudaine n'a pas non plus échappé.

— Et j'en sais quoi, moi ? Il n'aime peut-être pas que l'on aborde son célibat ? Il a peut-être peur que tu le demandes en mariage ? m'esclaffé-je bien peu élégamment.

— Non, intervient Livia, je crois qu'il a été amoureux, mais pas elle. Enfin, j'ai compris comme ça.

Mains sur les hanches, sourcils froncés, déconcertée par ces propos, j–e dévisage la gamine qui visse sa casquette sur la tête.

— Ben, un jour, j'ai entendu papi et lui se disputer parce que tonton était toujours pas marié, avoue-t-elle en haussant les épaules. J'espère que papa fera pas comme lui, toujours à attendre après maman pour rien, nous confie Livia.

Toujours à attendre après maman ? Pour une fois, j'espère que la vérité ne sort pas de la bouche des enfants. On vient de coucher ensemble, tout de même !

— Oh, tu voudrais qu'il se remarie ?

— Ben oui. Il est beau, gentil, mon père. Et j'aimerais une maman pour Lisandru.

Mon regard croise celui d'Inès, le bambin dans ses bras, et je m'accroupis à hauteur de sa sœur, une lueur de tristesse infinie dans le sien.

— Mais il a une maman, même si elle ne vit plus ici.

— Non, c'est pas une maman. Les mamans, elles, prennent les enfants avec eux quand elles s'en vont, elles ne les abandonnent pas, déclare-t-elle avec un sérieux d'adulte qui me méduse. Moi, j'en veux une qui m'aime, même si c'est pas la vraie. J'en veux une comme celle de ma copine Victoria. Elle est super gentille. Son papa l'a trouvée après que la sienne soit morte.

— Ma puce, mais la tienne ne l'est pas.

— C'est tout pareil ! s'écrie-t-elle en fondant en larmes et s'enfuyant vers sa chambre.

Son désarroi me cloue sur place. Je ne sais ni comment agir ni que dire. Oui, parfois les mères ne sont pas aimantes, parfois elles vous abandonnent pour des motifs justifiables, parfois non. Certaines possèdent la fameuse fibre maternelle, d'autres pas. Qu'en était-il de la mienne ? Cette question revient à nouveau me tarauder.

— Inès, imploré-je, je fais quoi ?

— Aucune idée.

Toni, de retour, nous sauve de notre incapacité à trouver les mots et les gestes adaptés à une telle situation.

— Houlà, vous en faites une tête ! Quel est le problème ? s'enquiert-il, suspicieux, en me dévisageant.

Il s'empresse de poser ses courses sur l'un des plans de travail de la cuisine.

— Ce… c'est Livia.

— Quoi ? Il se passe quoi avec Liv ? s'inquiète-t-il.

— Eh bien, elle pleure… et je ne…

Avant que je ne m'explique, il m'interrompt pour savoir où elle se trouve et se précipite vers les escaliers, affolé. Il redescend un quart d'heure plus tard.

— Désolé, j'ai imaginé… Vraiment désolé, s'excuse-t-il, manifestement penaud.

— Nous ne sommes pas très douées pour consoler les enfants et faire face à ce genre de situation, avoue Inès.

— J'ignorais qu'elle vivait aussi mal cet abandon. Et je me demande si Aless en est conscient. Je comprends mieux pourquoi elle s'est attachée si vite à toi.

Je n'ose imaginer ce qu'il sous-entend et qui pourtant semble cohérent avec le comportement de Livia et ses souhaits. Mais jamais je ne pourrai y répondre malgré le rapprochement physique avec son père, interlude qui s'est conclu d'une bien étrange manière. Il n'y n'aura donc jamais de deuxième fois, même si je le désirais. Je rougis en songeant à ma stupide réaction. Sans oublier que j'ai une vie… loin d'ici.

— C'est vraiment terrible, intervient Inès. Je me demande comment on peut vivre avec le sentiment d'être mal aimé par celle qui vous a mis au monde et qui vous abandonne… Oh pardon, je suis navrée, Marie.

— Ce n'est rien. J'ai été choyée par mes… deux parents, je ne peux ressentir ce manque comme Livia.

Non, juste de la colère envers ma famille adoptive et de naissance pour ne m'avoir pas informée plus tôt.

Peut-être aurais-je eu envie, plus jeune, de connaître Marissa ? Alors que maintenant, je suis partagée entre mille sensations opposées.

— Je… j'aimerais te parler de ta mère, si tu le veux bien, m'informe Toni.

J'en éprouve le désir alors que je manque de courage à poursuivre ma lecture. Les efforts de ce Cantini à redorer le blason de ma génitrice – je le devine –, changeront-ils mes sentiments envers elle ?

En l'instant, je ne suis pas du tout partante pour l'écouter malgré les envies fugaces qui m'effleurent. Et je me giflerais pour être aussi indécise. Mais pour l'heure, je me sens mal à l'aise face à Toni, l'image d'Alessandro s'imposant à moi, et particulièrement, la conclusion de cette nuit de débauche.

22 : LA SURPRISE

Alessandro

Après trois jours de discussions animées et de menaces, je parviens à remettre en route le chantier. Ce connard ne travaillera plus jamais pour moi et devra s'estimer heureux de pouvoir poursuivre son activité. Mon client ne manque pas de relations pour gâcher la réputation de quiconque. Il était hors de question que ce chef de travaux ternisse la mienne, par effet rebond.

Toni m'attend à l'aéroport de Calvi. Le froid s'est soudainement installé après un été indien ayant perduré jusqu'à mon départ pour Nice.

— Qu'est-ce que tu fais là ? J'ai ma voiture, m'étonné-je en lui donnant une tape amicale dans le dos.

— Je voulais te parler en tête à tête.

— Oh, un problème ? m'inquiété-je en commençant à marcher.

— Oui et non. Je dois discuter de plusieurs choses qui te concernent, ainsi que Livia et Marie, et tant qu'à faire, il est temps que l'on aborde nos propres secrets de famille.

— Houlà, il va y en avoir pour des heures !

— Je serai bref et concis.

— OK, allons boire un café à Calvi, il fait un peu froid pour jacasser dans une voiture.

Dix minutes plus tard, nous sommes attablés *Chez Tao,* bar lounge intimiste perché sur la Citadelle et offrant une belle vue sur la mer et les plages.

Mon oncle m'entretient de tout ce qu'il estime que je dois savoir, des blessures psychiques de ma fille chérie aux histoires de famille. Rien ne me surprend vraiment, ni les sentiments de Livia ni l'alcoolisme de mon père, cause de l'accident ayant emporté ma mère et ma sœur et qu'il a préféré attribuer à une vendetta des Poli. Par contre, ses révélations sur le caractère violent de Gabriel et l'amour qu'il éprouvait pour Marissa, ainsi que l'aide qu'il lui a apportée pour qu'elle s'enfuie me laissent sans voix et abasourdi. Je comprends désormais en partie les raisons de son célibat, que d'ailleurs, il m'explique enfin sans détour.

— J'ai voulu l'épouser, tu sais, quand ce connard qui l'a mise enceinte s'est tiré. Sa mère aura réussi à le convaincre de quitter Marissa. Une vieille bique hyper catho, tu vois le genre… Et bien sûr anti-avortement. Marissa m'a raconté qu'au début, le père du mec voulait qu'il assume, mais que la mère pétait régulièrement des câbles. Une commandante, celle-là, qui menait tout le monde à la baguette. Tu comprends, elle avait des rêves pour son fils chéri, et en devenant papa, ça changeait tout. Elle en est venue à reprocher à Marissa d'avoir coincé son fils dans un avenir moins glorieux que celui dont elle rêvait pour lui. Perdue et paniquée, Marissa s'est tournée vers moi, comme toujours. Je l'aimais tellement que j 'étais prêt à tout accepter même l'enfant d'un autre et lui donner mon nom…

Ce qui aurait fait de mon oncle, le père de Marie. C'est vraiment bizarre à imaginer Elle aurait, alors, été ma cousine…

—… Mais elle voulait pas m'imposer la petite ni me faire quitter l'île. Elle m'aimait aussi, mais comme un frangin. Elle trouvait pas juste de devenir ma femme, juste pour la sortir du merdier dans lequel elle était. J'avais des potes à Marseille et elle a accepté cette aide bienvenue, et après ça, nous sommes restés en contact, comme deux amis.

— Marissa voulait avorter ?

— Non. Elle aimait vraiment Esteban. Et lui aussi l'aimait, au début. L'adoption était la seule solution pour elle à l'époque. Tu comprends… Sans le père et sans argent, c'était trop difficile pour elle.

— Vous avez continué à vous parler jusqu'à son décès ?

— Heu, c'est qu'en fait… Elle n'est pas morte.

— Pas morte ? répété-je, doutant avoir bien entendu.

Mon oncle me confirme d'un hochement de tête.

— Mais…

— Je n'étais pas censé te dévoiler tout ça.

— Waouh ! Et donc, c'est quoi la suite des projets pour Marie ? Elle le lui dit dans ses carnets ?

— Oui, me répond-il sans entrer dans les détails.

— Elle projette de revoir sa fille soudainement, comme ça, au bout de vingt-huit ans ? En débarquant avec son fils, j'imagine.

— Je ne sais pas. Tout dépendra de Marie. Je… j'ai tenté de lui parler de Marissa, mais elle est trop en colère pour l'instant. Elle refuse de m'écouter.

— Et encore aujourd'hui, là, maintenant, tu es en relation avec Marissa ?

— Oui. Je l'ai toujours été, me répond-il en détournant le regard, manifestement embarassé.

— Mais… tu m'as laissé croire… Et quand je l'ai emmené chez papa…. c'était quoi ce cinéma ? J'hallucine ! Et en plus, tu l'aimes toujours c'est ça ? D'un amour sans retour ? C'est pour ça que tu es encore célibataire, en conclus-je en liant les pièces du puzzle.

— C'est… Ton père, il doit pas savoir… Il déteste tellement les Poli… je pouvais pas lui dire, et nos parents… personne ne peut comprendre ni accepter… ils ont tous été tellement en colère, humiliés… donc ben je fais semblant… et pour ce qui est de ma relation avec Marissa, c'est différent aujourd'hui. Elle est heureuse. Alors oui, c'est vrai ; j'ai longtemps espéré, mais à ses yeux, j'ai été et je reste Toni, son frère très protecteur. Tu comprends pourquoi je ne veux pas que tu t'obstines à attendre que Giulia revienne. Tu dois passer à autre chose. Pour toi, pour Liv et Lisandru. Lâche l'affaire, Aless. D'autres femmes méritent plus d'attention, et toi que l'on t'aime pour ce que tu es, pas pour ce que Giulia veut que tu sois. Cette femme est toxique pour toi et les enfants.

Je ne lui révèle pas que je ne fais aucune illusion sur les sentiments de ma femme. Je souhaitais juste que les gosses s'imaginent une possible réconciliation, que nous formions un semblant de famille. Il faut croire que je me suis fourvoyé, que ma fille désire que nous passions à autre chose, prête à ce que quelqu'un entre dans ce petit cocon douillet que je tente depuis si longtemps de préserver.

— Tu as raison, je vais signer ces papiers.

Mon oncle m'assène une tape virile assortie d'un éblouissant sourire de satisfaction.

Une fois devant chez moi, je ne songe même plus à l'embarras qui risque de s'installer entre Marie et moi. Tout à mes nouvelles résolutions, je franchis la porte en sifflotant. Mais une surprise m'attend.

Assises sur les canapés qui se font face, ma femme, Marie et Inès se dévisagent en chiens de faïence. Livia, installée entre ses nounous occasionnelles, tient Lisandru dans ses bras. Les regards glaciaux qu'elles s'adressent laissent suspecter une rencontre agitée. À mon « Je suis là ! » lancé depuis le seuil avant que je ne les voie, leurs visages convergent vers moi dans un mouvement synchronisé. Giulia se lève aussitôt et se précipite à ma rencontre, m'étreint et m'embrasse à pleine bouche avant que je ne puisse l'en empêcher. Sans nul doute un geste délibéré pour marquer son territoire. Je la repousse sans ménagement, irrité par cette soudaine accolade devant des étrangers.

— Qu'est-ce que tu fous là, Giulia ?

— Je suis rentrée à la maison. Dis-leur de s'en aller, nous n'avons plus besoin de leurs services. Moi, elles ne m'écoutent pas, et sache que Livia a refusé de m'embrasser. Tu pourrais trouver mieux comme baby-sitters que celles qui n'ont même pas repris Liv pour ses mauvaises manières.

— Viens, Inès, allons-nous-en, annonce Marie, péremptoire, en se levant du sofa.

— Non ! s'insurge ma fille. C'est elle qui va partir. Elle habite plus ici, elle a pas d'ordres à donner. Ils sont divorcés.

— Tu vois comme elle est insolente !? Heureusement que me voilà rentrée pour rééduquer ces enfants. Vraiment, Aless, tu te laisses mener par le bout du nez par cette gamine.

— Tu vas rien faire du tout ! hurle notre fille. Retourne d'où tu viens avec ton nouveau fiancé. On te veut plus ici.

— Calme-toi, Livia. Et ce n'est pas très gentil de parler comme ça à sa maman, tente Marie en lui caressant les cheveux.

— Elle nous a abandonnés ! C'est plus ma mère ! Et de toute façon, elle nous aime pas, elle s'en fout de nous. Je comprends pas pourquoi elle revient, vocifère ma princesse, désormais en larmes.

Je m'étonne de la trouver là après la dispute que nous avons eue le jour même de l'arrivée de Marie, même si elle a pour l'habitude de se pointer à l'improviste entre deux amants.

— J'abuse certainement, mais est-ce que vous pourriez emmener les petits avec vous ? demandé-je au duo Marie/Inès. Mon ex-femme et moi devons avoir une petite discussion en tête à tête.

— Ton ex-femme, s'étrangle Giulia. Je ne crois pas, non. Tu n'as toujours pas signé les papiers l'officialisant.

— Ce sera bientôt fait, l'informé-je en dévisageant froidement cette femme aux allures étudiées et sophistiquées.

Aujourd'hui, Giulia porte une robe près du corps qui souligne ses atouts physiques, sa taille fine et ses seins généreux. La longueur de la robe dévoile ses longues jambes fuselées. Oui, ma femme arbore une silhouette parfaite, entretenue quotidiennement par des régimes et des séances de sport à l'appui. Elle est incontestablement belle, mais d'une beauté désormais artificielle comme cette bouche carmin plus pulpeuse que dans mon souvenir.

L'image de celle de Marie s'égarant sur mon corps en une douce caresse s'impose à moi soudain. *Oh putain ! Comme si c'était le moment !*

— Mais non, je ne veux plus ! s'irrite-t-elle, le ton montant crescendo dans les aigus.

Me voilà dans la merde, parce que moi, j'y tiens, maintenant !

— Arrête de crier, s'énerve Livia en berçant son frère. Tu fais pleurer Lisandru.

D'un mouvement de tête, Inès sonne la retraite.

— Nous serons à l'hôtel, m'informe Marie. Appelle si tu veux qu'on les ramène.

— Je viendrai les chercher. Prends ma voiture, la tienne n'est pas équipée de sièges pour les enfants, laisse-moi les clés de la vôtre.

Nos mains s'effleurent alors que nous les échangeons et un frisson délicieux m'envahit à ce contact. Aussitôt me revient à l'esprit la douceur de sa peau, et à nouveau celle de ses lèvres sur… Je me secoue mentalement pour chasser ces images malvenues en l'instant.

— D'où elles sortent, ces deux-là ? Comment tu as rencontré ces Parisiennes ? Tu as couché avec laquelle ? m'invective Giulia à peine la porte refermée.

— Je ne vois pas en quoi ça te regarde, répliqué-je en me dirigeant vers mon bureau pour y récupérer ces fichus documents reçus des mois plus tôt, via son avocat américain, et sur lesquels mon seul autographe suffit à valider la fin de notre mariage.

Lorsque je redescends, les feuillets dûment signés d'une main rageuse, je trouve Giulia installée sur le divan, dans une posture ne laissant planer aucun doute sur ses intentions.

— N'essaie même pas. Prends ton accord de divorce et dégage.

— Tu ne m'y contraindras que par la force.

Féline, elle se lève avec toute la grâce dont elle sait user, puis avance vers moi d'un pas chaloupé. De sa main manucurée, elle empoigne ma verge à travers mon pantalon et approche son visage de mon oreille.

— Et l'on sait tous deux comment cela se termine, conclut-elle, sourire provoquant aux lèvres.

23 : BOULEVERSEMENTS

Marie

— Elle peut pas revenir comme elle en a envie. Elle peut pas faire ça, pas vrai ? s'inquiète Livia qui, manifestement, ne supporte pas le retour de sa mère.

Étonnante réaction chez une gosse de son âge, tant habituellement les enfants de divorcés aspirent tous à une réconciliation de leurs parents. Et une mère reste une mère. J'aime la mienne, même si je lui reproche son silence sur les secrets de ma naissance. Peut-être aurais-je pu apprécier ma génitrice si nous nous étions rencontrées. Pour l'heure, Lydie me manque terriblement et je rêverais de la revoir, particulièrement maintenant. Elle saurait m'apaiser, m'expliquer et chasser cette sourde rancœur que j'éprouve parfois ces derniers jours. Et sans aucun doute, elle nous aiderait, Inès et moi, à trouver les mots justes pour calmer les craintes de Livia.

— Eh bien, les mamans, il leur arrive de faire des bêtises et de regretter, tenté-je, évasive, tout en ouvrant le mini-bar de ma chambre pour lui proposer un soda.

Comme les tiennes.

— Elle s'est sûrement rendu compte que vous lui manquiez, toi et Lisandru, continué-je à contrecœur.

— Je crois pas, non. Ils vont recommencer à se crier dessus, et je veux pas que mon frère les voie se taper.

— Se taper ? m'enquiers-je d'une voix étranglée, la main tremblante en lui tendant sa boisson, horrifiée à cette évocation.

— Ton papa frappe ta maman ? cherche à savoir Inès.

La petite fille hoche négativement la tête avant de s'expliquer :

— C'est toujours elle qui commence par crier. Puis, comme papa bouge pas, elle s'énerve, casse la vaisselle et finit par lui donner des coups de poing, même si je crois pas qu'elle lui fasse très mal. Alors papa essaie de la calmer. Des fois, il lui hurle après pour qu'elle arrête, et, s'il y arrive pas, il l'emmène dans la chambre. Après, ça va mieux et ils s'embrassent toute la journée. Mais Lisandru a peur et il pleure quand elle crie. Moi non plus, j'aime pas quand ils se disputent comme ça. Et c'est chaque fois pareil quand elle revient.

Mon regard croise celui d'Inès par-dessus la tête de Livia assise au bord de mon lit, moi accroupie à ses pieds. Nous n'imaginons que trop bien comment se termine cette débauche d'énergie. Une vague sourde de jalousie malvenue m'envahit. Je n'ai pas le droit de ressentir ça. Alessandro et moi, c'est déjà du passé. J'expire profondemment, mais des images de lui et de cette femme sublime en train de faire l'amour viennent me grignoter le cerveau.

— C'est peut-être comme un jeu entre eux, suggère Inès, ne sachant, tout comme moi, que répliquer.

— Ben, je crois pas, parce que papa dit toujours : *jeu de mains, jeu de vilains*. Je veux pas qu'elle revienne, conclut la petite fille en fondant en larmes.

Son chagrin me bouleverse, et je ne sais que faire d'autre que la serrer dans mes bras et la laisser exprimer sa peine. Par chance, Lisandru, trop jeune pour comprendre, joue à sortir les carnets et les diverses babioles qui se trouvent dans une de mes caissettes que lui a donné Inès pour l'occuper.

— Marie, tu veux pas venir habiter à la maison ? Comme ça, ma mère sera bien obligée de s'en aller.

La demande me prend de court et me déconcerte. Comment peut-elle avoir des idées aussi abracadabrantes ?

— Ce n'est pas vraiment possible et ton père souhaite peut-être que ta maman revienne. Parce que, qui sait, elle a pu changer, suggéré-je de mauvaise grâce.

— Pourquoi tu peux pas ?

— Je vis à Paris, Livia, je ne suis que de passage.

— Tu vas pas venir ici quand papa et Toni auront réparé ta maison ?

— Je ne pense pas.

— Si, pour les vacances, intervient Inès en me fusillant du regard et marmonnant à voix basse un « va pas la faire pleurer davantage ». Et je viendrai aussi, et on ira à la plage et visiter la Corse avec tonton Toni.

— Je t'aime bien, tu sais, m'avoue la petite fille dans un énième reniflement.

— Moi aussi, admets-je en lui tendant un mouchoir en papier, étonnée de m'être m'attachée à cette gosse en à peine quinze jours.

— Tu penses qu'il va bientôt arriver, papa ? Tu crois qu'on pourra aller au cinéma, comme on avait prévu ?

— Eh bien, on n'a pas eu le temps de lui demander. Peut-être qu'il voudra faire autre chose, maintenant que ta maman est là.

Une notification synchronisée arrive sur nos téléphones et Inès et moi les consultons de concert. Un « yes ! » de satisfaction échappe à mon amie, tandis que je fronce les sourcils, paniquée face à ce SMS laconique :

« Rendez-vous lundi 23 à 9 heures dans nos bureaux. Réception du message à confirmer. »

— Tu as l'air bien contente. Il dit quoi ton texto ? m'enquiers-je.

— Oh, la même chose que le tien, je présume, m'informe Inès. Et pourtant, tu ne sembles pas ravie.

— C'est que je… Tout cela me paraît précipité et rien n'est vraiment réglé, ici. Et ça ne le sera certainement pas avant notre départ dans trois jours, m'expliqué-je.

— Tu vas déjà partir ? s'inquiète Livia.

— Eh bien, on dirait que oui, et plus tôt que prévu. J'ai un rendez-vous important pour mon travail, enfin, un nouveau travail. Je ne peux pas faire autrement, tu comprends ?

La petite fille se renfrogne à ma réponse.

— Et si nous descendions déguster un chocolat chaud accompagné de canistrelli[14] ? Quant à nous, nous discuterons… plus tard, ajoute Inès à mon intention.

— J'aime pas, marmonne la gamine d'un ton boudeur.

— J'ai vu qu'ils avaient aussi des gâteaux au chocolat.

— J'en veux pas. Et d'abord, on n'a pas le droit aux sucreries parce que c'est bientôt l'heure de manger.

— Alors allons voir le menu et buvons l'apéro, décide Inès en se levant.

— Non. Je veux rentrer chez moi, décrète-t-elle soudain.

— Ton père nous a demandé de l'attendre ici, lui rappelé-je.

— Il tarde trop. Je veux remonter. Maintenant, exige-t-elle en se levant.

— Écoute, ma puce…

— Je suis pas ta puce, t'es pas ma mère ! me coupe-t-elle, en colère.

Je ne reconnais pas la douce fillette côtoyée ces derniers jours qui me foudroie du regard et hausse la voix. Indécise et muette, j'implore le secours d'Inès en me tournant vers elle.

— On devrait appeler Toni à la rescousse, me suggère-t-elle à l'oreille.

Plutôt son père ! Et qu'il se débrouille entre sa femme, ex, ou je sais quoi, et sa fille ! Parce que celle-ci n'a pas tort, monsieur prend son temps pour régler son différend, et je préfère en occulter la raison, à savoir lui et elle sur l'oreiller, dans une baise bestiale qui ferait suite à des cris et un corps à corps musclé.

Putain, je suis bel et bien jalouse !

Je me sermonne et me gifle mentalement pour de telles pensées. Depuis que j'ai couché avec le beau Corse, je n'arrête pas

---

[14] Gâteaux secs typiques de Corse

de m'imaginer à nouveau dans ses bras et aujourd'hui, alors que cette femme est de retour, je ne cesse de réagir comme s'il était à moi…

Pourtant, l'ironie du sort, c'est que je me retrouve dans l'exacte position de cette Maddie, avec qui Stef m'a trompée.

Eh oui, l'évidence me frappe.

Je suis reléguée au vulgaire statut de maîtresse.

24 : Violences conjugales

Alessandro

Une sourde colère irradie dans mes veines face à Giulia dans sa grande scène de séduction. Mais aujourd'hui, elle ne parviendra pas à m'attirer dans un de ses plans qu'elle affectionne.

— Arrête ton cirque, Giulia ! Je ne supporte plus tes visites sporadiques ponctuées de baises.

— Oh, vraiment ? Bien que tu le répètes à chaque fois, tu aimes l'idée que je revienne entre deux amants, me rétorque-t-elle de sa voix suave et enjôleuse.

— Il me semble que tu veux épouser le dernier en date. D'où ton insistance, depuis un an, à ce que je valide notre séparation.

— J'ai changé d'avis, réplique-t-elle en dénudant son épaule et en jetant en arrière ses cheveux de ce mouvement, savamment contrôlé, que je lui ai vu faire des centaines de fois.

Je réalise soudain que les braises de mon amour pour elle se sont éteintes avec l'éloignement et son comportement, particulièrement son manque d'attachement aux enfants, et que seul l'attrait physique me maintient entre ses griffes. *Me maintenait.* Il me semble que l'arrivée de Marie ne soit pas anodine à ces nouveaux sentiments. *Bordel, je suis bien plus piqué que ce que je pensais.*

— Eh bien, moi aussi, déclaré-je. Je veux… Non ! J'exige que tu t'en ailles avec tes fichus documents. Je ne t'aime plus, Giulia, et tes de va-et vient en courant d'air juste pour tirer…

Mais comme à son habitude, elle ne m'écoute pas. Cette fois, elle se jette sur mon cou, sa main toujours sur mon entrejambe et entreprend de m'exciter. Et la diablesse sait s'y prendre. Elle ne manque pas de talents en la matière. Mais je refuse de céder. Pourtant, mon corps, ce traître, me fait défaut face aux effleurements ciblés et Giulia jubile.

— Mais lui, là, apprécie mes courtes apparitions, constate-t-elle en dénouant la ceinture de mon pantalon pour y glisser la main.

Ravie de l'ampleur que prend ma verge sous ses caresses, elle rit de ce rire de gorge sensuel dont elle a le secret.

— Tu n'as jamais pu me résister. Et je sais reconnaître mes erreurs. Je t'aime toujours, Aless, minaude-t-elle en respirant de plus en plus fort. J'ai mis du temps à le comprendre, tout comme à découvrir que toi seul peux combler mes besoins. Mon merveilleux amant, laisse-moi m'occuper de toi.

Je clos un instant les paupières tandis que le désir enfle sous les doigts de Giulia, désormais à mes pieds. Je frémis sous ses voluptueuses caresses et ma virilité se déploie sous les effets conjugués de sa main et de ses lèvres. Puis, sans prévenir, la silhouette de Marie m'apparaît, nue sur le lit de cette chambre d'hôtel. L'électrochoc. En colère après moi, après Giulia, je la repousse et elle tombe sur les fesses.

— Oh, tu veux la jouer hard ? s'exclame-t-elle, les yeux pétillants et le sourire aux lèvres à la perspective des ébats animés qu'elle affectionne.

— Je ne veux rien du tout ! objecté-je, furieux, en rajustant mon pantalon et tournant les talons. Va-t'en ! Les enfants ont retrouvé la vie équilibrée qu'ils méritent. Et avec toi, ce n'est pas possible. Les disputes vont recommencer…

— Et se concluront par de charmantes réconciliations dans notre lit conjugal, ou ailleurs.

— Giulia, soupiré-je. C'est terminé. Je suis passé à autre chose.

Furibonde, elle se lève le plus dignement possible.

— Ah oui ? Avec laquelle des deux ? Hum, la blondinette est la plus canon et me ressemble un peu. L'autre est tellement banale ! Pas qu'elle soit moche, mais elle semble si… coincée du cul. Non, je ne peux pas croire que tu te sois tapé les deux. Tu es… si conventionnel !

— Giulia, grondé-je, arrête tout de suite !

— Quoi !? Tu vas me frapper ? Tu en es bien incapable, ajoute-t-elle dans un rire.

— Ne me cherche pas ! menacé-je. Je ne veux plus t'entendre dénigrer Marie.

— Ah, Marie, un prénom de sainte-nitouche. Non, je n'y crois pas ! Tu ne peux pas me remplacer par cette… nana qui ne ressemble à rien.

— Giulia, ça suffit ! Tu vas t'en aller tout de suite et ne plus jamais revenir, exigé-je en l'attrapant par le bras pour la pousser vers la sortie.

Mais après un an d'une vie sereine loin d'elle, j'avais oublié ses capacités à friser la crise d'hystérie en moins d'une seconde et la brutalité dont elle peut faire preuve. Alors que nous atteignons la porte, mon ex-femme se cabre, se dégage de ma main et me balance son poing dans la figure. Vociférant une flopée d'insanités à mon propos, elle m'accuse même de l'avoir trompée alors que nous sommes toujours mariés. Pris de court, je n'anticipe pas l'affrontement aussi vite que d'habitude ; la tigresse en profite pour me sauter au visage et le lacérer de ses longs ongles manucurés. C'est la première fois que Giulia m'agresse aussi violemment, jamais jusqu'alors la situation n'avait autant dégénéré. Certes, j'ai l'habitude qu'elle me vise de divers objets sans vraiment chercher à m'atteindre, qu'elle me martèle de ses poings ou me morde lors de nos parties de baise. Mais jamais je n'avais ressenti cette fureur ni ce désir de me blesser qui l'anime en l'instant. La colère enfle brusquement en moi ; je la plaque contre le mur le plus proche avec une sauvagerie égale à la sienne et dont je ne suis pas coutumier. D'une main sur son cou gracile qu'une simple pression de mes doigts pourrait broyer, je la maintiens contre la cloison. La tension est palpable, mon cœur bat la chamade, mes tempes palpitent et je frémis d'horreur alors que je la tiens fermement. La seconde suivante, je desserre ma prise, réalisant soudain avec quelle rapidité certains drames de la vie quotidienne peuvent survenir suite à une dispute un peu musclée. Mais ma femme, elle, loin d'imaginer toutes les pensées et émotions qui se bousculent en moi, éclate de rire, pas du tout effrayée.

— Vas-y, étrangle-moi et baise-moi. Il paraît que c'est une sensation démentielle, lance-t-elle en se frottant contre mon entrejambe.

— T'es de plus en plus tarée, ma parole ! hurlé-je en la lâchant pour reculer de quelques pas.

— Allez, essaie. On ne l'a jamais fait comme ça ! insiste-t-elle, m'attirant à elle, ramenant de son propre chef mes mains vers son cou.

Je m'en défais, la fixe, serre le poing que j'abats in extremis contre le mur, à quelques centimètres de sa tête, fou de rage face à ses idées loufoques, à cette violence qui persiste et que je peine à canaliser. Ses yeux s'écarquillent face à la force de ma frappe ; elle me semble enfin réaliser que je ne joue pas et qu'elle m'a probablement poussé un peu trop loin. Le souffle court, elle me scrute, abasourdie. Je soutiens son regard. Le « qu'est-ce qui se passe ici ? » lancé par mon oncle nous surprend et Giulia s'affaisse au sol lorsque je m'éloigne.

— Hum, je vois que vous avez remis ça. Elle ne t'a pas raté ce coup-ci, dit donc, constate Toni en examinant mon visage qui me picote. Je te savais timbrée, Giulia, mais pas à ce point. Vous avez pensé aux gosses ? Comment tu vas expliquer ces égratignures à Livia ? Quoiqu'à mon avis, elle n'en a pas besoin, y a longtemps qu'elle est habituée aux crises de sa mère. Faut te faire soigner, Giulia, et toi, accepter de divorcer.

Je n'ai jamais été aussi heureux de le voir s'introduire chez moi.

— Je veux plus divorcer et je ne suis pas hystérique ! Il m'a trompée ! beugle ma femme en toisant mon oncle, une fois debout.

Celui-ci éclate d'un rire tonitruant.

— Elle est bien bonne, celle-là ! Non, mais tu t'entends parler ? Toi qui t'enfiles toutes les queues que tu croises sur ton chemin !

— Vous ne m'avez jamais aimée dans cette famille.

— Exact ! confirme Toni. Et c'est ton excuse pour justifier que tu baises à droite et à gauche ? Sache que perso, je me fiche que tu aies le feu au cul et accessoirement que tu n'aimes plus ton mari. Ça arrive, ces trucs-là. Mais que tu sois incapable d'éprouver de l'affection pour ta progéniture au point de l'abandonner, ben ça, ça ne passe pas ! Mais pas du tout !

La timbrée de service ne réplique étonnamment pas.

— Tu veux que je t'aide à la mettre dehors, Aless ? me propose-t-il en pivotant vers moi après son petit laïus.

— Jusqu'à preuve du contraire, c'est chez moi, ici, même divorcée, vocifère Giulia qui reprend ses esprits.

Évidemment, c'était trop beau qu'elle ne réagisse pas !

— Non, ce bien m'appartient. Tu oublies que nous sommes mariés sous contrat. À ta demande, je te rappelle, et aujourd'hui, je m'en réjouis. Appelle ton avocat, retourne à New York, va où bon te sembles, mais dégage, interviens-je en ramassant son sac posé sur le canapé et en le balançant à ses pieds.

— Tu ne peux pas m'y obliger. Il y a les enfants, aboie-t-elle, la colère déformant ses traits.

Mais comment ai-je pu, un jour, m'enticher de cette femme ?

— Justement. Tu es nuisible pour eux et je vais déposer une demande restrictive auprès du juge par l'intermédiaire de mon avocat. Je ne veux plus que tu les approches. En attendant, tu t'en vas.

— Je te les prendrai, assure-t-elle, verte de rage.

— Je doute que tu y parviennes. Mais tu peux toujours essayer.

— Le juge penche toujours en faveur des mères, affirme-t-elle, sourire aux lèvres.

— Tu n'en es pas une et tu auras beau jouer la comédie, ça ne marchera pas, cette fois-ci. Et même si, dans un premier temps, il venait à t'en accorder la garde, je la récupérerai, parce que, très vite, tu voudras t'en débarrasser. Allez, maintenant, fous le camp, chez tes parents ou à l'hôtel, c'est toi qui vois.

— Je n'irai nulle part.

— Bon, ça suffit. Soit tu dégages, soit les flics t'y forcent, annonce mon oncle, visiblement excédé.

— On ne va pas aller jusque-là, interviens-je pour le tempérer, agacé par la tournure des évènements.

— Tout dépend d'elle. Je te conseille de partir sans faire d'histoires, Giulia. Imagine si la presse découvrait quel genre de femme tu peux être dans l'intimité ?

— Ne croyez pas que ça en restera là, j'ai plus d'un as dans ma manche, menace mon ex en croisant les bras sous sa poitrine.

— Regarde-toi, tu n'as pas les bonnes cartes en main au contraire, ma pauvre. Ton jeu n'est pas bon du tout, lui assène sèchement mon oncle.

— Eh bien, Aless, je croyais que tu avais des couilles et pas que tu aurais besoin de celles de Toni, me prend-elle à partie. Si je quitte cette maison, crois-moi, tu vas casquer.

— Je ne crois pas, non. Les modalités de divorce sont déjà établies dans ce document. Tiens, récupère-le, je transmets sa copie à mon avocat.

Giulia ne fait aucun geste pour s'en saisir, me nargue d'un œil torve et quitte la pièce la tête haute.

— N'imagine pas que je vais en rester là, m'assène-t-elle avant de claquer la porte derrière elle.

— Alléluia ! s'exclame mon oncle.

Même si ma future ex-femme ne m'impressionne pas, j'accuse le coup.

— Je peux savoir ce que tu fais là, Toni ?

— Inès a réclamé mon aide. Ta fille commençait à s'affoler en ne te voyant pas arriver. Va soigner tes écorchures et trouve quelque chose à lui raconter.

Liv ne croira pas à un mensonge. Elle sait mieux que personne que sa mère n'en est pas à son premier coup d'essai…

Une chance pour elle qu'elle n'ait jamais levé la main sur nos enfants.

25 : Retour à ma vie

Marie

Plusieurs jours plus tard.

Les jours et les semaines s'écoulent sans que je n'aie le temps de me consacrer à quoi que ce soit d'autre qu'à mon nouveau job. Comme supposé par Inès, l'entretien d'embauche ne fut qu'une pure formalité. Totalement accaparée par mes occupations professionnelles, j'en oublie mes amours contrariés, mon héritage, les Cantini, les enfants. Après mon départ, quelques brefs échanges réguliers m'ont permis de suivre l'avancée des travaux, après l'aval aux propositions d'Alessandro. Aujourd'hui, nos messages sont sporadiques. Livia me bat froid et Alessandro pas franchement mieux. Il n'intervient que sur l'aspect professionnel de notre relation, si l'on peut la nommer ainsi. Dire que cela m'arrange n'est que pur euphémisme. Quant à Toni, face à son insistance à vouloir parler de ma mère, j'ai dû lui opposer un refus glacial et sans appel. J'estimais préférable de tourner la page sur cet interlude corse, jugeant judicieux de ne pas approfondir mes recherches et de me tenir éloignée de cette famille. Particulièrement de la timbrée de Giulia. Celle-ci, non contente d'avoir tenté de défigurer son mari – ou ex, peu importe –, cette foldingue m'a agressée verbalement, me traitant de sale pute et de briseuse de ménage. Parce que, la malchance me poursuivant, il fallait bien que, parmi tous les hôtels d'Ile Rousse, madame vienne squatter le nôtre. J'avoue que coucher avec son mari ne m'a pas permis d'avoir le répondant nécessaire pour affronter cette furie.

Moi qui reprochais à Stéphane sa tromperie et jugeais Marissa pour la sienne, je me suis estimée coupable d'avoir entraîné Alessandro dans une situation compliquée. Bien que sachant son épouse infidèle et, depuis longtemps séparée de son époux, je me suis sentie terriblement fautive et j'ai difficilement encaissé ses attaques perfides devant les clients de l'hôtel.

Heureusement, Inès n'a pas la langue dans sa poche et lui a rabaissé le caquet à plusieurs reprises ! Ce que j'aurais fait habituellement. Je ne suis pas du genre à me laisser marcher sur les pieds, même si je suis de nature bienveillante. Cette fois-ci les autres l'ont fait à ma place. Toni, lui-même – certainement informé par ma chère amie –, est venu menacer Giulia bien en face ! Ce qui n'a pas empêché cette dernière de glisser sous la porte de ma chambre des petits mots m'ordonnant de partir. Parce qu'à l'évidence, elle seule peut être l'auteur de ces incitations à quitter l'île, même si elle n'a pas eu le courage de les signer de son nom.

Dieu merci, j'ai quitté cette ambiance nocive pour ma santé mentale. Cependant, je peine à m'accommoder de la grisaille de ce mois de décembre ; il déteint sur mon moral altéré par la santé de mon père qui s'aggrave de jour en jour. La vision des devantures illuminées des vitrines et des passants heureux, encombrés de cadeaux, n'aide pas à me sentir bien. Au contraire, cette ambiance festive à l'approche de Noël accentue mon angoisse à la perspective d'une soirée qui s'annonce solitaire. Inès rejoindra dans quelques jours sa famille à Courchevel pour des vacances aux sports d'hiver, je n'ai plus de petit ami, mes copines ont, elles aussi, pris le chemin des pistes de ski ou de leur famille et je ne connais pas suffisamment bien mes nouvelles collègues de travail pour me lier si vite d'amitié. Esseulée, je m'investis donc dans le contrat confié par mon nouveau boss souhaitant mon avis sur ce dossier qui lui tient à cœur. Cet investissement me détourne momentanément du chagrin que j'éprouve face au déclin de mon père.

C'est pourquoi j'accepte de me rendre à la soirée de fin d'année organisée par la société qui m'emploie depuis un mois. J'espère m'y faire quelques relations de travail et qu'elle me distraira de mes sombres pensées, dont la perspective de passer la journée du vingt-cinq décembre en tête à tête avec papa. Ce dernier ne s'alimente presque plus. Physiquement affaibli, il garde le lit et sa mémoire flanche. Nos conversations se limitent dorénavant à des réponses stéréotypées lorsque fuse la sempiternelle question « Mais que fait ta mère ? », les rares fois où il me reconnaît comme sa fille. L'absence de Lydie se fait alors encore plus douloureuse et me ramène à Marissa, tandis que je m'efforce d'oublier les secrets de l'île.

Accoudée au bar à siroter mon verre de champagne, j'observe mes collègues et m'en amuse. Au programme : sourires aguicheurs, attitudes provocatrices et roucoulades. L'homme à séduire : Florian Duhamel, PDG d'une chaîne de restauration de luxe, celui dont l'actuel projet m'accapare, celui que mon patron chouchoute. Archétype du mâle qui obtient toujours ce qu'il veut. Redoutable en affaires, charismatique, sourire ravageur, physique à damner un saint avec son mètre quatre-vingt-cinq, son regard céruléen et la musculature que l'on devine sous sa chemise cintrée. Le beau gosse parvenu et sûr de lui dans toute sa splendeur virile !

Pour ma part, je garde mes distances, à l'inverse des greluches qui lui tournent autour, avec pour seule compagnie le barman et son délicieux *Barbotage*[15] dont j'abuse. Bien évidemment, les va-et-vient aux toilettes vont de pair avec cette consommation excessive de boisson, et je suis indubitablement pompette, peinant à tenir sur mes jambes. Tandis que je lutte contre la nausée qui me gagne, des gémissements, assortis de coups contre les parois de la cabine mitoyenne à la mienne, ne laissent aucun doute sur ce qui s'y passe. La tête au-dessus de la lunette dans l'attente d'une montée de bile

[15] Cocktail composé de champagne, de jus d'orange et de citron, de sirop de grenadine

inévitable au vu de l'alcool ingurgité, je m'agace. Depuis ma dernière soirée de baise, particulièrement frustrée par sa conclusion désastreuse, un rien me contrarie. Mais là, c'est trop ! Je tambourine contre la cloison et invective le couple qui batifole sans discrétion, ce qui amuse la femme qui éclate d'un rire sonore. L'homme, lui, d'une voix grave et sensuelle, me propose de me joindre à eux. Je hoquette de surprise tandis qu'un froissement de tissu rompt le silence des toilettes. Au bruit de la porte qui claque, je devine que ceux que je suspecte de n'être que des amants d'un soir viennent de mettre un terme à leurs ébats. Honteuse de m'être manifestée, je rabats avec précaution l'assise, me recroqueville sur mon siège improvisé et patiente un moment afin d'être certaine de ne pas les croiser et me ridiculiser davantage. Lorsqu'enfin je me décide à ouvrir la porte, je marque un temps de surprise à la vue de Florian Duhamel qui se lave les mains et lève les yeux sur le miroir pour y croiser les miens. *Pure coïncidence,* tenté-je de me convaincre. En réalité, je n'y crois pas. Cependant, je ne cille pas, tout au moins j'essaie, et m'installe au poste de lavage jouxtant le sien, voulant lui – ou me – prouver qu'il ne m'intimide pas. Un sourire ourle les lèvres du beau gosse qui, une fois ses ablutions terminées, s'adosse au mur près de l'entrée dans une attitude nonchalante très étudiée. Je l'ignore. Enfin, je m'y efforce, me rinçant consciencieusement les mains, ce qui semble amuser l'homme attendant je ne sais quoi. Je soupire, agacée, et me hâte brusquement de mettre un terme à cet insupportable tête à tête muet en me jetant littéralement sur la sortie. Le PDG m'intercepte et, d'un mouvement aussi fluide qu'inattendu, me plaque contre le mur, glisse sa main dans mon dos jusqu'à ma culotte. La gifle fuse, sonore, et le rouge afflue sur le visage de mon agresseur qui, pour autant, ne recule ni ne se départit de son sourire et me brandit sous le nez du papier toilette.

— Vous auriez préféré quitter la pièce la robe coincée dans votre string avec ce joli papier rose comme déco ?

Une vague de chaleur m'envahit tandis que le goujat gentleman – quel paradoxe –, impassible, me fixe en affichant un air narquois.

— Vous n'aviez qu'à le dire. Pas besoin de me tripoter ! m'insurgé-je.

— Il aurait été dommage de ne pas toucher à la douceur de vos fesses. Et me voilà à nouveau émoustillé ! J'avoue qu'après votre intervention, je m'attendais à voir sortir de la cabine une vieille rombière aigrie et non pas une belle fille comme vous.

Je me cabre sous son contact audacieux, ses doigts effleurant mes seins et sa bouche mon cou. Un violent haut le cœur m'assaille et je le repousse avec force dans l'espoir d'atteindre le lavabo.

— Reculez ! hurlé-je.

L'espace qu'il me laisse me permet à peine de me plier sous les spasmes : je vomis sur le bas de son pantalon et l'intégralité de ses chaussures.

— Merde ! s'exclame-t-il, furieux. Vous ne pouviez-pas prévenir ?

— Mais j'ai essayé ! Allez, reculez et allez-vous en ! exigé-je en portant la main à ma bouche face à une seconde révulsion de mon estomac.

Au lieu de quoi, Florian Duhamel me pousse vers les toilettes les plus proches et m'aide à m'agenouiller devant la cuvette. Alors que, plus humiliée que jamais, j'imagine que le Don Juan va m'abandonner, il revient vers moi après avoir succinctement essuyé les dégâts sur sa tenue.

— Mais laissez-moi tranquille, imploré-je, terriblement embarrassée.

— Quelqu'un vous accompagne ?

— Non.

— OK. Alors je reste jusqu'à ce que vous sentiez mieux et que je vous ramène chez vous.

Je lui jette un regard torve.

— Pourquoi feriez-vous ça ? Je suis sûre que d'autres nanas vous attendent pour vous offrir un autre moment agréable. Moi, comme vous le voyez, je ne suis pas en état.

— Vous êtes un drôle de personnage, assure-t-il, lui et sa beauté ravageuse.

— Mouais, on me surnomme « miss catastrophe ». Bien que cela ne soit pas le terme qui me définisse habituellement, il semblerait que j'accumule les emmerdes, en ce moment. Mais je m'appelle Marie.

J'en connais une qui aurait levé les yeux au ciel en te voyant vider tes tripes sur « super canon de beau gosse ».

— Je préfère Marie, déclare l'Apollon en s'asseyant à même le sol de cet espace exigu. Moi, c'est Florian…

— Je sais qui vous êtes. On ne parle que de vous, ce soir.

— Oh, vraiment ? Il faut croire que nous n'avons pas eu les mêmes interlocuteurs, parce que moi, je n'ai entendu que des discussions tournant autour d'une certaine nouvelle responsable de pub alliant beauté et compétences et à qui je devrais confier tous mes contrats. Vous, visiblement.

— Super, je ne pouvais pas tomber plus bas, maugrée-je en me calant dos au mur, profitant d'une accalmie.

— Eh bien, on pourra dire que notre rencontre marquera notre collaboration.

— J'aurais préféré qu'elle se déroule dans d'autres circonstances.

— Mon seul regret sera de ne pas vous avoir convaincue de vous joindre à nous un peu plus tôt. Maintenant que je sais qui vous êtes, c'est trop tard, je ne mélange jamais travail et sexe.

— Tant mieux, parce que moi, je ne couche jamais avec les arrogants prétentieux.

Son sourire canaille n'étire qu'une joue, mais c'est du plus bel effet.

— Vous me plaisez beaucoup, Marie, et notre collaboration va être très fructueuse et plaisante. Plus vite elle sera achevée, mieux ce sera, étant donné les règles que je m'impose.

Il marque un temps d'arrêt pour voir si je vais relever son sous-entendu, mais je suis trop ivre pour batailler.

— Allez, venez, je vous raccompagne chez vous, dit-il en se levant.

— Je préfèrerais ne pas sortir à vos côtés de cet endroit.

Florian Duhamel éclate d'un rire franc et spontané face à ma demande des plus sérieuses.

— OK ! Je confirme, vous êtes vraiment un sacré personnage. Habituellement, les femmes s'empressent de se pendre à mon bras.

— Eh bien, pas moi. Et je ne veux pas me retrouver avec une étiquette de… de…

— De quoi ? s'enquiert-il en réprimant un sourire.

— Vous le savez pertinemment. Je suis nouvelle dans cette boîte et je tiens à ma réputation.

— Votre réputation sera sauve, je vous attends dans le hall, déclare monsieur Arrogance en quittant la pièce.

Misère… Dans quoi je vais encore me fourrer ?

26 : Loin de l'île, j'oublie qui je suis

Marie

Six mois plus tard

Après cette rencontre, Florian Duhamel m'impose un rythme de travail démentiel, monopolisant la majeure partie de mon temps. Le reste est consacré à d'autres clients, pour la plupart de ses amis, auxquels il a vanté mes talents. Très rapidement, mes compétences me propulsent au sommet et ma carrière prend un essor considérable. Je la lui dois. Il ne souhaite personne d'autre que moi pour mettre en avant ses projets.

Victor Leblanc, mon patron, se réjouit de cette fructueuse collaboration, allant jusqu'à narguer Stéphane lorsqu'il le croise au détour d'un diner d'affaires. Propos colportés par ma délicieuse Inès qui le tient de Sophie, qui le tient de… tant et si bien que je me demande si, au fil des répétitions, il subsiste une once de véracité de cette rencontre. Mais je veux y croire tant la vengeance est douce.

Au fil des mois, ma collaboration avec le PDG prend un chemin inattendu. Florian devient un ami d'agréable compagnie, malgré son côté macho et arrogant et sa propension à s'imaginer que toutes les femmes sont à ses pieds. Sauf moi, ce qui l'amuse beaucoup. Oui, la vie est belle professionnellement, et je suis souvent en déplacement pour l'accompagner sur des lieux où soit il souhaite développer un nouveau projet, soit promotionner celui en cours. Monsieur estime que m'imprégner de visu du décor développe d'autant mes concepts publicitaires. Cette démarche innovante et peu orthodoxe renforce nos liens amicaux, et je découvre ainsi de paradisiaques endroits. Si professionnellement, tout va bien, il n'en est pas de même dans ma vie privée. Je n'ai guère de périodes creuses à consacrer à mes copines et passe moins de temps avec Inès qui assure, elle aussi, être occupée de son côté. Je m'en désole et me promets de nous concocter une soirée de folie, comme elle les aime dans une de ces boîtes qu'elle affectionne. Mon père, lui, se maintient cahin caha, ni plus mal ni mieux.

— La semaine prochaine, nous partons pour Bonifacio, via Calvi, m'annonce Florian lors du dernier débriefing. Ce soir, on bringue pour fêter l'ouverture du *Palazzio nuevo*. Rendez-vous au *Rex Club,* toute l'équipe est attendue.

À l'évocation de Calvi, je bloque en songeant à ma maison à deux pas de là, pratiquement rénovée, mais aussi à Alessandro, Livia et Lisandru dont je n'ai plus de nouvelles depuis quelque temps ; et, bien évidemment, je songe à Marissa, à mes promesses à Louise pas du tout tenues. À cette pensée, la honte me submerge l'espace d'un instant. En règle générale, je les tiens toujours, mais l'enchaînement d'événements ne l'a pas permis. Je me reprends rapidement, ne souhaitant pas informer Florian de mes réticences à me rendre dans cette ville de Balagne dans laquelle je me demande ce qu'il veut y construire ou rénover, n'ayant vu passer aucun projet de ce genre et craignant de rencontrer Alessandro.

Il a parlé de Calvi, pas d'Ile Rousse, alors relax !

— Pourquoi transite-t-on par Calvi, demandé-je toutefois, intriguée, tandis que je débranche mon ordinateur et éteins le rétroprojecteur suite à la réunion de travail que nous venons d'avoir.

La salle de conférence désertée, nous sommes seuls et Florian, juché sur la table, m'attend pendant que je m'active à remettre la pièce en ordre.

— Je projette d'y faire construire une maison. Je dois rencontrer un architecte.

OK, ça craint, mais ne te monte pas le bourrichon. Quelles sont les chances que ce soit Alessandro Cantini ?

— On y reste combien de temps ?

— Une journée, je pense, même si la rencontre ne devrait pas s'éterniser plus d'une heure ou deux

— Génial, je profiterai du temps libre pour marcher le long de la plage, annoncé-je tout de go.

Je me sais totalement ridicule. Pourquoi éviterais-je Alessandro, si c'est bien lui l'architecte ?

Oui, pourquoi ? Tu devrais au contraire profiter de l'occasion pour aller constater de visu le résultat des travaux.

Pour être honnête, je n'en sais fichtre rien ! Je ne veux pas le voir, tout simplement. Sauf que je me voile la face. Après avoir décidé de tourner la page, de tout enfermer dans ces fichus coffrets, après les avoir définitivement cadenassées, Alessandro me renverrait à mes origines et, grâce à mon nouveau boulot, ma nouvelle vie, je me sens bien plus sereine loin de ces secrets trop lourds et douloureux à porter. Interdiction, donc, de replonger dans mes tourments, mes questionnements et mes réactions ambivalentes. Plutôt *à ta soirée avec lui !*

— Et il s'appelle comment, celui que tu vas rencontrer ? osé-je demander, dévorée de curiosité.

— Alessandro Cantini, chaudement recommandé par une nana de la boîte.

Putain ! Je vais la tuer… Non. Je vais la tuer, l'enterrer et ensuite envoyer une armée de vers de terre lui dévorer les yeux.

— Inès ? lancé-je en pestant intérieurement contre la traîtresse.

— Bah, tu sais, moi, les noms ! Parle-moi de la taille de ses seins…

Je le foudroie du regard, froissée par sa remarque sexiste, genre qu'il affectionne, dont il ne se prive jamais, et que souvent je réprouve d'une tirade acerbe, sans grand résultat.

— Quoi ?! Tu sais comment je suis ! Et tu es bien la seule à résister à mon charme. Cela dit, c'est tant mieux, car tu m'es bien trop précieuse en amie et collaboratrice. Bref, tu es déjà allée en Corse ?

C'est fou comme parfois, les choses peuvent prendre une tournure inattendue. Six mois plus tôt, il était sur le point de me dévorer sur place…

— Oui, réponds-je sans entrer dans de plus amples explications.

— Un endroit tout aussi paradisiaque que certains autres dans le monde, tu ne trouves pas ?

Aujourd'hui, après un mois passé à Ile Rousse, je serais tentée d'acquiescer, même si je n'ai que peu exploré le territoire et sa beauté tant vantée, ce que j'explique à Florian.

— Et tu étais où en vacances ?

— Ile Rousse, avoué-je sans démentir la raison.

— Non ?! C'est justement là que se trouve notre hôtel, Résidence *Rossa,* conseillé par l'architecte.

Ben voyons…

— On dormira là-bas ? m'étonné-je. Tu as dit que nous n'irions que pour la journée !

— C'est bien ça ! Nous repartons le lendemain à l'aube pour Bonifacio. Tu vas bien, Marie ? s'inquiète subitement Florian, probablement alerté par mon air chiffonné.

— Je suis juste fatiguée, prétexté-je en détournant les yeux.

— Eh bien, ce voyage tombe à pic. Tu vas pouvoir profiter de ce bref séjour pour te détendre.

Pas de risque que j'y parvienne si nous séjournons en un lieu chargé de souvenirs, dont celui d'un corps à corps voluptueux avec le bel architecte. *Voilà,* voilà, *tu* l'*admets !*

Oui et pourvu qu'on ne me donne pas la même chambre ! Ce serait le pompon !

Je chasse les images suggestives de ce moment des plus agréables qui suscitent en moi quelques bouffées de chaleur et m'embrasent tout entière. Florian ne manque pas de constater que le rouge colore mes joues.

— On dirait que tu as de la fièvre. Rentre te reposer pour être en forme ce soir. Il serait dommage que tu rates cette soirée. Je dois beaucoup à tes campagnes de pub.

Alors que j'appelle l'ascenseur, Inès m'accoste, sautillante, excitée comme une puce.

— Alors, c'est vrai ? Florian nous invite tous au Rex Club ?

— Tu as reçu le mail, j'imagine.

— Je passe te prendre ? me propose-t-elle.

— On se retrouve là-bas. Florian vient me chercher, annoncé-je, contrainte de décliner son offre.

— OK ! À plus tard alors, déclare-t-elle en tournant les talons.

Inutile de dire que lui reprocher d'avoir conseillé les talents d'Alessandro à Florian me brûle la langue, mais je me ravise, trouvant plus urgent de cajoler notre amitié quelque peu ternie ces derniers temps.

— Inès ? l'interpellé-je en bloquant les portes de l'ascenseur. On ne se parle plus beaucoup, ces derniers temps. Si nous nous organisions une petite sortie juste toutes les deux à mon retour de voyage ?

— Tu pars encore avec beau gosse ? s'étonne-t-elle en occultant ma proposition.

— Oui, soupiré-je en songeant à notre destination.

— Hum, avant que tu arrives, jamais un client n'agissait de la sorte.

— Bah, celui-ci est un tantinet particulier et le boss ne veut pas le perdre, alors il lui passe tous ses caprices. Il m'épuise !

— Oui, c'est ça ! À ce soir, conclut Inès en s'éloignant.

Sa froideur et son ton détaché me déstabilisent, et ce n'est pas la première fois depuis mon embauche. Je me demande, l'espace d'un instant, si mon amie ne serait pas jalouse de ma position dans l'entreprise et de ma relation professionnelle avec le PDG de Duhamel Enterprise. Si elle savait le rythme qu'il m'impose et ses exigences ! Non, cette idée qui m'effleure me paraît totalement loufoque. Elle aussi bosse à une cadence effrénée pour ce maniaque, au demeurant fort agréable en dehors de l'enceinte de ces bureaux.

Parce qu'il te veut dans son lit ! arguerait sans diplomatie Inès.

Je n'y crois pas une seconde ; jamais Florian ne mettrait en péril notre relation de travail qui, faute de cette retenue, en pâtirait indubitablement.

Durant la soirée festive, je tente désespérément de me rapprocher d'Inès, mais Florian m'affichant comme la reine de la fête ne me lâche pas d'une semelle et mon amie m'ignore en jetant son dévolu sur un superbe spécimen d'un noir ébène. Provocante, délurée, prête à s'offrir au bel Adonis, elle se déhanche sensuellement sous mon nez et celui de Florian, mon partenaire de danse. Mon Inès est de retour et je m'en réjouis tant je l'avais trouvée éteinte un peu plus tôt.

Une demi-heure plus tard, nos regards se croisent par le truchement du miroir des toilettes alors qu'elle sort d'une cabine, son coup d'un soir derrière elle. Je lui souris, mais Inès m'ignore, s'installe sur un poste de lavage à bonne distance du mien. Je fronce les sourcils, étonnée de ce soudain dédain. D'ordinaire, elle adore commenter les prouesses de ses amants occasionnels. Avant que je puisse l'interroger sur ce curieux comportement, elle quitte la pièce sans un mot.

Mais qu'est-ce qui se passe ?

Je m'empresse de lui courir après, mais ne la trouve nulle part.

— Tu as vu Inès ? demandé-je à Laura, du service comptable.

— Tu l'as ratée, elle vient de partir à l'instant.

— Déjà ?! m'exclamé-je, surprise, connaissant son goût immodéré pour ce genre de soirées durant lesquelles elle chasse sans remords ni scrupules, ne se contentant pas d'un seul mâle.

— Ben oui.

J'imagine qu'elle est rentrée accompagnée de l'étalon l'ayant comblée au point de vouloir remettre le couvert jusqu'au petit matin, plutôt que de chercher une autre proie à séduire.

— Et étonnamment, elle est partie seule, précise la comptable qui connaît parfaitement Inès pour la fréquenter à l'extérieur de l'entreprise qui nous emploie.

Vraiment bizarre !

27 : L'HOMME DE LA DISCORDE

Marie

Suite à cette soirée, tout part à vau-l'eau. Inès s'éloigne progressivement de moi, décline, sous des motifs fallacieux, ma proposition de sortie en tête à tête, grommelle entre ses dents lorsqu'elle me croise au bureau et je suis sûre qu'elle bascule mes appels sur son répondeur. Elle ne décroche jamais. Je ne comprends pas ce qui se passe, mais en bref, mademoiselle boude.

Eh bien, tant pis pour elle ! Elle reviendra quand bon lui semblera.

J'ai beau aimer Inès comme une sœur, je ne suis pas d'humeur à subir la sienne. La santé de plus en plus déclinante de mon père m'importe davantage que les caprices de ma meilleure amie. D'ailleurs, suite à un appel de la maison de retraite, j'ai annulé mon séjour en Corse avec Florian. Son temps lui étant désormais compté, aux dires des médecins, je veux profiter autant que possible de la compagnie de mon dernier parent. Après son départ, je n'aurai plus de famille. Ni adoptive, ni biologique, bien que j'imagine avoir un géniteur encore quelque part.

La journée au bureau s'étire en longueur. Je peine à me concentrer, perturbée par une foule de pensées tournant toutes autour de mon passé, de ces secrets que Robin emportera avec lui, que seuls les journaux intimes de Marissa peuvent me révéler, mais que j'ai abandonnés dans le grenier de ma propriété corse. Toute à mes tourments intérieurs, je bouscule Inès en pénétrant dans l'ascenseur et marmonne des excuses tout en consultant les derniers messages sur mon répondeur, évitant ainsi un échange visuel glacial avec ma lunatique amie. Le dernier n'arrange pas mon humeur. L'infirmière m'informe que mon père, lucide en ce moment, me réclame et elle me conseille de venir urgemment.

— Tout va bien avec ton amoureux ? me lance Inès d'un ton guère avenant. Parce que tu fais une de ces têtes !

— Je suis célibataire depuis Stef, je te rappelle, répliqué-je tout aussi sèchement, en composant le numéro de l'EHPAD.

— Ah oui ! Et Florian Duhamel ?

— Tu divagues, Florian est un client avec qui je m'entends bien, rien de plus, rectifié-je tout en me présentant à l'équipe soignante, au bout du fil, avec qui je suis en communication.

— Qui te trouve très à son goût. Comment… comment as-tu pu coucher avec lui ?!

Non, mais je rêve, c'est quoi ce délire ?

— Écoute, Inès, je dois parler avec le médecin qui s'occupe de mon père, là. On réglera cette histoire ensuite. OK ?

— Comment tu as pu me faire ça ! poursuit Inès en fondant subitement en larmes.

— Euh, Lisa, je… désolée, je vais devoir vous rappeler, m'excusé-je auprès de l'infirmière en ligne.

Je raccroche, décidée à éclaircir et mettre un terme à ces abracadabrantes insinuations, manifestement la cause de la froideur et de l'éloignement de ma meilleure amie.

— Écoute-moi bien, que les choses soient claires. Je ne sais pas quel nouveau film tu t'es encore fait, mais je ne couche pas avec Florian Duhamel. Et même si j'en avais envie, j'ai autre chose à penser en ce moment. Mon père se meurt, alors ton petit délire perso et tes bouderies inexpliquées, je m'en tape. Tu as beau m'être très chère, je ne suis pas disposée à les endurer ni à en chercher les raisons.

— Je ne boude pas, c'est toi qui m'évites, bougonne-t-elle comme une enfant réprimandée.

— Non, *tu* t'es mise en retrait depuis la sortie au *Rex Club*... Oh mon Dieu, c'est pas vrai ! Tu es amoureuse de Florian, c'est ça ? Tu ne m'as jamais parlé de ce mec, comment voulais-tu que je devine ?! m'emporté-je, interprétant subitement son improbable comportement.

Inès me fusille du regard.

— OK, tu as évoqué un type avec qui tu rêverais d'autre chose que…

— Oui, et toi, me coupe-t-elle, tu pars régulièrement en voyage avec lui… Lui me regarde comme s'il me rencontrait pour la première fois alors que… que nous avons… bégaie-t-elle entre deux hoquets.

— Des voyages pro, je te rappelle… Bon, j'ai saisi. Combien de fois t'as couché avec lui ?

— Même celui à Calvi ? Et Alessandro va bien ? Il a dû être ravi de te voir accompagnée, me lance-t-elle, sarcastique, évitant ou ignorant délibérément ma question, toujours dans ses délires.

— Combien de fois, Inès, exigé-je de savoir, occultant sa remarque.

— Une fois ! Mais…

— Inès, stop ! J'essaie de comprendre pourquoi tu te mets dans des états pareils pour un type qui a dû te baiser dans les toilettes, comme malheureusement je ne sais combien d'autres nanas !

La preuve, quand j'ai prononcé son prénom, il ne s'en souvenait même pas.

— Évidemment, tu ne sais pas ce que c'est qu'un coup de foudre ! se plaint-elle, agressive.

— Non, mais tu as perdu la tête ? Florian, c'est pas un mec pour des…

— Pour des filles comme moi ? Je ne suis pas assez bien, mais toi, oui parce que tu couches pas le premier soir ? C'est pourtant ce que tu as fait avec Alessandro ! déclame-t-elle en sortant précipitamment de la cabine une fois notre destination atteinte.

— Ce n'est pas… ce que j'allais dire.

Mais Inès n'est plus là pour entendre mes explications. Je me désole de cette dispute, mais bien que j'aimerais me réconcilier avec elle, je n'ai pas le temps pour ça. Mon père m'attend. Il n'empêche que cette scène me chagrine tout au long du trajet jusqu'à la maison de retraite. Habituellement, Inès m'épaule dans mes difficultés quotidiennes, et je ne sais pas comment affronter seule le deuil à venir.

Comme annoncé par Lisa, mon père, étonnamment lucide, trépigne d'impatience depuis l'annonce de ma venue. Je le trouve particulièrement en forme et m'en réjouis auprès de l'infirmière qui douche aussitôt mes espoirs.

— Profitez-en, ça ne va pas durer, nous le savons d'expérience, me confit-elle en pressant mon bras dans un geste de compassion.

Aussitôt, je pense à ce fameux « mieux avant la fin » et mon sourire s'éteint. Néanmoins, face à mon père, j'en affiche un, très factice, mais qui devrait être assez crédible.

— Tu es en forme, dis donc !

— Oui, et ta mère veut que j'en profite pour t'avouer certaines choses te concernant.

OK, pas si présent que ça, finalement.

— Tu sais, ma chérie, que je suis conscient de perdre la tête, mais par moments, je l'ai encore. Et vois-tu, je crois que je vais bientôt rejoindre Lydie. Elle t'a aimée comme une fille née de son sang, peut-être parce que tu l'étais un peu du mien. Mais elle veut que je te dise certaines choses avant de partir. Mais…

— Tu… es mon père, mon vrai père ? Je ne suis pas adoptée ? l'interrogé-je, avide de cette vérité que je fuis depuis ce stupide héritage corse.

Pleine d'espoir et sous le choc de ce qu'il me dévoile enfin, j'en viens à croire que je suis victime d'une monumentale erreur et que ma ressemblance avec Marissa n'est que pure coïncidence.

— Eh bien, nous sommes tes parents, tu portes mon nom de famille… même si…

— Mais tu ne t'appelles pas Esteban, murmuré-je, par avance déçue de ses révélations.

— Oh, Esteban ! Ce petit con, je ne l'ai pas revu depuis longtemps, bien avant que tu ne viennes vivre avec nous.

— Tu connais Esteban ? m'étranglé-je.

— Bien sûr ! C’est mon frangin ! Mais que fait ta mère ? Ça fait une demi-heure que je l’attends. On va être en retard pour le réveillon. Tu veux bien aller voir si tu la trouves dans la gare ? Moi, je vais refaire un tour avant de me faire houspiller pour le temps que je passe à l’arrêt minute.

Mais bon sang… De quoi il parle ?

Est-ce qu’il délire ? Ou est-ce la révélation de trop ?

Celle qui va m’achever ?

28 : Retrouvailles animées

Alessandro

Plusieurs jours plus tard.

Dans mon impatience à me présenter à l'embarquement, je me heurte à une jeune femme aussi inattentive que moi à son entourage. Sous le choc, son sac lui échappe et le contenu se répand au sol. Elle peste et se baisse, j'en fais de même, m'excuse, et nous nous cognons la tête dans notre tentative concomitante à nous relever. Je souris tandis qu'elle se touche le front, cachant son visage de sa main ; cette scène me rappelle Marie. La maladroite et si belle « miss catastrophe » sortie de ma vie aussi vite qu'elle y est entrée…

Le souvenir de notre nuit me revient en mémoire alors que je lève les yeux vers la femme face à moi.

— Alessandro ?!

— Euh, Marie ?!

Putain… C'est pas possible un tel hasard !

Troublé, je la fixe sans dire un mot. *Malgré quelques cernes, elle est plus belle que jamais.*

— Qu'est-ce que tu fais là ? Tu es en France pour un chantier ? Comment vont les petits ? Ton ex-femme vous fiche la paix ?

Je ploie sous son avalanche de questions.

— C'est ça, pour un chantier à Saint-Remy. Les enfants vont bien et mon ex continue à m'emmerder… Ah, et ta maison est habitable.

— Je sais, Toni m'a envoyé les photos. C'est vraiment superbe.

Je l'observe furtivement et lui trouve les traits tirés, son regard manquant de ce pétillant qui l'habite d'ordinaire.

— Tu… vas bien ?

— Autant que possible, m'avoue-t-elle.

— Oh ! Et tu fais quoi dans la région ? demandé-je, embarrassé et ne souhaitant pas lui poser de questions indiscrètes.

Un nouveau flot de paroles traverse la barrière de ses lèvres :

— Eh bien, je viens d'enterrer mon père adoptif à Cabriès, un petit village à une trentaine de kilomètres d'ici, de rencontrer le biologique et de découvrir que j'ai des frères et sœurs… Et me voilà à l'aéroport de Marseille à attendre mon vol pour Paris parce que j'ai douze tonnes de dossiers qui requièrent ma présence. À part ça, tout va bien, conclut-elle, bizarrement détachée.

Seules les larmes qui brouillent son regard émeraude laissent entrevoir son trouble et démentent ses commentaires désinvoltes.

Merde, j'imagine que ça fait beaucoup d'un coup ! Et je ne relève que le plus important :

— Toutes mes condoléances, Marie. Je suis vraiment désolé pour cette perte.

— Merci.

Elle veut faire croire que tout va bien, mais les tremblements au niveau de son menton prouvent le contraire.

— Inès n'est pas avec toi ? m'étonné-je.

— Pour cumuler les emmerdes, nous sommes en froid à cause d'un mec. Donc, vu que je n'ai plus de famille, enfin si, mais une qui visiblement ne voulait pas me connaître jusqu'à présent, me voilà toute seule pour gérer cette situation de merde, explique-t-elle en essuyant rageusement les premières larmes qui perlent le long de ses joues.

Je suis tenté de l'étreindre pour la consoler, mais augurant que ce n'est pas une bonne idée, je reste là, muet et immobile comme un idiot, jusqu'à ce que ce soit elle qui se jette dans mes bras, totalement effondrée. Les hauts parleurs annoncent le dernier appel pour mon vol, mais je n'ose me détacher d'elle, incapable de l'abandonner si bouleversée dans ce hall glacial au milieu d'anonymes indifférents à son chagrin.

— Un café ou autre chose, ça te dit ? Et si tu veux… discuter un peu de…

— Je… oui, mais ils viennent pas de t'appeler, là ?

En effet, je suis réclamé d'urgence porte 12, faute de quoi l'avion décollera sans moi.

— Je prendrai le prochain, annoncé-je, désinvolte.

— Oh ! C'est gentil de vouloir me tenir compagnie jusqu'à mon départ. Je suis un peu déboussolée, tu vois, avec tout ce qui m'arrive. L'héritage, l'adoption, ma dispute avec Inès, le décès de mon père, découvrir que j'en ai un autre en vie… C'est… trop pour moi.

Comme elle ne mentionne pas Marissa, je suppose qu'elle ignore que celle-ci est bien vivante, résidant au Canada, auprès d'un mari et d'un jeune adolescent. Et je ne souhaite pas être celui qui le lui vendra la mèche !

— Oui, je peux comprendre que tu sois bouleversée, dis-je en l'escortant vers le café le plus proche.

— Non, mais tu te rends compte ! Voilà que j'apprends que le fameux Esteban est le frère de mon père… Non, de mon oncle en fait… Et mon oncle est mon père… Grr, je ne sais plus comment je dois les nommer, s'énerve-t-elle.

Je fronce les sourcils, totalement perdu par ses propos.

— Oui, je ne suis pas claire du tout. Pas vrai ?

— En effet, je ne comprends vraiment rien. Tu veux me raconter ?

— Je ne sais pas. Oui. Non. C'est une histoire de fou ! Non mais, tu imagines, il a fallu que mon père décède pour que je découvre que j'ai une famille ? Une vraie famille, enfin… pas que j'en avais pas… ni qu'elle était fausse…

— Allez, viens, installons-nous là, suggéré-je en désignant une table.

Elle s'y laisse choir, puis se lève aussitôt, comme montée sur ressorts.

— Mes bagages ! J'ai oublié ma valise là où nous étions !

Et la voilà partie à sa recherche avant que je puisse me proposer de m'en charger. Je profite de son absence pour envoyer un texto annonçant mon retard à mon oncle, ce dernier devant me récupérer à l'aéroport de Calvi.

Des éclats de voix attirent mon attention vers un groupe à quelques pas de moi. Intrigué, je m'approche de l'attroupement et découvre Marie, au centre, se disputant avec un militaire armé.

— Mais puisque je vous dis que c'est ma valise, je viens de l'oublier à l'instant. Rendez-la-moi.

— Désolé, elle a été signalée comme suspecte, nous allons devoir l'examiner en présence des démineurs.

— N'importe quoi ! Est-ce que j'ai la tête d'une terroriste ? Et si c'était une bombe, pourquoi je voudrais la récupérer, insiste Marie en tirant l'objet du litige vers elle.

— Madame, veuillez lâcher cette valise ! lui ordonne son interlocuteur.

— Non. Ce bagage m'appartient et je le veux maintenant.

— Il n'en est pas question ! Il ne bouge pas d'ici jusqu'à l'arrivée de mes collègues. Et tout le monde recule immédiatement ! tonne l'homme qui commence à s'agacer à la vue de la foule intriguée autour d'eux.

— OK ! Puisque c'est comme ça !

— Mais arrêtez ! hurle le soldat tandis que Marie, accroupie, s'affaire à ouvrir son bagage.

Les curieux, soudain inquiets, reculent dans un mouvement collectif, et je reste seul à jouir du spectacle de la demoiselle, ulcérée, jetant ses sous-vêtements un à un à la figure du militaire. Celui-ci, de blême, devient cramoisi.

— Vous êtes satisfait ? l'interroge ma brunette, debout les mains sur les hanches, en toisant le jeune homme rouge écarlate qui repousse d'un geste un string blanc en dentelle pendu à son arme en bandoulière.

— Je devrais vous arrêter !

— Ben, ne vous gênez pas ! rétorque la jeune femme en tendant ses poignets. De toute façon, vu ma journée de merde, un peu plus un peu moins…

— Marie, c'est bon, n'en rajoute pas, suggéré-je en avançant vers elle. Veuillez l'excuser, elle est un peu à cran, elle vient d'enterrer son père, ajouté-je à l'intention du représentant « Vigipirate ».

— OK, mais ça ne justifie pas de se soustraire à un ordre direct des forces de l'ordre, me répond ce dernier, un œil sur son collègue qui arrive d'un pas vif, son talkiewalkie à la main, l'autre sur son arme de service.

Je l'implore du regard tandis que Marie, les bras croisés, nous observe ; je la devine prête à renchérir. D'un geste de la main, je la somme de ne rien en faire et, par miracle, elle m'obéit.

— D'accord, restons-en là. J'annule l'intervention des démineurs. À l'avenir, tâchez de ne plus oublier vos affaires, vous pourriez tomber sur quelqu'un de moins indulgent que moi, annonce le soldat avant de tourner les talons pour rejoindre son coéquipier.

Propos qui me font sourire et maugréer la femme à mes côtés.

— Non, vraiment, tu es unique, commenté-je en l'aidant à récupérer ses vêtements épars. J'en avais eu un aperçu l'autre matin…

— Évite de me parler de ça, s'il te plaît, c'est trop… humiliant.

— Oui, pour moi surtout. Je ne m'étais jamais retrouvé dans une situation aussi grotesque, avoué-je dans un rire.

— Je suis désolée, je n'ai pas pour habitude de me comporter de la sorte… Enfin, de me jeter à la tête… d'être…

— J'ai compris. Moi non plus, je ne suis pas du genre… coup d'un soir.

— J'avais deviné. Tu es plutôt père de famille, fidèle et tout et tout… Même si tu n'as rien fait de mal, vu que toi et ta femme, vous…, tente-t-elle de justifier. Et c'est pourquoi…

— Tu as regretté à ton réveil, complété-je tout en rangeant ses culottes dans sa valise sous son regard virant soudain à l'écarlate lorsque je ramasse un string des plus minimalistes. Oh, pardon…

Pour être honnête avec toi, je dois avouer qu'il y avait longtemps que… Hmm, cette nuit restera malgré tout un excellent souvenir.

— Pour moi aussi, Aless, m'avoue-t-elle sans pour autant oser me regarder.

C'est la première fois qu'elle use de ce diminutif, ce qui a le don de me faire fondre sur place.

29 : ESCAPADE CORSE

Marie

Une fois mes affaires rangées en vrac dans mon bagage, je lève les yeux vers Alessandro qui m'adresse son plus éblouissant sourire, mettant fin à la gêne flottant à l'évocation de notre folle nuit.

— Si tu venais en Corse pour te vider la tête et profiter de l'occasion de découvrir ta demeure restaurée ? Je suppose que tu as droit à quelques jours pour le décès de ton père et même si tu les as déjà pris, mon médecin pourra justifier ton séjour par un arrêt maladie, si besoin.

Sa proposition est une bonne idée.

— Non, ça ira pour l'arrêt. Je peux bosser en télétravail, il suffit que j'en informe mon patron. Florian comprendra que j'aie besoin d'un peu d'air.

— Florian ?

— Mon principal client. Et ami, ajouté-je devant sa mine déconcertée. Et l'homme de la discorde entre moi et Inès. Oui, bon, c'est compliqué. Laisse tomber.

— Il me semble qu'il s'est passé beaucoup de choses depuis ton départ.

— Beaucoup trop à mon goût depuis ce fichu héritage, commenté-je alors que nous nous relevons de concert.

— Tu… en sais plus… sur ta mère ? m'interroge Alessandro, plutôt hésitant.

— Non, et avec ces dernières péripéties, je suis de moins en moins encline à vouloir tout connaître… Pourtant je me demande comment je suis devenue la nièce puis la fille de mon père. Bref, j'éprouve des envies totalement contradictoires. Je veux comprendre et en même temps, non.

— Tu n'as pas discuté avec ton père ? Enfin avec ton oncle ? Désolé, j'avoue que je ne comprends pas trop.

— Non. J'étais tellement sous le choc que j'ai filé à l'anglaise dès la fin de la cérémonie funéraire. Et tu sais quoi ? Eh bien, j'ai aussi une grand-mère paternelle. Ils étaient tous là à me dévisager, à m'adresser des signes de compassion, et la vieille bique, dont j'ignorais l'existence, a même osé me prendre dans ses bras. J'ai manqué de m'étouffer. Elle pleurait sur la tombe de son fils alors qu'elle ne nous a jamais rendu visite ! J'étais outrée. Mon père disait qu'elle était morte. Mais en la voyant, j'en ai conclu « sortie de sa vie », Dieu sait pourquoi. Quelque chose de grave, j'imagine. Parce qu'on ne peut agir ainsi que pour des motifs valables et sérieux.

— Et dire que tu prétendais qu'il n'y avait aucun squelette dans les placards des Nunez ! me rétorque Alessandro dans un éclat de rire.

Je le fusille du regard, ne trouvant pas sa répartie particulièrement amusante.

— Bizarrement, tu m'as manqué, Marie, poursuit-il avec plus de sérieux. Le quartier est trop calme depuis ton départ. Louise regrette que tu n'aies pas honoré ta promesse de lui rendre visite, mes collègues pompiers sont déçus de ne plus intervenir chez toi et Livia s'ennuie.

Savoir que je lui ai manqué me provoque une série de palpitations.

— Eh, les pompiers ne sont venus qu'une fois ! Et tout ça date de plusieurs mois, me défends-je en essayant de contrôler mon rythme cardiaque.

— Disons que tu as marqué les esprits et que Pierre aurait aimé te revoir avec pour excuse de venir à ton secours.

— Hum, je songerai à le réclamer personnellement, la prochaine fois que j'aurai besoin que l'on me sauve.

— Je suis quand même le plus près pour ça, me rappelle Alessandro sur le ton de la moquerie. Et je revendique le droit d'être le premier sollicité.

— Merci pour toutes les fois où tu m'as aidée.

— Je t'en prie.

Le courant qui passe à travers nos regards est plus puissant qu'il ne l'a jamais été. Je ne sais même plus pourquoi je suis partie si longtemps, ni même pourquoi j'ai cru avoir oublié l'homme qui se tient face à moi. *Bon sang...*

— Alors, on le change, ton billet ?

— Euh…

Allez, Marie, prends vite une décision.

— Oui, d'accord, on le change.

Deux heures plus tard, je foule le sol Balagnais et emboîte le pas du bel architecte, le cœur toujours aussi palpitant. Toni, venu chercher Alessandro à l'aéroport, marque la surprise à ma vue, mais ne commente pas. Peut-être s'imagine-t-il que je viens constater de visu le résultat des travaux de ma demeure ancestrale ? Je m'abstiens de donner une quelconque explication, ignorant moi-même ce qui a bien pu me motiver à accepter une telle proposition alors que je balisais à l'idée de venir. Un besoin d'attention, de soutien qu'Inès ne me donnera pas, de fuir mon pseudo-père et ses révélations fracassantes que je ne suis pas prête à entendre ? Comme dirait Scarlett : « Taratata, j'y penserai demain ». Ou un autre jour. Ou jamais. Je ne veux pas que le passé me rattrape, je souffre assez de la perte de celui qui m'a aimée et élevée comme sa fille.

Toni m'accueille d'un « Content de te revoir, petite » très paternaliste, assorti d'une franche accolade. Je lui retourne sa réplique, l'étant également. Le dernier séjour, bien que court, et ses appels réguliers pour me tenir au fait de l'évolution des travaux m'ont permis de mieux découvrir sa personnalité, sympathique et bienveillante.

— Tu restes combien de jours ?

— Je ne sais pas encore. Le temps de me reposer et de me remettre de mes émotions.

— Et tu envisages de meubler la maison pour y habiter ? s'enquiert-il tandis que nous nous dirigeons vers sa voiture.

— Je n'ai toujours pas pris de décision.

— Marie va s'installer chez moi le temps du séjour, annonce Alessandro tout de go.

Décision drastique qui m'agace. Je me tourne vers lui pour répliquer, mais il ne m'en laisse pas le temps et se justifie par une explication plausible :

— Au mois de juin, les hôtels sont pris d'assaut. Tu risques de ne pas trouver de chambre à ton goût sans réservation préalable. En plus, Livia sera contente de t'avoir parmi nous.

— Vraiment ? Livia m'a plutôt semblé en colère lorsque je suis partie.

— C'est une gosse, elle s'était fait des films, intervient Toni.

Je sais très bien quel genre d'idée saugrenue il évoque, ce qui me confirme que squatter chez Alessandro n'en est pas une raisonnable. Pourtant, j'y consens, comme j'ai accepté de venir ici plutôt que de rentrer chez moi. Je ne cherche pas à batailler sur les raisons de mes actes ; mon cerveau n'attend qu'une chose, que je le mette sur « off ».

— Comment va Inès ? s'informe Toni.

À l'évocation de ma meilleure amie, celle qui d'ordinaire m'accompagne dans toutes mes démarches difficiles et qui, donc, aurait dû se trouver à mes côtés lors de l'enterrement de mon père, un torrent de larmes, trop longtemps contenu, inonde mes joues. Ce subit épanchement de tristesse, incontrôlable, laisse abasourdis les deux hommes qui m'accompagnent. Personne ne pipe mot et nous restons là, statiques, quelques secondes, jusqu'à ce que les bras de Toni m'enserrent dans une étreinte chaleureuse. Au bout de quelques minutes, apaisée, je m'en défais, essuie mon visage d'un revers de main, tente de maîtriser quelques hoquets résiduels de mon chagrin d'avoir perdu en si peu de temps le dernier membre de ma famille et ma sœur de cœur.

— Je suis désolée d'avoir trempé ton t-shirt, m'excusé-je en m'écartant.

— T'inquiète.

— Marie vient d'enterrer son père adoptif, de rencontrer son géniteur et Inès et elle sont fâchées, explique Alessandro à ma place, résumant en quelques mots le chaotique de ma vie.

— Ton… ton père, ton vrai père, tu… Esteban… Tu l'as rencontré ? bafouille l'oncle Toni.

— Oui, celui qui a mis ma mère enceinte pour…

— Attends, attends deux secondes, j'essaie de comprendre, intervient Alessandro.

— Robin, son père adoptif, et Esteban étaient frères, annonce Toni.

— Quoi ?! Tu connais mon père ? Enfin, mes pères ? m'étonné-je en m'essuyant les joues.

— Oui. Non. Enfin, pas vraiment. C'est une longue histoire que… En fait, si tu avais poursuivi la lecture des carnets, tu connaîtrais déjà le fin mot de l'histoire. Le moment est peut-être venu que je t'apprenne tout de ton passé familial.

Ces révélations me troublent et, en mon for intérieur, je me dis que le motif de ma venue ici se justifie ; que très certainement, mon subconscient m'y a poussé ; que peut-être les coïncidences n'existent pas ; que le destin se joue de moi en plaçant Alessandro sur ma route ; que l'heure de lever le voile sur ces mystères est venue et que je vais les boire jusqu'à la lie à m'en rendre malade, persuadée que je n'apprécierai pas ces vérités sur mon adoption et sur mon père biologique. Il sera ensuite temps de tourner la page après les avoir assimilés, de leur redonner leur juste place dans mon cœur et, peut-être, d'en occulter certaines.

Ces [illegible]

30 : Le temps des révélations

Alessandro

L'annonce de mon oncle plombe subitement l'ambiance. Estomaqué de découvrir l'existence de nouveaux secrets, j'imagine ce que peut ressentir la personne concernée. Je me rapproche de Marie, glisse un bras autour de sa taille tandis qu'elle chancelle.

— L'endroit ne se prête pas aux confidences. Tu es fatiguée, physiquement et émotionnellement. Vous pourriez peut-être discuter demain ? décidé-je tout en foudroyant Toni du regard.

— Je suis désolé… Je ne voulais pas être aussi… abrupt, bafouille mon oncle, très ennuyé.

Marie, que je soutiens littéralement, suit le mouvement que je lui impose. Muette, visiblement sous le choc, elle avance et s'installe mécaniquement dans la voiture. Son teint blême m'inquiète, et je ne la quitte pas des yeux à travers le rétroviseur. Une larme dévale le long de sa joue. Sa tristesse, ou sa détresse – je ne saurai définir les émotions qui la submergent –, m'attendrissent. L'envie d'effacer ses tourments, de la faire sourire, m'étreint, mais celle de l'embrasser domine tous mes désirs. Depuis son départ, rares sont les matins où je n'imagine pas la voir sous ma fenêtre. Je ne comprends pas pourquoi mes divagations reviennent régulièrement à elle alors que nous nous sommes la plupart du temps quasi agressés.

Les vingt-cinq minutes de trajet Calvi/Monticello me semblent interminables tant le silence de cathédrale dans le véhicule m'indispose. Toni maitrise mal son malaise, comme le laissent entrevoir ses coups d'œil fréquents vers notre passagère. Je devine qu'il éprouve de la sympathie pour la fille de son amour de jeunesse, qu'il peine à supporter sa responsabilité face à l'état de Marie. Je le suspecte même de s'être engagé auprès de Marissa à veiller autant que possible sur sa progéniture.

Arrivés devant ma porte, mon oncle stoppe le véhicule, mais toujours dans ses pensées, n'en descend pas. Marie toque à sa vitre pour le faire réagir et l'invite à entrer, se prétendant prête à tout entendre. Je suppose qu'elle a ruminé tout au long de la route.

— Tu es sûre que c'est le bon moment ? m'inquiété-je.

Personnellement, je ne suis pas persuadé qu'il le soit. Elle non plus, visiblement, vu son haussement d'épaules.

— Je crois que j'ai assez attendu. Cela fait des mois que je recule, mais que je ne cesse d'y songer, et ça m'embrouille la tête. Je suis la plupart du temps ici, à ressasser ce que je sais déjà et échafauder mille hypothèses sur ce que j'ignore encore. Probablement une des raisons qui m'a éloignée d'Inès tant je suis trop peu attentive à elle. Alors vas-y, Toni, je t'écoute.

— C'est vraiment ce que tu veux ? Tu viens de perdre ton père, de t'en découvrir un autre…

La sonnerie d'un téléphone le coupe. Marie l'extirpe de son sac, fronce les sourcils face au numéro, hésite et répond.

— Oui ? Qui est-ce ? … Non, je n'en ai pas envie pour l'instant…

Un rire désabusé lui échappe tandis qu'elle poursuit l'échange dont nous n'entendons qu'une partie.

— Non, mais je rêve ! Vingt-neuf ans plus tard, tu veux renouer avec moi ? … Non ! Avoir semé tes spermatozoïdes ne te donne pas le droit de te considérer comme mon père. Mon père, c'était *ton* frère avec lequel il semble que tu aies coupé les ponts, probablement à cause de moi… Ils veulent peut-être me connaître, mais moi, non ! Et encore moins ta mère !

Sur ce, elle raccroche et jette son appareil dans sa besace qu'elle laisse choir sur le canapé.

— J'hallucine ! Non, mais c'est pas possible ! Maintenant que Robin est mort, il veut reprendre son rôle ! Cet… Grr ! Non mais ! s'énerve Marie en déambulant dans mon salon. Et… et…

— Figlia[16], intervient mon oncle, tu veux bien t'asseoir ? Ce n'était pas prévu comme ça. Marissa voulait que tu découvres tes origines progressivement, pour que tu assimiles ton histoire. Nous n'avions pas envisagé que Robin décéderait si tôt et que tout te pète à la figure soudainement. Ta mère souhaitait que tu apprivoises ton passé en douceur.

— Eh bien, c'est raté ! Attends, pourquoi tu dis que c'était pas prévu comme ça ? Et ça veut dire quoi ce « nous » ?

Houlà ! La suite s'annonce explosive !

Instinctivement, je m'installe près de Marie, curieux et inquiet. Toni, lui, souffle, prend une profonde inspiration pour probablement se donner du courage, et je me demande comment et par quoi il va débuter ses confidences.

— Ta mère est en vie.

Waouh ! Eh bien, il n'y va pas par quatre chemins, le tonton !

L'annonce, lâchée comme une bombe, laisse Marie interloquée. Personnellement, le sachant, je ne suis pas surpris, mais j'aurais imaginé que Toni débuterait ses révélations de manière moins abrupte.

— Et elle aussi, elle veut revenir dans ma vie ? Là, comme ça, du jour au lendemain ? Je dois dire : youpi ? J'ai perdu mes parents adoptifs, et mes biologiques sont de retour ! réplique Marie d'un ton d'une froideur effrayante.

— Ce n'est pas vraiment… parce qu'elle a toujours fait… plus ou moins… partie de ta vie. Elle n'ignore rien de toi, Lydie et Robin l'ont toujours tenue informée. Elle a même assisté à ta soirée

[16] Fille

d'anniversaire, pour tes dix-huit ans. Une énorme fête, d'après ce que je sais. Ce jour-là, Lydie te l'a présentée comme une de ses amies résidant au Canada et de passage à Paris. Peut-être t'en souviens-tu ?

J'observe ma voisine du coin de l'œil ; elle triture sa jupe, signe de son agitation intérieure.

— Si, murmure-t-elle. Nous avons discuté un moment de mes projets. Il émanait d'elle un truc qui m'a… comment dire… parlé. Maintenant, je comprends mieux certaines de ses phrases et sa philosophie de vie que nous avions abordé… C'est troublant d'y repenser maintenant que j'ai lu certains de ces journaux intimes. Mais toi, comment tu peux savoir ?

— Nous sommes toujours en contact, enfin, nous l'avons repris quand elle a décidé de te léguer la maison et qu'elle a eu cette idée de jeux de piste pour se faire connaître de toi à travers ses journaux intimes. En fait, toi et moi ne devions nous rencontrer qu'à la fin de ta lecture, elle t'y donne les coordonnées pour que tu me contactes et que je m'occupe de retaper la maison. Mais rien ne s'est passé selon ses plans.

En effet, notre rencontre et toutes les mésaventures de Marie ont sensiblement modifié le cours des événements.

— On peut dire que croiser Alessandro et l'accueil de votre famille m'ont refroidie. Je n'aspirais qu'à ficher le camp loin de vous, avoue-t-elle dans un rire sans joie.

— Je comprends. Il faut avouer que celui-là et son père sont de vrais cons, commente mon oncle en nous adressant un clin d'œil qui dément ses propos.

— Eh ! rétorqué-je en mimant l'indignation.

— Tu sembles le seul Cantini respectable. Ma mère parle en bien de toi dans ses écrits et regrette de n'avoir pas été amoureuse en retour. C'est dommage.

— Oui, je le regrette aussi. Je n'étais que le grand frère veillant sur elle et empêchant mon frangin de franchir certaines limites.

— Quelles limites ? ne puis-je m'empêcher de demander.

— Gabriel était violent, me répond Marie, ce que mon oncle confirme d'un hochement de tête.

— Il la frappait ? questionné-je, choqué.

— Il la malmenait, plutôt, lui imposait des règles, l'humiliait parfois devant ses amis. Mais probablement qu'un jour, il l'aurait fait, avoue Toni.

— Mais il l'a giflée une fois, peut-être plusieurs fois sans que tu le saches, intervient Marie. Je crois que c'est la raison qui l'a poussée dans les bras d'Esteban.

— Waouh ! Dire que Gabriel portait le prénom d'un ange et était dépeint comme tel ! commenté-je.

— La suite de la romance est affreusement banale, à ce que j'ai lu. Ce que je ne comprends pas, c'est comment je me suis retrouvée chez Robin.

— Eh bien, comme Marissa ne voulait pas m'épouser, que ton père biologique, après ta naissance, n'était pas prêt à assumer une gosse, même s'il vous aimait, Marissa a eu l'idée de te confier au frère de ce dernier et son épouse. Elle savait qu'ils prendraient soin de toi comme de leur propre fille, ne pouvant pas avoir d'enfants.

Marie se lève d'un bond et, à nouveau agitée, recommence à déambuler dans la pièce en proie à des pensées qu'elle ne partage pas avec nous. Toni et moi l'observons, sans mot dire, aller et venir puis stopper devant la baie vitrée.

J'espère que la vue l'apaise comme elle m'apaise, moi.

31 : Surprises en série

Marie

— Il nous aimait ! m'exclamé-je, à la fois abasourdie et choquée, le front contre la fenêtre, en proie à une sourde colère.

Cet homme ne se manifestant que maintenant, je peine à croire qu'il puisse m'avoir aimée un jour.

— Eh bien, aussi étrange que cela puisse paraître, ta mère et lui étaient vraiment amoureux. Au début. Ils ont vécu ensemble tout le long de sa grossesse et quelques mois après ta naissance. C'est là que la situation s'est compliquée. Ta grand-mère en a été pour une grande part responsable. Elle les avait accueillis en attendant que ton père décroche son BTS en électro quelque chose. Mais les études et lui… Il a sauté sur l'occasion en les abandonnant pour aller travailler afin de subvenir à vos besoins et… ton aïeule a pété un câble. C'est une famille catholique pratiquante, donc l'avortement n'était pas une option. Ta grand-mère avait donc accepté et recueilli ta mère sans problème, estimant, tout comme son mari, qu'Esteban devait faire son devoir et réparer sa faute en l'épousant. Mais elle ne pouvait accepter que son fils sacrifie ses études… De là, tout est parti en vrille.

Toni nous explique alors qu'au fil des mois, la relation fragile entre les deux jeunes gens liés par un amour de vacances se délita, la mère d'Esteban incriminant quotidiennement Marissa pour avoir séduit son enfant bien-aimé et détruit son avenir. Celui-ci était très attaché à ses parents, contrairement à Robin, son aîné de quatre ans, qui depuis longtemps avait coupé les ponts avec eux. La raison : les attaques fréquentes sur la stérilité de Lydie qui ne pourrait jamais lui donner un héritier.

Je n'interviens pas au cours du récit, mais je bous intérieurement, haïssant un peu plus à chaque minute cette grand-mère responsable de nombreux maux. Toni peut donc poursuivre cette histoire délirante.

— L'ambiance est devenue insupportable. Au bout de plusieurs mois, Marissa m'a contacté. Elle envisageait de rentrer chez elle, mais avant ça, elle souhaitait savoir comment elle serait reçue. Je savais que jamais ses parents ne l'accepteraient avec une gosse, surtout son père qui se serait senti humilié de la voir revenir après le scandale et la brouille avec notre famille qui avait pris des proportions effrayantes. Je ne lui ai rien caché de ce qui se disait à son propos dans la famille, et encore, le village ignorait sa situation. Tu imagines si quelqu'un l'avait su ? J'ai proposé une solution à ses problèmes. Mais elle ne pouvait se résoudre à accepter ma proposition, elle éprouvait trop d'affection pour moi pour consentir à un mariage sans amour réciproque. Elle estimait que je méritais une femme qui l'aimerait d'un amour véritable et non pas comme un frère. Je m'en fichais royalement, persuadé qu'un jour… à vivre quotidiennement à mes côtés… Mais elle aimait encore Esteban. C'est alors que celui-ci a eu cette idée lumineuse qui les libèreraient tous en faisant le bonheur de quelqu'un : te faire adopter. Après tout, ils étaient jeunes et auraient d'autres enfants plus tard. Mais Marissa refusait de t'abandonner à n'importe qui. Après avoir pris innocemment des renseignements sur ce frère et sa femme brouillés avec la famille Nunez, elle s'est mise en tête de les retrouver, ceux-ci résidant dans la même ville. Elle les a pistés *« comme une détective chevronnée »*, précise Toni en riant. Et un soir de 24 décembre, elle t'a confiée à Lydie, dans un hall de gare, avec ton extrait de naissance au nom de Marie Nunez et une lettre d'explication glissée dans la poche de ta future mère, t'abandonnant à ses côtés. Pari risqué, puisqu'elles ne s'étaient jamais parlé, mais ta tante s'est aussitôt prise d'affection pour toi, seule dans ta poussette, et Marissa l'épiait à distance. Tu arrivais comme un don du ciel pour le couple sur le point d'adopter, Lydie ayant renoncé à toute tentative de procréation assistée. Dans la foulée, Robin a obtenu un poste à Paris, le séparant définitivement de sa famille.

Je soupire pour encaisser toutes ces infos.

— Après quoi, Marissa a pris la poudre d'escampette, poursuit Toni. Esteban n'a rien tenté pour la retrouver, finalement soulagé et certainement pas prêt pour un rôle de père. Moi, j'ai profité de relations amicales sur le continent pour l'aider à rebondir. Ce qu'elle a fait avec brio, conclut notre narrateur, visiblement très fier.

— Ah oui ? Et elle vit où aujourd'hui ? Elle bosse dans quoi ?

— Dans l'édition, pour une boîte canadienne, puisque c'est là qu'elle habite depuis des années, avec son mari et ton… demi-frère.

Autant j'ai facilement encaissé toutes ces informations, cette folle histoire digne d'un roman ou d'une fiction télévisée, autant apprendre que j'ai un frère né de ma mère me bouleverse. Un autre enfant après moi, sans moi. Purement et simplement rayée de la carte… Je peine à l'accepter.

— Donne-moi les clés de chez moi. J'ai besoin de rester seule un moment pour digérer toutes ses infos, annoncé-je, laconique, en tendant la main vers Toni.

— Ils t'ont juste élevée, Marie, comme leur fille. Pour l'état civil, tu es l'enfant de Marissa Poli et d'Esteban Nunez… et la nièce de Robin et Lydie. Ton père biologique t'a reconnue, précise Toni.

De mieux en mieux ! Raison de plus pour que je m'isole tant j'éprouve l'envie d'hurler.

— Tu es sûre ? me demande Alessandro, la mine inquiète.

— Oui, ne te fais pas de soucis. Je vais juste décanter tout ça, je ne risque pas de provoquer de catastrophe assise par terre dans une maison vide. Et au pire, si je croise une souris égarée, je crie. Tu pourras me venir en aide. Encore, ajouté-je dans une piètre tentative d'humour.

Sa sollicitude me touche, mais ne m'étonne pas. Malgré une rencontre mouvementée et nos histoires respectives, Alessandro Cantini possède d'indéniables qualités au-delà d'être séduisant… Même si nos face-à-face n'ont pas toujours été très cordiaux. Sauf l'espace d'une nuit.

Son oncle, manifestement contrarié, me tourne le dos et, bras croisés, scrute ostensiblement le panorama d'Ile Rousse en contrebas. Je note la contraction de ses épaules, devine son air abattu. J'ignore ce qu'il espérait de ses révélations, ce à quoi il peut penser. J'éprouve de la peine pour lui, pour cet amoureux transi, mais trop d'émotions me malmènent et tourneboulent en moi pour que je puisse m'inquiéter de celles des autres, et en l'occurrence des siennes. Aussi me contenté-je d'attendre, dans un calme qui me surprend moi-même, le retour de son neveu parti sur son ordre chercher les clés de ma maison. Je m'en saisis sans un merci lorsqu'il me les tend et rejoins ma propriété en petites foulées. Une fois là-bas, je grimpe au grenier, récupère les journaux intimes, les dispose autour de moi et les contemple quelques secondes. Face à moi me nargue le carnet en moleskine noire, celui que j'ai toujours refusé d'ouvrir sachant qu'il m'apporterait toutes les informations que ma mère souhaitait me transmettre pour probablement se dédouaner de sa décision.

— Pourquoi, mais pourquoi me suivre pas à pas et ne jamais m'avouer la vérité ? À quoi rime de m'aimer à distance ? De me faire cette donation sous forme de pseudo-héritage ?

Soudain, je hais cette mère qui, malgré les explications de Toni, aurait pu vraiment faire partie de mon quotidien, mais qui préfère se justifier à travers ces carnets, vivre sa vie avec un fils à qui elle a dû donner l'amour qu'il mérite. Et pas moi ? Pourquoi ? Parce que je la renvoyais à une erreur de jeunesse ?

La colère rugit en moi et je ne parviens plus à la contenir. Je me jette sur les objets qui m'entourent, déchire avec hargne les photos, les calepins. Le dernier me résiste. Furieuse, j'ouvre les fenêtres et envoie tout valser, animée d'une rage dévastatrice. Une chance que le grenier soit vide sans quoi l'intégralité du mobilier serait passé par-dessus bord. Un gémissement de douleur me pousse à me pencher à la lucarne.

— Oh mon Dieu ! Aless, ça va ?

Sans attendre sa réponse, je dévale les escaliers et le rejoins dans le jardin. Mon bel architecte s'y trouve, au milieu des décombres de l'histoire de Marissa, une main portée à sa tête. Je devine qu'une des caissettes en fer l'a heurté de plein fouet, car il me semble légèrement sonné. Vacillant sur ses jambes, il se laisse tomber dans l'herbe.

Non, mais c'est pas vrai ! Cette baraque est maudite !

Je m'agenouille à sa hauteur et constate qu'il saigne lorsqu'il retire ses doigts poisseux d'une blessure au front.

— Oh mon Dieu ! Oh mon Dieu !

— C'est rien, calme-toi, tente de me rassurer le blessé.

— Non, mais je vais me trouver mal, je ne supporte pas la vue du sang !

— Eh bien, ne regarde pas. Laisse-moi deux minutes et je vais retourner chez moi pour nettoyer ça.

— Tu saignes vraiment beaucoup ! Ne bouge pas, je vais chercher un torchon, un pansement, un truc… chez Louise.

Et me voilà à tambouriner à la porte de ma voisine qui marque un temps d'arrêt à ma vue sur son paillasson. J'occulte les formules de politesse et baragouine des explications confuses. Manifestement, Madame d'Artignac ne comprend rien à mon discours, mais les mots « Alessandro », « blessé » et « jardin » prennent probablement un peu de sens et elle se précipite vers ma demeure, moi sur ses talons réclamant en boucle mouchoir, serviette, pansement… À la vision d'Alessandro étendu à même le sol, les yeux clos, je panique.

— Mais qu'est-ce qui s'est passé ici ? s'enquiert l'octogénaire après un coup d'œil sur les objets éparpillés et l'homme évanoui.

— Je… j'ai tout balancé par la fenêtre et une boîte l'a frappé. Oh mon Dieu ! Il n'est pas mort au moins ? m'affolé-je.

— Il doit être K.-O. Tu as jeté tout ça de quelle hauteur ?

— Du grenier, réponds-je en m'agenouillant près d'Alessandro sans connaissance. Mais il m'a parlé tout à l'heure.

— Quelle idée ! Et pourquoi avoir fait ça ?

— Louise, on s'en fout ! Dites-moi ce que je dois faire ?

— Appelez les pompiers pour qu'ils l'emmènent aux urgences passer des radios et soigner cette blessure.

— OK. OK. Mais mon téléphone est chez lui. Vous restez là ?

Je me précipite dans sa maison, grâce à Dieu ouverte, récupère mon sac et m'empresse d'appeler les secours en donnant une nouvelle fois de confuses explications. Heureusement, le nom d'Alessandro n'est pas inconnu du standardiste qui se trouve être Pierre et qui promet d'arriver en un quart d'heure. Aussitôt la communication raccrochée, je cours vers mon jardin, me gamelle en chemin et maugrée contre ma maladresse bien trop souvent manifeste dès que je suis ici. À croire que des fantômes hantent ce lieu et se mettent systématiquement en travers de ma route.

Lorsque je reviens auprès de ma victime, je le trouve assis, soutenu par Louise qui éponge sa plaie à l'arcade à l'aide d'un mouchoir. Je souffle, soulagée de le voir conscient.

— Tu m'as fait peur !

— Petit malaise vagal, tout va bien. Mais vu comme ça pisse le sang, je suppose que quelques points de suture s'imposent.

— Tes copains arrivent, j'ai eu Pierre.

— Il ne fallait pas les déranger. Aide-moi à me lever.

— C'est peut-être plus prudent que tu te rallonges jusqu'à ce qu'ils soient là, suggéré-je, pas rassurée et nauséeuse à la vue de l'impressionnante quantité d'hémoglobine qui imbibe peu à peu le pansement de fortune.

— Marie a raison, tu es bien placé pour savoir qu'il faut faire attention avec un trauma crânien, intervient Louise.

— Puisque je vous dis que ça va, c'est plus impressionnant qu'il n'y paraît.

La seconde suivante, il repousse doucement de son front la main de Louise et se relève, s'appuyant sur l'épaule secourable que je lui offre, mais qui agonise sous son poids. Je serre les dents, m'interdisant de chanceler, encore moins de vomir.

Manquerait plus que ça !

32 : Drame et conséquences

Alessandro

Je râle et propose à Marie de m'accompagner chez mon médecin, assurant qu'il parviendra à me suturer aussi bien qu'à l'hôpital. Mais les deux femmes refusent de m'écouter. Je les laisse donc se lamenter. En réalité, seule Marie geint et s'excuse. Louise nous observe sans dire un mot, un petit sourire au coin des lèvres. Dans quelques minutes, je pourrai me lever, rentrer chez moi et me coller trois bandes de stéristrip en attendant de me rendre chez Luc. Hors de question de passer la journée aux urgences ! Dans une heure, je dois récupérer Lisandru. Je n'ai pas envie d'appeler Toni à l'aide et j'estime Marie trop agitée pour lui faire confiance. Mais encore sonné, je cède face aux insistances de Louise et Marie. Adossé contre le mur de la maison, j'attends donc mes collègues pompiers.

Bon sang ! Cette fichue boîte m'a mis K-O. !

Mais qu'est-ce qui lui est passé par la tête ? Je la devinais troublée, mais merde, elle n'en rate pas une !

Tu étais censé la laisser seule ! Si tu étais resté chez toi, tu ne te serais pas pris ce truc sur la gueule ! Te tenir loin de cet aimant à emmerdes...

J'avoue que je n'envisageais pas de la revoir. Qu'y puis-je si le destin l'a remise sur ma route ?

Et que tu penses bizarrement à elle depuis son départ, comme si sa présence te manquait !

Visiblement, le traumatisme trouble mon esprit. Comment cette femme pourrait me manquer alors que je la connais à peine ?

Suffisamment pour qu'elle te plaise et que...

L'arrivée de l'ambulance, sirène hurlante, met en pause mon moi intérieur en mode questionnements. Pierre en descend précipitamment et nous rejoint en trois enjambées.

Waouh ! Dis donc, rapide, le coco, pour une fois !

Je m'apprête à lui en faire la remarque, mais celui-ci, au lieu de se pencher vers moi, s'accroupit auprès de Marie, assise à ma droite, et s'informe de son état.

— Eh, c'est moi, le blessé ! m'insurgé-je tandis que cet invétéré dragueur pose ses sales pattes sur ma voisine et la palpe à la recherche d'inexistantes blessures.

Étrangement, la colère me gagne à le voir profiter de l'occasion pour la tripoter alors qu'il n'ignore en rien les raisons de sa présence ici. Marie le repousse gentiment.

— Pierre, c'est bon. Je vous ai appelé pour Alessandro, pas pour moi, lui rappelle-t-elle.

Heureusement que pendant que monsieur fait le joli cœur, Julien s'intéresse à mon cas, parce que, tant qu'à faire puisqu'ils sont là autant qu'ils me soient utiles. Ce dernier, tout en désinfectant ma plaie, confirme la nécessité de quelques points.

— Comment t'as fait ton compte ? cherche-t-il à savoir.

— Je… C'est ma faute, se justifie Marie en se triturant les mains, terriblement embarrassée.

— Oh, c'est quoi, ce bordel ? relève Pierre en ramassant la caissette, cause de ma blessure.

— Je ne crois pas que ça te regarde, décrété-je en la lui prenant des mains une fois pansé et debout. Vous pouvez partir. J'irai chez Luc plus tard.

— Aless, tu devrais passer une radio, peut-être rester sous surveillance quelques heures. Tu as quand même perdu connaissance, ce n'est pas rien, intervient Louise, restée en retrait jusque-là et, comme à son habitude, soucieuse des autres.

Julien fronce les sourcils et Pierre nous dévisage tour à tour, Marie et moi.

— N'imagine rien, le menacé-je. C'est un bête accident.

— Oui, un de plus que je déclenche, ajoute Marie. Je… je jetais des… trucs… par la fenêtre… et Alessandro est passé par là, précise-t-elle, rouge écarlate.

— No comment ! exigé-je, souhaitant éviter toute discussion. Merci d'être intervenus si vite, les gars, et au revoir.

Julien m'observe quelques secondes avant de tourner les talons, accédant à ma demande. Le respect d'autrui chevillé au corps, il ne cherchera jamais à obtenir plus d'explications si je ne veux en donner. Pierre, par contre, ne manquera pas de s'empresser d'ébruiter l'incident et de m'assaillir de questions lors de ma prochaine garde. Mais pour l'instant, Marie redevient le centre de son intérêt et, à mon nez et à ma barbe, il n'hésite d'ailleurs pas à de nouveau tenter sa chance.

— Nous sommes décidément faits pour nous rencontrer. Peut-être qu'on pourrait faire plus ample connaissance, toi et moi, pendant une soirée sympa ?

— Oh, je… Désolée, je ne suis que de passage et je n'ai pas le temps pour un rendez-vous. De plus, quelqu'un… m'attend à Paris, lui répond Marie, se dandinant d'un pied sur l'autre, les mains croisées sous sa poitrine, ce qui attire instantanément le regard sur son décolleté, le mien et celui de ce pervers de Pierre qui la mate sans vergogne.

— Bah, rien ne nous empêche de boire un verre et…

Bon sang, rien ne l'arrête ! Même pas qu'elle soit en couple. Elle est en couple ??

— Pierre, je crois qu'on t'attend, le coupé-je en désignant Julien déjà assis dans l'ambulance.

— Appelle-moi. Tu as mon 06 et au cas où tu l'aurais perdu… il est facile de me trouver, conclut-il en lui adressant un clin d'œil.

— Qu'est-ce qu'il est lourd ! Toujours à draguer même si la personne n'est pas libre, déclaré-je une fois seuls.

— En effet. Je pensais m'en débarrasser avec cette excuse foireuse, mais…

— Ah, le « quelqu'un m'attend », c'est du pipeau ? demandé-je, curieux.

— Oui, depuis que j'ai surpris mon connard de mec à baiser sa secrétaire dans son bureau, je prône l'abstinence sexuelle.

Je fronce les sourcils tout en me demandant depuis quand.

— Oh, toi, tu as été un accident de parcours… Enfin, c'était juste après ma rupture… Je… n'ai plus… bafouille-t-elle avant de se rependre. Écoute, je suis désolée. Comme je te l'ai dit à l'aéroport, avec du recul, je ne regrette pas de m'être jetée à ta tête même si, au petit matin, oui, j'ai hurlé comme une démente. Je ne pensais pas te trouver encore là.

— Idem. J'avoue qu'à mon réveil, je ne savais pas quoi faire. Je n'ai pas pour habitude de me trouver dans ce genre de situation. Ou tout au moins, je m'y suis rarement trouvé et ça date de l'époque de la fac.

— Je suis désolée pour ça et tout le reste, m'excusé-je en désignant sa plaie. Je t'assure que je ne suis pas ce genre de fille qui… Purée, j'ai l'impression d'être une héroïne de chick-lit, celle qui cumule les gags les plus improbables dans des histoires tout aussi folles !

Je devine au regard d'Alessandro qu'il ne comprend rien à mon laïus, méconnaissant très certainement ce genre littéraire.

— Laisse tomber et accepte juste mes excuses. Je devrais peut-être rentrer à Paris, vu que je n'arrête pas de mettre la pagaille dans ta vie et que…

Alessandro me coupe dans ma tirade, se penche vers moi et m'embrasse. Tendrement tout d'abord, puis comme j'accepte son baiser, il accroche ma nuque pour m'attirer à lui pour un autre plus avide et impatient. C'est le feu d'artifice au creux de mon estomac. *Bordel ! Sa langue m'avait manqué.* Un raclement de gorge nous sépare, et je réalise soudain que Louise, toujours présente, nous dévisage. Gênée, je me coule dans les bras d'Alessandro, n'osant lever les yeux vers l'octogénaire.

— Je rentre chez moi, annonce cette dernière. Et vous devriez en faire autant… pour faire ce que… Bref, je ne suis plus là, je n'ai rien vu, rien entendu. Toi, Alessandro, je crois que tu n'as plus besoin d'aller à l'hôpital si Marie te surveille de près.

Je suis mortifiée ; me voilà une fois de plus dans une situation inconfortable.

La honte.

33 : SUR UN COUP DE TÊTE

Alessandro

L'intervention de Louise me ramène sur terre. Bien que du genre à ne pas m'afficher, je ne regrette pas avoir initié ce baiser en public, poussé par un désir impérieux de regoûter à ses lèvres. Envie qui me taraude depuis notre face-à-face à l'aéroport. Et bien qu'elle y ait répondu, j'ignore jusqu'où elle voudrait bien aller. Mais quels que soient ses souhaits, le moment ne s'y prête pas. Le temps nous est compté avant la sortie de classe et je ne dois pas traîner pour faire suturer ma plaie. Je me détache d'elle en exhalant un soupir de frustration, elle conserve les yeux rivés au sol.

— Louise a raison, confirmé-je en relevant son menton pour l'obliger à croiser mon regard. Ne restons pas là à attiser la curiosité des voisins. On leur a déjà donné de quoi alimenter les conversations pendant des jours.

— C'est sûr, les descendants de familles ennemies jurées s'embrassant, il y a de quoi cancaner, se marre Marie. Même si pour tout dire, je m'en fiche.

— Vraiment ? m'étonné-je.

— J'alimente déjà les discussions, je suppose. Un peu plus un peu moins, déclare-t-elle en haussant les épaules, fataliste.

— Eh bien, désolé de te décevoir, mais depuis ton départ, tu es passée aux oubliettes.

— Oh, vraiment ! Mon histoire n'est plus digne d'intérêt ? Je suis vexée ! Ton divorce fait les gorges chaudes, j'imagine, réplique-t-elle d'un ton amusé tandis qu'elle verrouille la porte de sa maison.

— Non, cette histoire est passée à la trappe. Celle de la femme du pharmacien surprise à baiser dans la réserve est plus passionnante, surtout que son mari lui refuse le divorce et que tous deux s'insultent copieusement devant les clients. Crois-moi, le spectacle vaut le détour.

— Je n'en doute pas ! Dire que je ne profite pas de ce genre de divertissement à Paris, quelle tristesse !

Cette conversation anodine a pour mérite de détendre l'atmosphère électrique et la tension sexuelle vibrant entre nous. Cependant, de retour chez moi, la gêne s'installe à nouveau. Ma proposition de l'accueillir sous mon toit ne me semble soudain plus une bonne idée, pour toute une foule de bonnes raisons qui tournent en boucle dans ma tête. Mais impossible de revenir en arrière et, pour être honnête avec moi-même, je ne veux pas la voir ailleurs.

— Viens, je vais te montrer ta chambre, continué-je donc à m'embourber.

Marie me suit à l'étage ; je la laisse entrer la première et découvrir le panorama époustouflant sur Ile Rousse, le même que celui de la mienne, à sa droite.

— Tu as à peu près la même vue d'une des pièces de chez toi. J'ai fait agrandir la taille des fenêtres d'ailleurs, pour que tu aies plus de luminosité. Tu apprécies ?

— Je n'ai pas encore vu, je suis juste montée au grenier… Oh, Alessandro, je suis désolée, je… Toutes ses révélations… c'est trop… j'ai pété un câble et tu en as fait les frais.

— Je survivrai. Quelques points et tout sera OK.

Marie se tourne vers moi, se rapproche, tend la main vers mon front pansé et l'effleure du bout des doigts.

— Ce n'est pas trop douloureux ? s'inquiète-t-elle.

— Non, ça va, la rassuré-je.

Ses doigts glissent sur ma joue. Je m'efforce de ne pas tressaillir sous la caresse, mais je peine à ne pas réagir sous ce contact physique qui se prolonge. Et lorsque Marie effleure ma bouche, je perds la tête. Je saisis son visage en coupe et l'attire à moi pour reprendre ce baiser interrompu plus tôt. Je dévore ses lèvres avec une avidité redoublée ; mes mains s'égarent sur son corps voluptueux dont je n'ai pas oublié les courbes, tandis que les siennes se faufilent sous mon t-shirt, remontent vers mes épaules, puis redescendent pour prendre possession de mes fesses en s'introduisant sous mon pantalon. Instantanément, un désir irrépressible monte en moi ; mon sexe pulse, se déploie et déplore l'étroitesse de mon boxer. Un gémissement m'échappe auquel répond Marie par un identique quand je m'égare dans sa culotte. Un sentiment d'urgence m'envahit, à la hauteur de mon envie de me glisser dans son fourreau humide, prêt à me recevoir sans plus de préliminaires. D'un mouvement vif, je la pousse jusqu'au lit, l'y dépose, me défais de mes vêtements. Elle m'observe quelques secondes, se dévêt de sa robe noire et son string. Moins vêtue que moi, elle est nue plus rapidement, j'en profite pour me repaître de ce corps minuscule, mais si harmonieux. Alors que je m'apprête à fondre sur elle, elle me stoppe en réclamant son sac. Je fronce les sourcils, étonné par sa requête, avant de comprendre qu'un préservatif doit s'y trouver. Si peu habitué à en utiliser, j'en ai, l'espace d'un instant, oublié la prudence. La sonnerie de son téléphone me coupe dans mon élan.

— Oublie, prends juste une capote, m'intime Marie.

J'obéis, me couvre avec célérité et reviens me positionner entre ses jambes tandis que la musique de son maudit portable m'agresse les oreilles. D'un mouvement de bassin, Marie m'incite à plonger dans sa douce intimité. Je réponds à sa subtile impulsion et y glisse avec délice, son téléphone enfin muet. Pas pour longtemps. Et c'est sur le très rythmé *Wake me up* d'*Avicci* que j'entame mes va et vient, jusqu'à ce que ces appels répétés m'indisposent et que même Marie s'en agace et me repousse pour se saisir de cet insupportable intrus gâchant ce moment. Le froncement de sourcils qu'elle affiche à la vue de l'appelant, je devine qu'elle répondra à la prochaine sonnerie. Ce qu'elle ne manque pas de faire face à l'insistance de son interlocuteur qui rappelle aussitôt. Je soupire, frustré par cette maudite interruption, tout en songeant que ce n'est peut-être pas plus mal tant j'ai le sentiment de me comporter de manière irréfléchie, laissant mon attirance pour ma truculente voisine me dominer.

— Inès ? ... Oui, en effet. Pourquoi ? ... T'es gonflée, quand même... Non, je ne suis pas fâchée... Oui, je te pardonne... Je t'assure... Je suis à Ile Rousse pour quelques jours, je t'expliquerai... Non, pas maintenant... Parce que j'ai autre chose à faire, conclut-elle, effleurant mon sexe en passe de perdre son ampleur.

Malgré mes tergiversations intérieures, je cède à ses gestes appuyés, lui retire le téléphone des mains avant qu'elle ne raccroche, la bascule sous moi pour reprendre où nous en étions avant qu'Inès vienne, insistante, nous perturber.

— Ta drôle de copine choisit bien son moment pour se réconcilier avec toi.

— Que veux-tu, c'est de l'Inès tout craché. Elle n'a pas son pareil pour se manifester aux instants les plus inopportuns. Sans parler de son côté « harceleur ». Mais pour le coup, je comprends et lui pardonne.

— Si on l'oubliait pour se concentrer sur nous ?

— Tu as toute mon attention. Tu veux un peu d'aide pour raviver ta queue ? me propose-t-elle en glissant sa main entre nous pour effleurer mes testicules.

— Et toi ? Tu as besoin de rebooster ton excitation ?

— Hum, je ne suis pas contre, bien que comme tu peux le constater, mon entrejambe soit prête pour t'accueillir.

— En effet. Je pense que mon petit soldat est prêt pour la manœuvre et assez impatient. Alors ne sois pas surprise s'il s'emballe.

Marie éclate de rire, m'attire à elle pour un baiser gourmand auquel je réponds tout en reprenant ma place en elle d'une poussée conquérante. Ses jambes s'enroulent autour de moi et le mouvement de son bassin s'accorde au mien. Bientôt, ses mains sur mes fesses m'incitent à accélérer. Je suis au paradis. Visiblement, elle aussi. Nos souffles se synchronisent, nos cœurs battent à l'unisson, nos gémissements de plaisir emplissent la pièce et un râle commun nous échappe lorsque la jouissance nous surprend.

Je m'écroule sur elle, écrasant de tout mon poids ce petit bout de femme qui vient de satisfaire ma libido en stand-by depuis notre dernière fois. Clairement, l'abstinence nous réussit tant le plaisir semble décuplé. Nous restons là, silencieux, immobiles, dans l'attente que nos cœurs reprennent un rythme normal, moi fixant le plafond durant quelques minutes avant de me tourner vers elle pour la trouver endormie, probablement épuisée par les évènements de la journée et cette baise enflammée. Soudain, je prends conscience d'avoir perdu entre ses bras la notion de l'heure. Je panique, me lève à la hâte, m'habille en un temps record, consulte mon téléphone et, soulagé, constate que je ne suis pas si en retard que ça. Arrivé à la porte, un bruissement appelle mon regard sur Marie allongée sur le dos, le drap partiellement rabattu dévoilant sa poitrine qui se soulève au gré de sa respiration. Je résiste à l'envie de retourner me coucher à ses côtés, entrouvre délicatement et referme en silence. Une fois sur le palier, je peux enfin me recentrer sur la réalité : apprécier cet instant à sa juste valeur, ne pas chercher à analyser ce qui vient de se passer, ni pourquoi.

34 : LÂCHER PRISE

Marie

Je m'éveille, exhalant un soupir de bien-être. L'espace de quelques secondes, j'en cherche la cause tant rien dans ces derniers événements ne peut expliquer ce sentiment de béatitude que je ressens, jusqu'à ce que je prenne conscience de l'endroit où je suis et de la tiédeur de ce drap qui recouvre à peine mes seins nus. Étrangement, je ne panique pas. Au contraire, je laisse cette sensation m'enrober comme une douce et chaude couverture, ce genre de plaid doudou dans lequel on aime se pelotonner. Je tends le bras à la recherche d'Alessandro ; la place est vide, mais encore chaude et la taie d'oreiller exhale son parfum boisé. L'idée que lui m'évite, regrettant notre comportement, m'effleure et je crains qu'un malaise s'installe lors de notre prochain face à face. Néanmoins je suis prête à assumer les conséquences, même si, cette fois-ci, je ne suis pas l'instigatrice de notre lâcher prise, répondant simplement à cette alchimie qui nous a poussés l'un vers l'autre. Je m'étonne de mes pensées, de mon attitude, mais les accepte, même si elles ne reflètent pas celle que je suis. Toute cette foule d'incidents et de découvertes traumatisantes m'ont bouleversée, raison probable pour laquelle j'ai ressenti le besoin de répondre à cette attirance, comme une nécessité à m'ancrer dans la réalité, à recevoir de l'affection, ne serait-elle que physique.

Je m'habille rapidement et rejoins la pièce à vivre, espérant qu'Alessandro y soit encore. Autant battre le fer tant qu'il est chaud. Malheureusement, je ne l'y trouve pas, mais le découvre dans mon jardin, ramassant les objets jetés par la fenêtre lors de ma petite crise. Je l'observe par la baie vitrée de la cuisine sans éprouver l'envie d'intervenir et relativement intriguée par ce qu'il va bien pourvoir en faire. J'espère qu'il n'envisage pas de me les remettre, car je crains que la colère ressurgisse à leur vue. Mais visiblement, ce n'est pas dans ses projets. Il entre dans la maison, y reste quelques minutes et revient les mains vides. Je soupire de soulagement, m'accoude au plan de travail et attends qu'il m'y découvre. La surprise marque ses traits lorsqu'il m'aperçoit.

— Oh, tu es réveillée.

— Comme tu vois.

— Je…

— Aless, ne nous compliquons pas la vie, tu veux ? Prenons les choses comme elles viennent. OK ? J'ai réfléchi et je souhaite me distraire pour oublier momentanément toutes ces infos bien trop nombreuses à assimiler et, si tu veux toujours m'héberger… Eh bien, je ne suis pas contre. Juste que je ne veux pas que Livia se fasse des idées… Donc, en sa présence… Bref, tu comprends ce que je veux dire, conclus-je, rouge écarlate, embarrassée par ce que je tente de lui expliquer à mi-mots.

— Euh… ça me convient. Je suis assez dispo en ce moment, si tu veux, je peux te faire visiter la région.

— Parfait, et j'aimerais meubler ma maison.

— Tu ne projettes plus de la vendre ? s'étonne-t-il.

— Pas pour l'instant. Inès a raison, l'endroit est superbe et il serait dommage, pour de mauvaises raisons, de se priver d'un pied-à-terre dans ce lieu si prisé des vacanciers à qui je pourrais éventuellement le louer. Tu veux que je t'accompagne chez ton médecin ? J'ai cru comprendre qu'il ne fallait pas trop attendre pour poser des points ou des agrafes.

— Volontiers et, en attendant, tu en profiteras pour faire un tour à *Métamorphose,* un joli magasin de déco en centre-ville. Dans l'après-midi, je t'accompagnerai à *H&H,* dans la zone industrielle de Corbara, pour les meubles.

— Super, on fait ça. Tu dois récupérer les enfants ?

— Uniquement Lisandru, trop petit pour rester toute la journée à la maternelle. Je préfère qu'il fasse la sieste à la maison. Livia mange à la cantine depuis la rentrée.

— J'attrape mon sac et on peut y aller.

Dix minutes plus tard, Alessandro se rend chez son généraliste et moi dans la boutique de décoration dans laquelle je perds la notion du temps à chiner. À deux reprises, je me retourne subitement, prise par le sentiment puissant d'être observée. Bien évidemment une sensation totalement ridicule. Je chasse donc ses étranges impressions et ressors séduite du magasin, mon compte bancaire plus léger de quelques centaines d'euros d'achats en tout genre. Cet après-midi, je ne doute pas de faire flamber à nouveau ma carte bleue. Alessandro m'allège de quelques paquets, d'autres accessoires plus volumineux me seront livrés à domicile.

— Tu as trouvé ton bonheur, on dirait.

— Je pense revenir, je n'ai pas eu le temps de tout voir. Mais je n'y ai pas trouvé de vaisselle.

— Il te faut aller à l'*Ile était une fois* ou *Gifi.*

— Oh, il n'y a pas de *Maison du monde*, ici ?

— Si, plusieurs, je t'y emmènerai si tu veux, et nous pourrions profiter de la sortie pour passer par le Cap et visiter quelques beaux petits villages typiquement corses. Mais nous en aurons pour la journée, ce serait sympa et moins fatigant de dormir à Erbalunga et de revenir par la route de Bastia.

— Charmant programme, rien que le nom me plaît. Et les gosses ?

— Ils viennent avec nous. Je ne fais rien sans eux.

Évidemment. Pas que cela me dérange, mais j'avoue que j'appréhende de me trouver face à Livia. La dernière fois que nous nous sommes vues, les idées de la gamine m'ont plutôt perturbée, un des motifs qui m'a maintenue à distance des Cantini et éloignée d'eux au fil des semaines. Je ne voudrais pas qu'elle se monte la tête. Son père et moi n'envisageons que quelques… corps à corps qui combleront nos libidos mises en veille. Après le fiasco de ma relation avec Stéphane et la sienne avec sa femme, nous ne sommes pas prêts à démarrer une liaison sérieuse, et jamais je ne pourrai répondre aux attentes de la gamine. Le rôle de petite amie de son père serait trop lourd à porter, sans parler du titre de belle-mère si la situation évoluait bien plus encore. Voilà que je déraille complètement, parce qu'en plus de ces raisons, tout nous sépare.

Et qu'est-ce que tu en sais de ses motivations ? Parle pour toi !

Nous regagnons sa voiture, chacun perdu dans ses pensées. La sonnerie de mon téléphone vient rompre le silence installé entre nous. Me démenant avec mes paquets tout en farfouillant dans mon sac à sa recherche, je heurte une personne venant à contresens, m'excuse et me retourne brusquement, mon subconscient me titillant soudain. Mais l'individu au visage qui m'a semblé familier n'est plus visible. Une fois de plus mon cœur s'emballe, tracassé par ce désagréable effet persistant d'être surveillée. Devant mon air déconcerté, Alessandro m'interroge :

— Qu'est-ce qu'il y a ?

— Oh rien, réponds-je, mon smartphone enfin retrouvé, mais l'appel interrompu émanant d'un numéro masqué.

— Pourtant, tu as subitement fait volte-face.

— Eh bien, l'espace d'un instant, j'ai cru reconnaître quelqu'un sans vraiment pouvoir dire qui.

— Et ?

Je stoppe net, abasourdie par le nom qui me vient à l'esprit, et me tourne une fois de plus pour scanner la foule arpentant la rue Napoléon à la recherche de… Marissa. Alessandro, dans mes pas et n'ayant pas anticipé mon arrêt brutal, se heurte à moi.

— Mais qu'est-ce qui se passe, pour que tu te troubles autant ?

— C'est… c'était… Marissa… ma mère.

— Elle vit au Canada, me rappelle Alessandro.

— Tu as raison, ce ne peut pas être elle. Je ne suis pas dans mon assiette avec toutes ces révélations de Toni et cela me brouille le cerveau.

Un nouvel appel me détourne de mes divagations. Inès, au bout du fil, ne me laisse pas placer un mot et me passe un savon pour l'avoir tant inquiétée, comme si notre dispute et sa prise de distance n'avaient jamais eu lieu. Et avant que je ne puisse répliquer, elle m'annonce son arrivée, arguant qu'il est hors de question que je reste seule à gérer mes emmerdes et la perte de mon père. Elle enchaîne sur des excuses tout en pleurnichant, incrimine Florian, responsable de notre dispute, puis tous les hommes en général pour les pires maux de la terre, et m'avoue culpabiliser de m'avoir abandonnée face à la tombe de Robin. Je suis donc contrainte de lui annoncer que je ne suis pas seule, dans un hôtel aussi haut de gamme soit-il, mais en compagnie d'Alessandro qui m'héberge le temps de rendre ma maison habitable. Bien évidemment, elle m'assaille d'une foule de questions, avide de détails que je ne peux développer en pleine rue. Je lui explique et promets de la contacter un peu plus tard dans la soirée, tout en me disant que je m'abstiendrai de tout dévoiler sur notre passage à l'horizontale.

— Réconciliée avec Inès ? me demande Alessandro une fois que j'ai raccroché.

— Oui, et j'ai dû la dissuader de venir.

— Elle aurait quitté son boulot comme ça ? s'étonne mon architecte.

— Tu sais, nous avons la chance, dans notre branche, de ne pas être obligées d'aller au bureau tous les jours. Avec un ordi et une connexion Wi-Fi, on peut travailler n'importe où dans le monde. De nombreux logiciels de création nous facilitent la tâche. On peut discuter en visio avec nos clients eux-mêmes souvent en voyage.

Je lui tais la véritable raison : je ne veux pas qu'elle s'incruste, pas maintenant. Je veux profiter d'intimes moments en tête à tête avec lui. Pas avec Ines au milieu ! *Plutôt la sienne entre tes jambes !* me souffle mon petit démon intérieur, un peu trop excité en présence du beau Corse. Mon petit ange raisonnable doit être en vacances pour laisser faire mon petit diablotin qui me pousse à faire des folies de mon corps. Je ne peux donc que reconnaître que c'est bel et bien une des définitions de « tête à tête ». Mais je ne peux le lui dire, là comme ça !

Foutue fierté.

35 : Surpris

Alessandro

L'aménagement de la maison de ma future voisine progresse rapidement. Je découvre les goûts de Marie et apprécie son penchant pour la sobriété. Il n'empêche que l'ambiance des pièces est chaleureuse, cosy, bien qu'allégée de superflu. Une virée à *Maison du monde* apportera ce qui lui manque pour y vivre. Dans le jardin, la nature a repris ses droits. Marie, douée pour la décoration intérieure, mais pas du tout pour l'extérieur, envisage d'embaucher quelqu'un pour le débroussaillage et les plantations.

— Toni peut s'en charger, proposé-je tandis que nous déjeunons avant de prendre la route du Cap.

— Si tu veux, je peux m'occuper des fleurs, suggère ma fille qui s'adresse enfin à notre invitée pour la première fois depuis son arrivée, deux jours plus tôt.

Mademoiselle la boude. Je ne comprends pas sa réaction après l'accueil de l'automne dernier. Elle ne semble pas ravie de sa présence sous notre toit, tout en refusant de m'en expliquer les motifs. Quant à Marie, je présume que cette mise à l'écart la blesse, mais qu'elle fait contre bonne fortune bon cœur. Aussi, je devine qu'elle ne refusera pas cette proposition, porte ouverte à une réconciliation entre elles.

— Merci, Livia, c'est très gentil de ta part. J'accepte, tu pourras faire tout ce que tu veux. Mais pour Toni… je ne sais pas si c'est une bonne idée.

J'imagine qu'elle appréhende de revoir mon pauvre oncle pourtant simple messager. Probablement craint-elle qu'il ne remette sur le tapis le sujet sur Marissa.

— OK, qu'il s'en charge, annonce-t-elle après quelques minutes de réflexion.

— De toute façon, proclame Livia, on ne va pas faire ça tout de suite, c'est pas le bon moment pour planter.

Je souris en songeant au goût immodéré de ma gamine pour tout ce qui touche à la terre. Une digne héritière de son grand-père et qui, très probablement, gérera un jour notre oliveraie.

— Alors, c'est quoi le programme ? s'enquiert cette dernière.

— Direction Saint Florent, une petite halte rapide, puis nous déjeunerons à Centuri après quelques arrêts le long du chemin. Ensuite, l'incontournable montée au Moulin Mattei pour admirer la vue, puis on passe de l'autre côté avec une petite baignade à Macinaggio avant d'aller à Erbalunga pour y passer la nuit. Le lendemain, visite du village et, en début d'après-midi, direction Bastia et Furiani pour les emplettes de Marie avant de revenir ici.

— T'as encore des trucs à acheter ? l'interroge ma fille.

— Tu sais, les assiettes en carton, c'est peut-être tendance, mais bon… Le circuit semble sympa.

— Tu n'auras qu'un aperçu des paysages côtiers, l'avertis-je. Nous n'aurons pas le temps de découvrir l'intérieur des terres. Dommage, il existe de beaux chemins de randonnée.

— Je ne suis pas très fan de ce genre d'activité, ce que tu prévois me va très bien. Et la réputée plage de Palombaggia, c'est loin ?

— Trop pour s'y rendre ce week-end. Je t'y emmènerai une autre fois, si tu restes assez longtemps ou lorsque tu reviendras, mais pas en pleine saison.

À notre retour, ma fille et Marie – enchantée par cette balade – semblent avoir retrouvé leur complicité rompue. Je lui en fais la remarque une fois les gamins au lit et nous calés sur le canapé, attendant qu'ils s'endorment pour assouvir quelques jeux coquins suivant notre envie et accord du premier jour.

— Je suppose que, face à notre entente, elle s'imagine que quelque chose pourrait évoluer, m'explique Marie. Il faut que tu saches que Livia espérait beaucoup de notre rencontre, elle veut une nouvelle maman. Et apparemment, j'étais son premier choix.

— Il faut dire que peu de femmes gravitent dans notre entourage et celles qu'elle connaît sont soit très âgées soit très jeunes. Je ne savais pas, par contre, qu'elle espérait quelqu'un qui remplacerait sa mère. Je pensais lui suffire.

— Je crois qu'on a tous besoin de l'affection d'une mère, même de substitution. D'ailleurs, certaines sont capables de vous aimer comme si vous étiez de leur sang. J'en sais quelque chose. Aussi, elle risque de m'en vouloir à nouveau lorsque je partirai. Mais pour l'instant, je n'ai pas le cœur à être franche de peur de la voir boudeuse une nouvelle fois. Je n'ai pas envie de gâcher ces quelques jours en votre compagnie.

— Elle s'en remettra, la rassuré-je en l'attirant à moi pour l'embrasser, sa proximité stimulant mon envie d'elle.

Un quart d'heure plus tard, après m'être assuré que les enfants dorment d'un profond sommeil, nous assouvissons notre appétit réciproque à même le divan. Alors que nous sommes sur le point de plonger dans une abyssale ivresse, que Marie laisse échapper un dernier long gémissement de plaisir auquel je m'apprête à joindre le mien, le « papa » de Livia me bloque. Instinctivement, j'attire le plaid sur nos corps nus emboîtés, pointe la tête au-dessus du dossier de notre lieu de débauche pour croiser le regard de ma fille, Dieu merci assez loin pour ne rien voir de choquant.

Cette Marie me fait perdre toute prudence !

— Qu'est-ce qui se passe, ma puce ?

— Pourquoi t'es tout décoiffé et plein de rouge sur la figure ?

J'évite de détourner les yeux vers Marie qui, au couinement plaintif qui lui échappe, semble mortifiée.

— Je me suis endormi.

— Ça dit pas pourquoi tu as des marques comme si on t'avait embrassé.

J'ignore comment je vais me dépêtrer de cet interrogatoire en règle, d'autant que ma partenaire, dans un effort louable à se fondre au mieux dans les coussins, ondule sous mon corps et me fouette le sang.

— Livia, je suis fatigué, réponds-je sèchement. Alors, si tu veux quelque chose, dis-le et remonte te coucher.

— Pourquoi tu te fâches ?

Seigneur ! On ne va pas s'en sortir !

— Pardon, je suis crevé, c'est tout. Alors, qu'est-ce qu'il y a ?

— Rien, je venais juste me chercher à boire et j'ai entendu de drôles de bruits.

— OK, va dans la cuisine et remonte.

— T'as pas entendu, toi, ces bruits ?

— Je dormais, Liv. Allez, file te recoucher, demain, y a école.

Ma fille fronce les sourcils, incline la tête et me dévisage, suspicieuse.

— T'es bizarre, ce soir.

— Liv, ça suffit ! Fais ce que je t'ai dit, ordonné-je froidement tant je tremble à l'idée qu'elle se rapproche et me trouve à demi nu enroulé dans un bout de couverture, Marie tirant sur le reste, probablement plus stressée que moi.

Par bonheur, ma gosse, après un dernier coup d'œil sur moi, se dirige vers le coin repas. J'en profite pour enfiler mon pantalon tandis que Marie se débat pour glisser dans sa robe. Exercice laborieux pour ne pas entrer dans le champ de vision de ma curieuse de fille. J'ai le temps de mettre mon t-shirt et de récupérer le string rose échoué au pied du canapé avant qu'elle revienne, et peux, enfin vêtu et tout objet suspect éloigné de sa vue, me lever pour l'accompagner à l'étage.

— Ton t-shirt est à l'envers, m'informe-t-elle alors que je la borde et l'embrasse en lui souhaitant bonne nuit.

Je ne réplique rien et quitte aussitôt la pièce, craignant une nouvelle avalanche de questions embarrassantes.

Putain. Ma fille est pire que la Gestapo.

36 : L'HEURE DE RENTRER

Marie

Au bout de quinze jours, je suis totalement accro physiquement à Alessandro. Avoir failli nous faire surprendre par Livia n'a pas refroidi notre désir réciproque l'un de l'autre. Nous avons juste pris quelques mesures préventives pour ne plus nous trouver dans une position délicate face aux enfants. Cependant, il m'est de plus en plus difficile de contrôler mon envie de l'embrasser et lui de me toucher. Ce qu'il ne cesse de faire à travers de petits gestes anodins qui peuvent passer pour fortuits. Pour pallier la frustration de nos nuits solitaires, nous compensons, dès Livia et Lisandru à l'école, par d'ardents ébats, à peine la porte refermée.

Aujourd'hui, c'est mon lit, arrivé hier, que nous testons. Calée entre ses bras, j'admire le panorama et inspire les effluves me parvenant par la baie vitrée grande ouverte. Les voilages volètent sous le léger souffle de vent chargé des senteurs du maquis. La mer scintille en contrebas, aussi bleue que le ciel sans nuages. J'exhale un soupir de bien-être, rapidement troublée à la pensée que cet intermède bienvenu, alors que j'étais sur le point de sombrer, ne peut durer éternellement. Impossible de différer plus longtemps mon retour à Paris, mon boulot m'y attend. Je dois reprendre ma vie laissée en suspens sur le continent, tout comme régler les dernières paperasses administratives suite à la mort de mon père, enfin, de celui qui m'a élevée. Y songer fait ressurgir Esteban et Marissa et assombrit ce doux moment en compagnie de mon merveilleux amant de vacances.

— Marie, qu'est-ce qui se passe ? s'inquiète subitement Aless sans que j'en comprenne la raison, jusqu'à ce que je réalise que mes larmes baignent son torse sur lequel je me suis recroquevillée.

La musique de mon téléphone me permet de fuir la conversation, et j'abandonne notre lieu de débauche pour répondre. Au bout du fil, Florian m'ancre à la réalité. Ma place n'est pas ici à me noyer dans d'abyssaux plaisirs, même si rien ne m'empêche de gérer en parallèle, à distance, mes missions auprès des clients. Sauf que l'architecte m'en distrait. Trop. Cet appel sonne le glas de départ, ce que j'annonce à Florian qui pousse un soupir de soulagement.

Lorsque je me retourne vers Alessandro, je trouve ce dernier habillé, la mine sombre. Je m'en chagrine et nous observons quelques secondes en silence. Je ne sais comment lui expliquer, alors que bizarrement, je n'ai aucun justificatif à donner.

— Tu pars quand ?

— Demain après-demain ou après-après demain… Je ne sais pas, Aless, soupiré-je.

— Ne prends pas cet air affligé.

— Mais c'est toi…

— Oui… je… C'est soudain et tes larmes m'ont dérouté un moment. C'est idiot, mais je pensais… enfin… je sais pas vraiment à quoi je pensais. Peut-être à ce que tu ne te décides pas comme ça, si vite, que j'ai le temps de me préparer à ton retour sur le continent, avoue-t-il dans un rire sans joie.

Je m'avance vers lui, toujours nue, avec une envie soudaine de retourner sous les draps froissés et qu'il me fasse éprouver cette félicité post-coïtale que je vais regretter. Autant en profiter avant de nous séparer. Aussi entreprends-je de le déshabiller, l'embrasser, d'attiser son désir. Il s'efforce de résister tout en ne me repoussant pas, et cède enfin dans un souffle avant de reprendre le contrôle que je lui laisse, probablement pour notre dernière fois.

*

— J'ai réservé une table au *Spuntinu* et demandé à la nounou de garder les petits, m'annonce Alessandro quelques heures plus tard, alors que je me laisse choir sur la serviette de bain à ses côtés, de retour de ma baignade. J'ai envie de passer cette dernière soirée en tête à tête avec toi et la finir…

— Dans mon lit, je présume, conclus-je, moqueuse.

Le regard bleu d'Alessandro se rive au mien. Je ne parviens pas à deviner ce qu'il me cache, mais à l'évidence, quelque chose que je n'arrive pas à décoder. Il se contente de confirmer d'un hochement de tête assorti d'un doux baiser sur mes lèvres. Juste un effleurement qui cependant attise ma libido que la présence de Lisandru, jouant dans le sable à nos côtés, parvient néanmoins à contenir.

Comme prévu, la nouvelle de mon retour imminent à Paris, bien que tempérée par ma promesse de revenir prochainement, maintenant que je peux résider dans mon bien habitable, déplait à Livia. Des larmes perlent à ses cils ; cependant la gamine les retient et parvient à m'offrir un sourire qui ne dupe personne. Sa déception m'affecte. Je me suis attachée à cette enfant et à son petit frère que j'ai plaisir à cajoler, qui quémande fréquemment de l'affection en venant se couler dans mes bras et que je bisouille sans retenue, ce qui le fait rire aux éclats. Je m'enivre alors de son odeur, soupire de plaisir lorsqu'il me rend mes baisers en accrochant ses bras potelés autour de mon cou. Je n'ai jamais osé aborder le sujet du divorce avec Alessandro, mais je devine que Giulia ne cesse de le harceler, voire de le menacer au téléphone. Un soir de nouvelle dispute entre ses parents, Livia m'avait avoué ses craintes de voir sa mère les récupérer malgré la décision du juge. J'avais tenté de la rassurer tout en n'étant sûre de rien, tandis que Liv m'informait l'avoir aperçue en ville. Cette révélation explique probablement l'apparition du billet anonyme, glissé sous ma porte et dont je me suis gardé de parler à Alessandro, avec toujours les mêmes mots :

« Personne ne veut de vous ici, partez, ou vous aurez des ennuis ».

Pour cette dernière soirée, Alessandro est aux petits soins pour moi, tout comme les propriétaires du restaurant qu'il connaît et qui se désolent de me voir rentrer, espérant me revoir prochainement. Ils n'en doutent pas, persuadés que la Corse vous envoûte dès la première fois que l'on découvre la beauté de ses paysages, sa culture et sa cuisine dont ils perpétuent la tradition et dont je suis une grande fan. Je ne sais pas quand je reviendrai, mais j'y possède désormais une demeure et des amis, dont Louise qui se réjouit de mon entente avec son très cher Alessandro et qui nous imagine mariés, ce qu'elle considère comme un pied de nez cocasse au passé de nos familles. Je n'ai pas cherché à discuter avec l'octogénaire de ses folles espérances énoncées alors que je passais quelques heures avec elle, un jour qu'Alessandro rendait visite à son père qui, lui, ne m'apprécie toujours pas, j'imagine.

Un froncement de sourcils d'Alessandro, alors que son regard s'égare derrière moi, m'intrigue et, curieuse, lui en demande la raison.

— Je croyais avoir reconnu quelqu'un.

— Quelqu'un que tu n'as pas envie de voir, visiblement. C'est Giulia ? m'enquiers-je en pivotant à demi.

— Ne te retourne pas, m'ordonne Aless, soudain agité. Tu pourrais attirer son attention alors qu'elle ne m'a pas encore vu.

Ce n'est pas Giulia qui entre dans mon champ de vision, mais Toni se précipitant vers la sortie, poussant devant lui une femme.

— Ah, Toni est là aussi et me semble bien pressé de partir ! ris-je en suspectant les motifs d'une sortie aussi hâtive.

Sauf que soudain, une autre idée m'effleure, et je me lève précipitamment pour me lancer à leur suite.

— Marie, qu'est-ce que tu fais ? s'affole Alessandro qui m'attrape par le coude pour me retenir.

— C'est Marissa… Je suis sûre que c'est elle. Je veux lui parler. Je veux comprendre pourquoi elle est là, pourquoi elle me suit et me fuit. Son attitude est incohérente. Et d'après ton oncle elle vit au Canada. Elle me doit des explications ! m'emporté-je en élevant la voix, frôlant la crise d'hystérie.

— Calme-toi et réfléchis. Elle sait par Toni que tu n'es pas prête, en colère après elle, alors mets-toi à sa place. Enfin, si c'est elle, et tu ne peux pas en être certaine.

— C'est la deuxième fois que je croise cette femme. Et Toni a reconnu qu'elle m'a suivie par le passé. C'est donc forcément elle.

— OK. Tu veux que je l'appelle pour en avoir le cœur net ? Tu veux vraiment mettre carte sur table ce soir, à quelques heures de ton départ ?

Non, je n'en suis pas certaine. Après un dernier coup d'œil vers la porte, je soupire et me réinstalle devant mon succulent stufatu[17] de veau en passe de refroidir. Le repas, copieusement arrosé d'un Patrimonio plutôt corsé, se conclut par un tiramisu à la châtaigne. Je ressors du restaurant pompette et Alessandro m'enserre la taille tant je ne marche pas droit. Arrivée à la maison, je ne suis pas totalement dégrisée et ne cesse de rire pour n'importe quoi. Ébriété qui, peut-être, pousse mon amant à me chuchoter qu'il pense être amoureux de moi lorsque je me niche dans son cou après un corps à corps enfiévré. Ce à quoi je réplique machinalement que moi aussi, avant de m'endormir, l'esprit trop embrumé pour saisir l'importance de ses déclarations.

Les mains d'Alessandro sur mes fesses et sa bouche sur mon cou me sortent de ma torpeur. Je laisse échapper un gémissement à la fois de plaisir – ses doigts entreprenants se glissant entre mes jambes – et de douleur, un marteau piqueur vrillant mes tempes. *Qu'est-ce qui m'a pris de boire autant la veille d'un décollage ?*

Je me redresse, subitement paniquée, n'ayant pas le souvenir d'avoir programmé mon alarme et craignant de rater mon vol. Mais Woody Woodpecker installé dans mon crâne, ma trop rapide tentative à m'asseoir accentue ses coups de becs lancinants. Une longue plainte m'échappe tandis que je me laisse retomber sur les oreillers.

— Je n'arrive pas à me lever, je vais rater l'avion, geigné-je, désespérée.

Alessandro dépose un baiser sur mes tempes, comme il le fait avec les enfants, comme si celui-ci pouvait soulager ma douleur

[17] Ragoût

— Reste, me murmure-t-il à l'oreille qu'il mordille ensuite. Reste avec moi.

Ce qu'il m'a chuchoté avant que je sombre dans les bras de Morphée me revient en mémoire et je m'affole en me souvenant lui avoir répondu dans le même sens, alors que je ne pense pas ressentir ce sentiment, que mon ivresse m'a poussée à dire n'importe quoi. Lui, le pensait-il sincèrement ? Je devrais éclaircir ses déclarations, mais n'en fais rien, ne reviens pas sur mes paroles, ne souhaitant pas le blesser, et me contente d'un « Tu sais bien que je ne peux pas. J'ai trop de choses à régler ». Face à son air déçu, je caresse sa joue ombrée d'une barbe naissante et promets de garder le contact, de l'appeler régulièrement et de revenir dès que je pourrai.

37 : Joyeux délires

Marie

Deux jours plus tard

Assise devant à ma tasse de café avec, pour triste vue, le bâtiment grisâtre d'en face, je prends conscience de la valeur de mon héritage, de la beauté de mon île, pays de mes ancêtres. À peine rentrée que le panorama, les senteurs iodées et le maquis me manquent. Les rires de Lisandru et les sautes d'humeur de Livia me manquent, tout comme les sourires et les regards d'Alessandro. Ces mots chuchotés à mon oreille et son « reste » implorant perturbent mes pensées. Et, bien plus encore, ce que je lui ai répondu, lui laissant croire que j'étais, moi aussi, amoureuse de lui. Je ne le suis pas.

Ou en passe de l'être ?

Non, je ne peux pas, pas si tôt !

Le tintinnabulement de la sonnette me tire de mon introspection. Je suspecte Inès d'être la cause de cette agression matinale. Elle ne cesse de me harceler au téléphone, et bien plus encore depuis mon retour, mais je ne souhaite pas sa compagnie. Tout au moins pas tout de suite. Je ne veux pas quitter cette bulle cotonneuse dans laquelle je me sens bien, sortir de mon appartement et subir de plein fouet ce qui m'attend dehors, comme ce rendez-vous chez le notaire de Robin durant lequel je crains de me trouver face à face à Esteban et peut-être même à ma grand-mère.

Devant l'insistance de mon visiteur, Inès, j'en ai la certitude en entendant la musique de mon téléphone s'ajouter au bruit incessant du carillon de l'entrée, je souffle, exaspérée, et me dirige vers la porte que j'ouvre brutalement pour y découvrir, calés face à face contre l'embrasure, mon envahissante amie et… Florian.

Génial, deux pour le prix d'un ! Et quel curieux hasard qu'ils arrivent en même temps !

Ils franchissent le seuil, se bousculant pour être le premier à mettre les pieds chez moi.

— Jamais tu ne réponds au téléphone ? attaquent-ils de concert en guise de bonjour.

— Woh, woh, on se calme, répliqué-je, agacée par cette entrée en fanfare.

— Je m'inquiétais, argue Inès pour justificatif.

— Idem, ajoute Florian que mon amie foudroie du regard.

— À tort. J'étais occupée, comme tu peux le voir, marmonné-je en leur montrant ma tasse de café, excuse dérisoire, mon cerveau ne dégottant pas mieux à cette heure matinale.

— Au point de ne pas avoir cinq minutes à me consacrer ? se plaint-elle. J'ai toujours été là dans les moments difficiles, et même…

Au coup d'œil que je lui adresse, elle amorce une marche arrière, soudain consciente que la présence de Florian, cause de notre dispute, ne lui permet pas d'argumenter. Celui-ci la dévisage avec attention avant de lui demander s'ils se connaissent. Je lève les yeux au ciel, dépitée. *Non mais c'est pas vrai ! Mais jamais il se souvient des filles avec qui il couche ? Il l'a déjà croisée au boulot en plus ! Ah oui bêtasse que je suis, Monsieur drague pas au boulot ! N'empêche, j'en connais une qui va péter une durite.* En effet, ses yeux lancent des éclairs de colère et Dieu sait ce qu'elle risque de lui balancer à la figure.

— Mais bien sûr que oui, Inès est la graphiste de l'agence, le renseigné-je en avalant, faussement décontractée, une lampée de ma boisson pour calmer le jeu avant le pugilat. C'est elle qui t'a permis de contacter l'architecte pour ta maison en Corse.

— Ah, mais je voulais dire « plus intimement », insiste le connard arrogant – mon ami à ses heures sauf maintenant – en matant ma copine avec gourmandise, comme à son habitude.

Non mais sérieux ! Inès fulmine et je crains que cette conversation se termine dans le sang. Manière de parler, bien évidemment.

— Si par « intimement », tu veux parler d'une baise rapide dans les toilettes, c'est oui, l'informe Inès, verte de rage.

Ce que Florian ne semble pas remarquer vu sa proposition qui manque de me faire recracher ma gorgée de café.

— Et ça te dirait de remettre ça ? Enfin, pas forcément aux…

Nan, il blague ! Et sa règle : « je mélange pas affaires et plaisirs »

— La salle de bains est dispo, le coupé-je, sarcastique, persuadée qu'il va reprendre ses esprits.

Inès croise mon regard, et je crois rêver devant le brutal changement que j'entrevois au fond de ses prunelles. Sa colère contre Florian vient de laisser la place au désir d'accéder sur le champ à sa demande.

— On peut ? ose-t-elle demander, prenant mon invitation à la lettre.

— Mais je vous en prie, faites comme chez vous, affirmé-je, ironique.

Ironie qui visiblement leur échappe également, car Inès entraîne aussitôt Florian vers le couloir. J'en reste coite.

Oh putain ! Ils m'auraient tout fait tous les deux !

— Mon lit vous est interdit et mon canapé aussi ! hurlé-je en attrapant mes clés, mon portable et mon sac. Inès, n'oublie pas de claquer la porte en partant et de laisser ma maison propre. Et surtout, ne me raconte jamais où…

Quelle horreur…

— Bref, je ne veux rien savoir, conclus-je en tirant derrière moi le battant sur lequel je m'adosse un instant sans que ni l'un ni l'autre ne cherche à me retenir.

Je peine à croire à ce qui vient de se passer, même si je connais aussi bien Florian qu'Inès et leur goût immodéré pour le sexe sans sentiments – sauf que cette fois-ci, mon amie, elle, semble en éprouver pour un baiseur notoire ou, tout au moins, croit en ressentir. J'ai peur des conséquences, connaissant Florian. Un appel me tire de mes pensées. J'extirpe mon smartphone de mon sac tout en dévalant les escaliers.

— Je te réveille ? me demande Alessandro juste après mon « allo ? ».

— Non, il est neuf heures. Tu vas bien ? demandé-je, étonnée par cet appel relativement matinal.

— Oui. Qu'est-ce que tu fais ?

— Eh bien, je suis à la recherche d'un bar qui pourrait m'accueillir un moment en attendant…

— Ton rendez-vous chez le notaire, complète Aless.

— Oui et non. D'abord qu'Inès libère mon appart, dis-je en foulant les rues de Paris.

— Pourquoi tu n'es pas avec elle ?

— Parce qu'elle et Florian squattent ma salle de bains.

— Mais qu'est-ce qu'ils y fabriquent… Oh non, pas ce que je crois ? devine mon interlocuteur au courant des penchants de mes amis pour la bagatelle.

— Si, et c'est ma faute, enfin presque. Trop long à t'expliquer. Et toi, tu fais quoi ?

— Je sirote un café au *Bar du Port*. Le patron discute avec Toni et un des serveurs flirte avec une jolie brune qui te ressemble et qui n'a d'yeux que pour moi.

Tandis que je m'installe au comptoir d'une brasserie, un regard sur la salle plutôt sombre et les propos d'Alessandro me renvoient à l'endroit où il se trouve. Soudain, l'ambiance chaleureuse du lieu me manque, tout comme le bruit du ressac contre le quai et l'accent d'Ange, de Toni, d'Alessandro… Et dire que je ne suis rentrée que depuis deux jours !

— Marie, tu es là ?

— Oui, je suis avec toi sur la terrasse à assister à l'arrivée du ferry et foudroyer du regard cette brune à qui tu plais, réponds-je, même si je pressens que l'histoire de la nana qui le reluque soit fausse.

— Mais je ne vois que toi, réplique-t-il trop sérieusement.

Je m'abstiens de surenchérir, consciente que tout est en train de déraper et que je ne sais comment me dépêtrer de ce malentendu. J'aurais dû être honnête, revenir sur des paroles échappées sans qu'elles ne soient sincères, parce que je ne doute pas que les siennes le soient. Je ne suis pas prête pour une liaison basée sur des sentiments. C'est trop tôt. Trop tard.

— Marie ?

— Je dois te laisser, je vois Inès sortir de mon immeuble.

Mensonge éhonté, car d'ici, il est impossible de l'apercevoir, mais je dois mettre un terme à cette gênante conversation.

— Déjà ? s'étonne Alessandro.

— Bah, c'est une baise dans les toilettes, je te rappelle, dis-je dans un rire.

Rire forcé ayant pour but de détendre l'atmosphère trop sérieuse à mon goût, chargée de sous-entendus et de non-dits.

— On se parle ce soir, ou tout de suite après ton rendez-vous, si tu veux…

Je goûte sa sollicitude, un trait de personnalité que j'apprécie chez cet homme aux nombreuses qualités découvertes au fil de ces deux dernières semaines et de tous ces autres moments, même nos premiers face-à-face, pourtant marqués d'une certaine froideur. Après un « à ce soir », mon téléphone vibre tandis que je le range dans mon sac. Ce nouvel appel m'arrache un sourire, persuadé qu'il s'agit d'Aless. Je décroche sans regarder.

— Tu ne peux plus te passer de moi ? rigolé-je.

Le silence au bout du fil me surprend, et après des « allo » dans le vide, je consulte l'écran. Un soupir m'échappe. Je connais ce 06. Ce n'est pas la première fois que son propriétaire m'appelle. Assaillie de spams et de suspicions de fraudes, j'ai pour habitude de filtrer mes communications. L'espace d'un moment, je me demande s'il ne s'agit pas de mon ex et je réponds donc en conséquence :

— Arrête, je ne me remettrai jamais avec toi !

Comme ça, je coupe court à toute tentative de discussion de sa part.

38 : En manque d'elle

Alessandro

Tout dans le ton de nos discussions me donne à penser que Marie regrette nos dernières confidences sur l'oreiller. Et bien qu'elle ait répondu positivement à ma révélation, je doute qu'elle l'ait pensée ; elle l'a juste lâchée dans le feu de l'action et l'ivresse du moment. C'est hélas également mon cas, et je n'en suis pas particulièrement fier. Trop tôt, bien que je pense être sur la même longueur d'onde qu'elle, ce qui, pour moi, est la première étape vers un possible amour entre deux personnes. Celui qui se construit sur les bases d'une amourette, au contraire, s'étiolera pour une nouvelle. Je ne comprends donc pas pourquoi elle panique. Je ne lui demande ni de s'engager sur du long terme ni de m'épouser. Je veux juste profiter de ce bonheur partagé, de ces instants plaisants en sa présence, qu'ils soient physiques ou intellectuels, et ce malgré nos goûts parfois divergents, moi le rat des champs, elle le rat des villes, sans l'exubérance de mon ex. Je dois admettre ne lui avoir rien expliqué. Visiblement, j'aurais dû, ou devrais le faire. Je me promets d'être honnête avec elle. Peut-être calmerai-je ses craintes et qu'elle reviendra.

Toni tire une chaise devant ma table et s'installe sans s'inquiéter de mon avis.

— Marie va bien ?

— Tu as un rapport à faire à sa mère ? réponds-je du tac au tac, légèrement agressif.

— Aless, soupire mon oncle en ajustant le col de son polo.

— Mais c'est quoi, votre plan ? Vous cherchez à lui forcer la main ? J'avais cru comprendre le contraire, que Marissa lui laissait le choix, d'où ce jeu de piste néanmoins ridicule.

— La situation n'évolue pas favorablement, se désole mon oncle, son visage marqué de lassitude ou d'autre chose que je ne sais déterminer.

— En effet. Je crois que Marie s'en prend plein la figure.

— Je sais, mais c'est maintenant ou jamais pour elle de rencontrer sa mère. Après, il sera trop tard. Marissa est en pleine rechute de son cancer du sein, m'avoue-t-il, visiblement chamboulé. Et elle n'est pas très optimiste.

Je tends la main pour la poser sur son bras dans un geste de réconfort.

— Tu le sais depuis quand ?

— Depuis le repas au restaurant, le jour où vous y étiez aussi. Je lui faisais un résumé des derniers évènements et quand elle vous a vus… j'ai dû la convaincre de ne pas vous aborder. Je pense qu'elle n'a pas besoin de chocs émotionnels en ce moment et j'ignorais les dispositions de Marie à son égard.

— Elle vous a également aperçus, ce qui l'a mise dans tous ses états. Je l'ai empêchée de vous rejoindre. Peut-être que je n'aurais pas dû. Elle voulait des réponses, mais je l'estimais trop troublée et en colère. J'ai eu peur que ce face-à-face ne l'enfonce alors qu'elle venait à peine de digérer celui avec son père. Je ne suis pas sûr que nous agissions au mieux. Nos sentiments pour Marissa et Marie…

— Nos sentiments ? s'étonne Toni.

— Oui, toi qui l'aimes toujours et moi qui suis tombé amoureux de sa fille… Je ne crois pas que mon père en serait ravi s'il l'apprenait. Il ne décolère pas depuis la fois où je l'ai amenée au domaine.

— Oh ! Eh bien, pour une nouvelle… Pour ce que pense ton père, fiche-t'en. C'est ta vie, figliu, pas la sienne. Je suppose que le temps qu'elle a passé chez toi y est pour beaucoup. Et quels sont tes projets ?

Je hausse les épaules, n'en sachant strictement rien.

— Et c'est réciproque ?

— Je n'en suis pas certain. Mais je crois surtout qu'elle n'est pas prête à s'engager. Je peux le comprendre. Sa séparation est toute récente et moi, je débarque avec un sacré package.

— Bah, s'il n'y a pas un autre homme dans sa vie, tu as tes chances. Ne la rate pas si tu tiens à elle. Et pour les petits, elle les aime déjà, n'en doute pas. Si elle ne vient pas à toi, fais le premier pas. Ce que j'aurais dû faire au lieu de laisser partir Marissa de l'autre côté de l'océan. Qui sait si elle ne m'aurait pas aimé au bout du compte.

L'idée m'effleure de la rejoindre plutôt que d'éclaircir notre relation via le téléphone. Mais songer à confier les enfants à la nounou pendant les vacances me refroidit.

— Dis, tu ne viendrais pas à Paris avec moi et les gosses ? Avec Marissa, si tu veux ?

— Ah, et nous les garderions pendant que tu passes la nuit avec Marie ?! s'esclaffe mon oncle.

— Éventuellement. J'aimerais en profiter pour faire découvrir la capitale à Livia et je pourrais peut-être convaincre Marie de discuter avec sa mère.

— Pour Marissa, je ne sais pas. Son mari l'incite à rentrer. Il est très compréhensif, mais il s'inquiète et souhaite qu'elle reprenne la chimio au plus vite. Mais promis, je lui en parle. Et toi, tu as discuté avec Marie récemment ?

— Pratiquement à l'instant et tous les jours depuis son départ.

— Qui de vous appelle l'autre ?

— Tantôt moi, tantôt elle.

— Intéressant. Elle te manque, on dirait, et réciproquement.

C'est le cas. Tout au moins, je ne parviens pas à combler ce vide que laisse son absence. Les rires de Lisandru se raréfient, Livia guette le jardin comme si Marie pouvait y apparaître, et bêtement, je fais de même. Je trouve mes soirées désormais monotones, alors qu'avant elle, j'appréciais le calme de la nuit et la froideur de mes draps. Ses sourires, sa maladresse, sa gourmandise, nos discussions et nos virées à la découverte de la Corse me manquent. J'aurais aimé avoir le temps de l'emmener dans d'autres endroits – mes préférés –, lui ôter sa frayeur des chevaux pour une balade dans des lieux que les touristes ne connaissent pas, loin des sentiers battus, partager mille autres instants de plaisir dont j'avais oublié l'intensité depuis que ma vie ne tournait plus qu'autour des enfants. Trop centré sur eux, j'en avais désappris la saveur de l'étreinte d'une femme qui vous reluque, les yeux pétillants d'envie, qui s'offre avec naturel et sans arrière-pensée – quitte à le regretter plus tard –, qui ne vous manipule pas, ne cherche pas à vous changer, vous accepte tel quel. Une femme qui s'appelle Marie et qui, un beau jour en toquant à ma porte, a bouleversé mon univers bien réglé, mais tristement routinier, jusqu'à ce qu'incidemment elle m'en fasse prendre conscience.

Après deux jours de séparation, je suis déjà en manque d'elle, alors que nous nous connaissons si peu, liés par le destin tragique de nos familles, mais pas que. Je me sens amoureux comme un adolescent avide de vivre une relation peut-être vouée à l'échec, sauf si nous l'appréhendons comme suggéré par Marie, en profitant des instants tels qu'ils se présentent. Ce que je lui rappellerai, quitte à ce qu'elle s'opère à distance et qu'elle la souhaite non exclusive. Après tout, Giulia ne s'en est pas privée, sauf que ce choix était unilatéral et pas vraiment consenti. Mais je doute que Marie penche pour cette liberté accordée. Je crains plutôt qu'elle ne mette un terme à cette amourette de vacances et me renvoie à ma vie d'avant. D'avant elle.

— Eh oh, Alessandro, reviens sur terre ! L'heure de la sortie d'école approche, tu vas être en retard et faire baliser la petite.

Merde ! L'esprit en goguette, j'en oublie presque les gosses !

— Elle t'as vraiment retourné le cerveau, dis donc. Je dis ça, je dis rien ! rit Toni, sa bonne humeur retrouvée. Je suis vraiment content que tu aies tourné la page Giulia. J'en ai rencontré des nanas toxiques, mais elle, c'est le pompon. J'espère qu'elle ne t'emmerde pas trop. D'après les rumeurs, sa carrière bat de l'aile. Ce qui explique son revirement soudain.

— Tant qu'elle ne s'approche pas des gosses, je gère.

— Fais gaffe. Elle est timbrée.

Je ne le sais que trop bien, mais j'ai mis un temps fou à le comprendre, persuadé que les enfants avaient besoin de leur mère biologique, aussi perturbée soit-elle. Marie m'a prouvé le contraire. Elle, choyée par des parents sans que ceux-ci soient responsables de sa naissance. Et je ne pense pas qu'ils lui auraient prodigué moins d'attention et d'amour si elle leur avait été totalement étrangère. L'amour filial ne se définit pas que par les liens de sang.

39 : Prise de décision

Marie

Bouillonnante de colère à mon retour de l'office notarial, j'envoie mon sac valdinguer sur le divan. Il heurte au passage la superbe lampe Lalique, cadeau de mes parents pour ma pendaison de crémaillère.

Lalique 0, Lanvin 1.

J'observe, statique, les débris au sol, symbole de ma vie sens dessus dessous. La rage me gagne contre Esteban, contre Marissa qui, après vingt-neuf ans à m'ignorer, décident subitement de reprendre leur rôle si longtemps négligé. J'en veux à mon père Robin tout en me disant qu'il avait certainement perdu la raison au moment de la rédaction de ce testament et de cette lettre dans laquelle il exprime ses derniers vœux : une réconciliation entre moi et mon géniteur. Je m'y refuse. Esteban me paraît très imbu de lui-même et de sa réussite sociale, et d'un caractère diamétralement opposé à celui de son frère, de ce que j'ai déduit de ses manières durant ce sinistre entretien. Désabusée, je me laisse choir sur le canapé et *Wake me up* me sort de mes ruminations. Toujours sous les effets de ma fureur intérieure, j'aboie un « allo » sans même savoir à qui je m'adresse.

— Hum, j'ai comme dans l'idée que ton rendez-vous ne s'est pas très bien passé.

Ah mon Dieu, cette voix… Grrr.

— C'est le moins qu'on puisse dire, réponds-je d'un ton plus chaleureux.

— Tu veux en parler ? me propose Alessandro.

— Non, pas pour l'instant. Qu'est-ce qui se passe ? demandé-je, étonnée qu'il m'appelle si vite après son dernier coup de fil.

— Je voulais t'annoncer que je serai là ce week-end… et que nous pourrions profiter de l'occasion pour mettre les choses au clair sur notre relation.

— Mettre les choses au clair ?

— Je viendrai avec les enfants.

— Avec les enfants, répété-je mécaniquement, mon esprit resté bloqué sur le but de sa venue prochaine.

— Et Toni s'en occupera pendant que toi et moi… Marie, tu me sembles…

— Non, non, laisse-moi récapituler. Tu viens ce vendredi pour quelques jours avec les gosses et Toni comme nounou ?

Silence.

— Et Marissa, complète-t-il en marchant sur des œufs.

— Et Marissa, reprends-je en écho, ma colère grondant à nouveau.

— Écoute, Marie, je sais que…

— Parfait ! Je lui donnerai l'adresse d'Esteban et ils pourront en profiter pour copuler, excellente occasion de fêter leurs retrouvailles. Et pourquoi pas me faire un autre frangin ou une frangine ! répliqué-je, le timbre de ma voix grimpant affreusement dans les aigus, même à mes propres oreilles.

— Marie, soupire Alessandro au bout de fil. Je comprends tes sentiments, mais… il est important de parler à ta mère avant qu'il ne soit trop tard. Et je voudrais que toi et moi oublions certaines paroles probablement irréfléchies et… que nous laissions le temps… Bref, j'aimerais que nous nous fréquentions sans prise de tête, suivant les règles que tu as énoncées pendant ton séjour.

— Tu veux que nous soyons une sorte de sex-friends ?

— Si tu veux appeler ça comme ça.

— À distance ?

— Paris/Calvi, ce n'est pas le bout du monde.

— OK, et tu vois ça à quel rythme ?

— Je ne sais pas. Tous les quinze jours ? Une fois toi, une fois moi, en dehors des périodes de vacances.

— Aless, ce n'est pas comme ça que fonctionne une relation sex-friend. Ce que tu suggères, c'est une liaison à distance.

— Marie, tu ne veux pas essayer ? On peut se voir moins souvent si tu le souhaites. Penses-y.

Au gré de mes envies… L'idée me séduit. Vraiment. Vu les circonstances, je ressens le besoin de me blottir contre une épaule chaleureuse, me noyer dans le bleu de ses yeux, le laisser m'emporter vers un monde loin des tracasseries qui me polluent le cerveau. Je n'ignore pas qu'une rencontre avec Marissa me permettra de poser mes mots – et maux – et tourner la page pour écrire le premier chapitre d'une nouvelle vie, sans Robin et Lydie, et pas forcément avec Marissa et Esteban ni mes demi-frères et sœurs. Sauf si…

— D'accord, consens-je.

— D'accord pour quoi ?

— Pour tout. Organise un rendez-vous en terrain neutre avec ton oncle et Marissa. On se voit vendredi. Il faut que je te laisse, j'ai besoin de me saouler un bon coup et je vais voir si Inès n'est pas trop occupée pour se joindre à moi.

Sur ce, je raccroche sans lui laisser le temps de répliquer ni me donner l'opportunité de changer d'avis. Cependant, mon sentiment d'avoir opté pour la bonne décision reste mitigé. Mais je me refuse à faire marche arrière ; j'ai reculé trop longtemps et je ne m'engage à rien, ni avec Alessandro ni avec Marissa.

Sauf que je panique en songeant aux répercussions de cette rencontre sur ma vie.

Vie déjà perturbée depuis ce maudit cadeau. Sans oublier la tromperie de Stéphane.

Soudain submergée par l'accumulation de ces tensions dans mon existence, les barrages cèdent et un torrent de larmes dévalent mes joues. Je ne cherche pas à les retenir, laisse le trop plein de mon chagrin se déverser et pleure enfin la perte de mon père. L'apparition d'Esteban, ma rencontre avec Alessandro à l'aéroport et mon séjour improvisé sur l'île m'en avaient détournée. Maintenant, réellement, je craque.

Recroquevillée sur mon canapé, épuisée, je finis par m'y endormir. L'arrivée en fanfare d'Inès me réveille. *Voilà qui m'apprendra à ne pas verrouiller ma porte.* Devant ma mine ravagée, elle s'inquiète aussitôt et se précipite vers moi, tandis qu'à nouveau mes yeux s'embuent.

— Oh, ma chérie, qu'est-ce qui se passe ?

— Je n'ai plus de famille, hoqueté-je.

— Mais tu m'as moi, et des amis, des collègues. Et tu as retrouvé tes vrais parents. Peut-être devrais-tu leur pardonner et leur donner une chance avant que tu… ne les perdes aussi. Tu sais bien que l'on ne peut savoir ce que l'avenir nous réserve. Regarde Robin et Lydie, ils sont partis bien trop tôt. Il ne faudrait pas que tu éprouves des regrets.

— Je sais et j'ai… accepté de discuter avec ma mère.

Durant une heure, je narre à Inès tous les derniers évènements. Je ne lui cache rien, ni ma relation avec Alessandro ni le testament de Robin, son souhait de me voir me rapprocher de sa famille et de Marissa, ignorant que celle-ci entreprendrait un pas vers moi. Mon père me donnait les informations pour que je puisse, moi, en faire un vers elle, m'assurant qu'elle serait ravie de me trouver un matin à sa porte. Dans cette note remise par son notaire, il me jurait que Lydie aurait été heureuse de m'accompagner dans cette démarche, mais que malheureusement le destin ne lui avait pas permis. Il s'excusait de n'être jamais parvenus à m'avouer les secrets de ma naissance, effrayés à l'idée que je puisse moins les aimer. J'étais leur nièce de sang, certes, mais surtout leur fille de cœur, et ils remerciaient Marissa pour ce cadeau que le corps de Lydie refusait de leur offrir. En me confiant ainsi à Inès, un étau me broie la poitrine. Les larmes à nouveau dévalent.

— Ma poulette, vois le bon côté des choses : ta rencontre avec le très sexy et adorable architecte. Suis ses conseils. Qu'est-ce que tu risques ? Prends du bon temps, et qui vivra verra. C'est ce que je vais faire avec Florian.

— Fais gaffe, OK ? Tu en es amoureuse et je ne voudrais pas que cet arrogant séducteur te fasse du mal.

En lui donnant ce conseil, je réalise que quelqu'un pourrait le donner à Aless, même si je ne suis pas une arrogante séductrice… Je pense qu'Alessandro est vraiment amoureux de moi et qu'il me propose cette relation de sex-friend à défaut d'avoir mieux de ma part… *Suis-je amoureuse de lui ?*

— T'inquiète. J'étais tellement fâchée après toi que j'ai refusé de voir la vérité en face. Florian n'est pas le genre de mec dont on peut tomber amoureuse, juste celui avec qui on s'éclate en baisant comme des malades partout dans la maison.

— N'en dis pas plus, je ne veux pas savoir ce que vous avez fait ici, supplié-je, Inès appréciant d'entrer dans des détails salaces que je refuse d'entendre tant je me trouverais indisposée face à Florian lors d'une de nos séances de travail.

Néanmoins, contre mon gré, un doute s'installe et mon regard s'attarde sur le coussin du sofa où ma tête reposait il n'y a pas si longtemps.

Non, impossible, j'avais bien précisé ni le lit ni le canapé !

Le plus gros doute du moment persiste au fond de mon cœur. Je ne veux pas faire de mal à celui qui, il y a peu, m'a ouvert le sien. Je suis totalement perdue. Je ne sais ni ce que j'éprouve ni ce que je désire vraiment. Je n'ai qu'une certitude : je n'arrive plus à me passer de lui.

40 : Rencontre anticipée

Marie

Le week-end approchant, la tension monte tant j'appréhende mon rendez-vous avec Marissa. Mais pas seulement. Discuter au quotidien avec Alessandro est une chose, le revoir prochainement et régulièrement en est une autre. Bien qu'ayant accepté sa proposition, je ne suis pas certaine de prendre la bonne décision. Décision qui me plonge dans le plus grand désarroi une fois que j'ai réalisé avoir consenti à devenir sa petite amie du moment. Parce que c'est bien vers quoi tend cette relation. Et après mes désillusions avec Stéphane, je ne suis pas disposée à un quelconque engagement. J'avoue être terrorisée. Pas que je ne craigne de trouver Alessandro besognant sa secrétaire. *Il n'en a pas, forcément.* Et quand bien même, il n'est pas ce genre d'homme. Enfin, je crois. Non, ce qui m'inquiète, c'est que peut-être sa femme parvienne à le convaincre de revenir dans sa vie. J'ai peur de souffrir.

Dans tes rêves.

On ne peut jurer de rien.

En effet, jamais je n'aurais imaginé que Stef me trompe. Il prétendait m'aimer ! Et je l'aimais en retour. Pour l'heure, Alessandro est amoureux de moi, et moi non, bien que j'aie répondu le contraire.

Ouais, l'alcool et les bonnes baises font dire n'importe quoi dans le feu de l'action. À moins que...

Non, non ! Je ne le suis pas. J'apprécie nos échanges, autant intellectuels que physiques, son soutien moral, toute l'aide apportée pour ma maison et nos discussions téléphoniques plaisantes que j'attends avec impatience, tout comme ce week-end malgré mon appréhension : ses enfants dont je deviendrais la belle-mère si notre liaison perdure, si je tombais réellement amoureuse de lui. Suis-je prête à jouer le rôle de maman, celui que Livia espère depuis que je suis entrée dans leurs vies ?

Je soupire pour la énième fois et mon boss lève les yeux au ciel, agacé par mon comportement bien peu professionnel. Ma distraction évidente m'empêche de me concentrer, tant et si bien qu'il me suggère gentiment de quitter la réunion que je perturbe par mes exhalations sonores. Victor n'ignore pas que je peine à me remettre du décès de mon père et se comporte envers moi de manière bienveillante. Je regrette mon manque d'efficacité en ce moment et m'en excuse quelques heures plus tard. Il balaie mes justifications d'un geste de la main et me conseille de prendre quelques jours en plus du week-end. Dès demain, propose-t-il. Je ne suis pas certaine que l'idée soit judicieuse ni bénéfique pour moi. Me connaissant, je ne manquerai pas de cogiter jusqu'à vendredi. Mais mon patron insiste, et je n'ai d'autre choix que d'obéir.

Le lendemain, je tourne en rond comme un ours en cage, ne sachant que faire ni avec qui partager mes tourments. Inès bosse sur un gros projet et je n'ose la déranger, je n'ai plus de parents à qui me confier pour alléger mon fardeau. Ma solitude flagrante me plombe encore plus le moral déjà en berne.

Bon sang, comme mes parents me manquent ! Ma mère avec qui j'aurai pu discuter de tout ce qui me tracasse et qui aurait su me rassurer. Papa qui m'aurait fait rire d'une blague stupide dont il avait le secret. Inès qui m'aurait distraite avec une soirée bringue entre filles. Et Aless, sur son île, si loin de moi qu'il ne peut...

Sur une pensée totalement irraisonnée, j'empoigne mon téléphone.

— Est-ce que tu pourrais venir me chercher à l'aéroport dans... disons trois heures, demandé-je à Alessandro après avoir consulté ma montre.

— Marie ? s'étonne mon interlocuteur. Qu'est-ce qui se passe ?

— Je viens pour quelques jours.

— Mais... je... j'ai réservé... bafouille Aless.

— Pas de soucis, le week-end est maintenu. C'est juste que mon boss m'a renvoyée chez moi et je ne tiens pas en place. J'ai besoin de bouger, de me distraire et je me suis dit : pourquoi ne pas profiter de ma belle maison, de la plage... ou faire ce que tu sais, conclus-je.

— OK, ça tombe bien, je viens de poser la touche finale à mon offre et le client doit valider. Livia passe quelques jours chez son grand-père, je serai tout à toi. Enfin, bien sûr, il y a Lisandru que je pourrais laisser à la nounou...

— Sûrement pas ! Hors de question que le petit ne reste pas avec nous. Et j'ai une requête.

— Je t'écoute.

— J'ai réfléchi et je pense que puisque... enfin, si Marissa est sur l'île, j'aimerais... que nous anticipions notre rencontre. Il... je dois en finir avec tout ça, pour... tourner la page ou... Je ne sais pas vraiment ce que je veux comme relation avec elle.

Le silence s'installe sur la ligne, au point que je me demande si la communication n'est pas coupée.

— Aless ?

— Tu verras bien, ne te projette en rien pour l'instant, me conseille ce dernier. Tout va bien se passer, tu verras. Je contacte Toni.

Quelques heures plus tard, fraîchement débarquée sur l'île, je suis nerveuse. Je fais les cent pas dans mon salon flambant neuf, m'arrêtant de temps en temps pour épier par la baie vitrée l'arrivée de Toni et de ma mère biologique que j'ai invités à dîner chez moi, enfin chez elle aussi. Soudain, je panique à l'idée que je commette en fait une énorme bourde.

— Tu me donnes le tournis, assieds-toi, me suggère Alessandro qui patiente avec moi, occupé à jouer avec Lisandru aux petites voitures.

Dès les présentations faites, il partira avec son oncle, me laissant en tête à tête avec Marissa.

Le carillon de l'entrée retentit ; je me fige, blême, les mains tremblantes et moites tant l'angoisse enfle en moi. Face à mon manque de réaction, Alessandro se redresse pour accueillir mon invitée à ma place tandis que, les jambes flageolantes, je me laisse choir sur le divan. Quelques secondes plus tard, ma mère, visiblement aussi gênée que moi, pénètre dans la pièce. Je me lève, hésite, avance vers elle, m'interrogeant sur la manière de la saluer : lui serrer la main, l'embrasser ? Chemin faisant, je trébuche sur les jouets de Lisandru. Marissa me rattrape avant que je tombe, et je me retrouve dans ses bras.

Eh ben voilà, problème réglé, ni poignée de main ni bisou. Complètement troublée, je peine à emmagasiner toutes les informations qui me parviennent d'un coup. Son odeur, la texture de sa peau, de ses cheveux, notre ressemblance… Lentement, je m'écarte en bredouillant ce que mon cerveau me dicte :

— Désolée, je suis maladroite. Enfin, uniquement ici, m'excusé-je en riant. Cette maison… je sais pas… Vous… tu… vous… asseyons-nous, proposé-je, confuse, ne sachant pas non plus si je dois – ou veux – la tutoyer.

La main de Marissa glisse sur ma joue ; ses yeux rivés aux mien se voilent l'espace d'un instant.

— Tu es toujours aussi belle que dans mon souvenir et les photos que Lydie m'a envoyées ne rendent pas grâce à ta beauté, déclare ma mère en se décalant d'un pas pour mieux m'observer.

— Je… merci. Je vous le dois, visiblement.

— Flatteuse, réplique-t-elle en riant.

Je lui ressemble. Beaucoup, même si elle me paraît plus maigre que la dernière fois que je l'ai vue, que ses traits sont tirés, son regard moins pétillant. Cette femme, soi-disant amie de ma mère, m'avait marquée à l'époque par son charisme, ses conversations passionnantes, sa beauté solaire. Aujourd'hui, elle paraît éteinte, fatiguée. J'en viens à culpabiliser, à me dire que mon rejet peut en être la cause.

— Je suis désolée, m'excusé-je.

— Oh, si quelqu'un doit présenter des excuses, c'est plutôt moi, assure-t-elle en prenant place au fond des coussins.

Toni, en retrait, annonce qu'ils s'en vont et propose à Marissa de venir la chercher dès qu'elle le souhaitera. Je leur suggère maladroitement de rester avec nous le temps de l'apéritif. Bien que la tension soit retombée, j'ai besoin de leur présence rassurante, d'avaler quelques verres et de repousser encore un peu l'instant de la discussion sérieuse qui nous attend.

Après leur départ, Marissa se lève et fait le tour du propriétaire, me félicite pour avoir redonné vie à cet endroit, source de bons et de mauvais souvenirs. Et c'est sur cette introduction que la femme qui m'a mise au monde évoque son passé dont j'en connais une bonne part. Je ne l'interromps pas. Je l'écoute en silence raconter sa relation avec Gabriel, loin de l'ange dont il portait le prénom, belliqueux, violent, jaloux, dominateur. Un véritable macho, éduqué dans l'esprit patriarcal à l'image de son père et de celui de Marissa. Attitude qui, dans un premier temps, habituée à la manière rustre dont tous deux traitaient leur femme, ne l'avait pas choquée outre mesure.

— Seul Toni dénotait. Toujours présent, prêt à intervenir. J'ai l'impression qu'Alessandro lui ressemble. Doumé, l'aîné, ne valait pas mieux que Gaby. Bagarreur, souvent ivre. Il est alcoolique, tu sais, et responsable de la mort de sa femme et sa fille. C'est encore les miens qu'il honnit pour cet accident et estime être la cause de sa déchéance. Bref, Esteban m'a séduite. Et finalement…

Le regret filtre dans sa voix qui se brise sous le coup de l'émotion.

— Ah, j'ai fait sa connaissance, l'informé-je pour éviter un silence embarrassant. Toni a dû te le dire. Pas vraiment quelqu'un de très sympathique. Et étant officiellement mon père, il veut maintenant me connaître et me fréquenter.

— Je ne suis pas surprise. Arrivé à un certain stade de ta vie, tu en fais le bilan, certains événements t'y poussent. Tu as eu des parents merveilleux, Marie. Jamais je n'aurais supporté de te confier à des étrangers, même si probablement ils t'auraient apporté toute l'affection que tu méritais. Aujourd'hui, je me dis que j'aurais dû puiser en moi plus d'énergie et de volonté pour te garder. Mais j'étais paniquée. Je sais que souvent les gens disent : *moi, à sa place*... Personne ne comprend qu'il faut vivre le quotidien de l'autre, mettre ses chaussures, tracer sa route pour pouvoir émettre un point de vue honnête et argumenté. Ce qui est impossible. Je ne peux vraiment pas justifier mes choix, juste espérer que tu me pardonnes, même si tu ne les comprends pas.

Je rejoins son point de vue et le lui avoue, ce qui étire un sourire sur ses lèvres tandis qu'elle poursuit :

— Personnellement, je me plierai à ta décision, annonce-t-elle en me tendant une assiette sale pendant que je fais la vaisselle. Mais je dois admettre que si nous entretenions ne serait-ce qu'une relation épistolaire, je serais comblée. Je vais devoir rentrer chez moi et si, un jour, tu veux rencontrer Justin, me revoir dans les mois à venir…

— Un jour, mais pas tout de suite. C'est difficile de savoir que vous avez eu des enfants après moi, même si je… C'est douloureux d'avoir le sentiment d'être le fruit d'un accident et que…

Ma mère m'attire à elle tandis que je peine à exprimer mes émotions, cette sensation de rejet que j'ai ressenti, d'avoir été une épine dans le pied en découvrant les secrets de ma naissance. Alors je me contiens pour ne pas la blesser de mots trop durs à entendre.

— Oh, Marie, ma petite fille. Je suis tellement désolée d'avoir fait quelques mauvais choix. Te confier à ton oncle était le meilleur, parce que je t'aimais et que je savais que je pourrais te suivre à distance.

Là, nichée dans les bras de ma mère biologique, les mains mouillées, je jette l'éponge – au sens propre et figuré – et resserre mes bras autour d'elle. Mon cœur se fissure.

Ma carapace aussi.

Mais cette fissure n'est-elle pas en réalité, un pansement ?

41 : Les petits bonheurs de la vie

Marie

Mon échange avec Marissa et ses confidences m'ont permis d'avancer. Je ne lui ai néanmoins rien promis. Trop d'années se sont écoulées pour repartir à zéro. Je ne lui reproche pas ses actes, car elle a raison sur un point : Robin et Lydie étaient le meilleur choix à faire. J'ai eu une enfance heureuse, choyée par des parents qui, grâce à Marissa, ont connu le bonheur de l'être. Sans elle, peut-être que le long combat auprès de services sociaux pour le devenir n'aurait pas abouti et Lydie méritait d'offrir cet amour débordant qui la caractérisait.

J'entretiens donc une relation à distance avec ma mère biologique rentrée chez elle, via WhatsApp, mails et FaceTime. Par écrans interposés, j'ai ainsi fait la connaissance d'un demi-frère de dix-huit ans et d'un beau-père qui, eux, connaissent tout de moi, à la différence de mon autre fratrie que je ne suis pas disposée, malgré les appels répétés d'Esteban ael, à fréquenter. Au fil des échanges avec ma famille maternelle, je suis tentée de leur rendre visite pour consolider ce lien virtuel, mais le temps me fait défaut tant je suis accaparée par mon boulot et ma liaison en pointillé avec Alessandro.

D'un commun accord, nous avons décidé de nous laisser porter par les évènements. Sans prise de tête. Profiter des week-ends que nous passons le plus souvent sur l'île que je découvre et sous le charme de laquelle je tombe un peu plus à chacune de mes venues. Alessandro mériterait le prix du meilleur *tour operator*. Il connaît sa terre, sa culture, son histoire sur le bout des doigts, me fait découvrir des endroits d'une beauté époustouflante, méconnus des touristes. Les journées à ses côtés s'écoulent trop vite, entre sorties en mer, pêche, baignade, découverte des fonds marins, jet-ski, excursions dans des petits villages nichés en des endroits impensables et pittoresques, dégustations de mets locaux. Elles s'achèvent par des nuits ardentes et passionnées dans le creux de ses bras. Juste nous deux, dans l'intimité de sa chambre. Plus les semaines passent, plus je peine à reprendre l'avion pour Paris. Je refuse de m'interroger sur mes émotions et m'efforce de croire que seule l'attirance physique et les talents d'amant d'Aless en sont la cause.

En cette belle journée de début août, je me prélasse en ce lieu paradisiaque. Un endroit que seuls les autochtones connaissent, loin des points de baignades trop fréquentées de la *Fango*. D'ici, la vue sur le *Capu Tafunatu* est époustouflante. Baignée de soleil, la montagne percée se reflète dans les eaux translucides de la rivière. Nue, à l'abri des regards, j'émerge de notre séance de baise endiablée. Aless, également en tenue d'Adam, effectue un plongeon parfait et rejoint la rive en quelques brasses. Il offre à ma vue sa silhouette ciselée, ses muscles saillants modelés par son entraînement de pompier, l'image d'une statue grecque aux courbes harmonieuses, et mes yeux s'attardent sur sa virilité au repos qui vient de me combler au-delà du possible. Parce que, pour être honnête, aucun homme ne connaît mon corps aussi bien que lui et n'est capable d'en jouer avec une telle maestria comme un violoniste et son instrument.

— La vue te plaît ?

— Sans aucun doute, cet endroit est vraiment sublime, le taquiné-je, consciente que mon insistance à le reluquer ne lui a pas échappé.

— Hum, j'avoue que moi aussi, j'aime ce que je vois. Mais je préfère toucher que regarder, réplique-t-il en me toisant de sa hauteur tout en secouant sa chevelure détrempée sur moi.

— Arrête ! C'est froid ! couiné-je.

— Rassure-toi, dans quelques minutes, tu seras chaude comme la braise.

— Tu crois ça ? Ton machin, là, dis-je en pointant sa verge, ne semble pas avoir apprécié la fraîcheur de la *Fango*.

— Oh, mais je suis sûr que si tu le stimules un peu, il va se réveiller rapidement, me rétorque l'arrogant en attirant ma main sur son entrejambe.

Je glousse, ravie par ce nouveau round qui s'annonce et conclura ce merveilleux week-end passé en tête à tête, les enfants en vacances à la ferme chez leur grand-père que je n'ai plus revu depuis cette unique et affreuse rencontre. Ce vieil homme odieux et antipathique ne me manque pas, à l'inverse des gosses que j'ai à peine entrevus lors de ce séjour. Giulia poursuit ses incitations à me faire partir et vient de franchir une étape en déposant des animaux crevés devant ma porte. Bien évidemment je n'ai aucune preuve. Les mots sont toujours anonymes et dactylographiés et Alessandro, mis enfin dans la confidence doute que ce soit elle, celle-ci étant repartie à New York, semble-t-il. Cependant elle pourrait avoir payé quelqu'un pour le faire. Ce comportement ridicule ne m'affecte pas vraiment, si elle s'imagine m'effrayer ! La seule chose qui m'a ennuyé, c'est de retrouver à mon arrivée, les plantations de Livia détruites, arrosées de produits toxiques. Et les voisins interrogés n'ont bien évidemment rien vu. Car malgré ma bonne entente avec Alessandro, je ne suis toujours pas acceptée par certains, et les chuchotements persistent sur mon passage. Personne n'ignore désormais que le dernier Cantini fréquente la fille Poli. J'avoue que j'aime les narguer en m'affichant avec Alessandro et provoquer les bavardages sur notre passage.

Lorsque mon avion décolle, quelques heures plus tard, c'est la tête dans les nuages que je rejoins la capitale, songeant déjà au prochain week-end, une escapade programmée par Alessandro, une surprise dont il refuse de me donner de plus amples détails. Rendez-vous dans quinze jours à l'aéroport Charles de Gaulle. Je dois me contenter de cette information.

Plus la date approche, plus je bouillonne d'impatience et de curiosité, mais mon sex-friend, – *boy-friend,* corrige ma conscience –, reste intransigeant à chacun de mes appels téléphoniques et mes menaces de le priver de sexe pendant notre escapade demeurent sans effets.

— Qui tu crois que tu vas punir ? s'esclaffe-t-il face à une énième tentative pour lui extorquer notre lieu de villégiature.

— Livia ne râle pas trop de te voir les laisser une fois de plus pour moi ?

— Tu te doutes bien que non. Et tu sais qu'elle apprécie les vacances chez mon père, même si celui-ci bave méchamment sur toi. Même loin d'Ile Rousse, il est au fait des cancans et de tes fréquentes visites. Toni m'assure qu'elle ne se laisse pas influencer et qu'au moment où il commence à déblatérer, Liv l'engueule et le menace de ne plus venir s'il n'arrête pas. Apparemment, ça marche ; il marmonne entre ses dents et redevient doux comme un agneau.

Que Dominique Cantini ne m'apprécie pas ne me pose aucun problème, ce n'est pas comme si j'allais épouser Alessandro ! Bien évidemment, je m'abstiens de révéler mon sentiment.

— Je te laisse, j'ai un double appel de la caserne, s'excuse mon bel architecte.

Je raccroche, guillerette. « Sourire béat aux lèvres » aux dires d'Inès venue me convaincre de l'accompagner à une soirée organisée par Florian pour fêter l'ouverture d'un nouveau restaurant dont nous avons toutes deux assuré la campagne de lancement.

— Il t'a séduite, le beau Corse ! Te voilà amoureuse ! en conclut ma meilleure amie.

— N'importe quoi ! m'en défends-je. J'avoue, je suis sous le charme. Il est canon, sexy, super bon amant, cultivé, sympa, prévenant, pas du tout arrogant comme la plupart des connards que l'on fréquente d'habitude…

— Ouais, j'ai compris, bourré de qualités. Le genre de mec qu'on épouse, me coupe Inès. Le mec parfait.

— La perfection n'existe pas, assuré-je.

— Non, sauf l'interprétation que l'on s'en fait. Stef l'était à tes yeux jusqu'à ce que tu le surprennes la queue dans une autre que toi, développe ma meilleure amie.

— Inès, t'es dégueulasse ! Voilà que tu m'as remis en tête cette image !

— Bah, tu vas vite la chasser par celle de ton amoureux en train de faire grimper au septième ciel !

— Je ne suis pas amoureuse de lui.

— Mouais, si tu le dis.

— Je t'assure ! Stef m'a vaccinée contre l'amour, réponds-je, convaincue.

— Si ça t'arrange de croire que tu le fréquentes juste pour tirer un coup une fois tous les quinze jours…

— Oui, c'est pour ça que je l'apprécie.

— Je te connais, Marie. Ce n'est pas que pour cette raison.

Elle ne se trompe pas, mais je refuse de le lui avouer, comme je ne souhaite pas partager pour l'instant mes craintes.

42 : Au feu les pompiers

Alessandro

Bien que le week-end approche, je n'envisage pas de refuser la mission. Être pompier volontaire m'engage auprès de mes frères d'armes. Ici ou en n'importe quel endroit où je pourrais être utile. Courage et dévouement, sauver ou périr devise des pompiers de Paris ne sont pas de vaines paroles. En dehors de l'aide aux personnes, les incendies récurrents nous plongent au cœur des brasiers, dont certains tristement allumés par des touristes inconscients mettant en danger la vie de nos concitoyens et la nôtre. Il est de mon devoir d'apporter ma contribution à la sauvegarde des personnes et des biens. Je l'accomplis depuis des années dans le cadre du volontariat, fier de mon choix, même s'il comporte quelques risques, même si aujourd'hui le corps des sapeurs-pompiers se trouve aux prises d'une violence qui ne se justifie pas. Par chance, je réside dans un petit village dans lequel nous sommes connus et appréciés. Jamais nous ne serons accueillis à coups de caillasses.

Comme d'habitude, Pierre est excité comme une puce. Braver le feu est la partie de son métier qu'il préfère. Je reste plus réservé, l'ayant souvent combattu sur divers terrains, connus et moins connus, et assisté à la destruction complète par les flammes de ma demeure familiale malgré les efforts des professionnels sur place. Bien que très jeune, cette perte, tout comme beaucoup plus tard celle de ma mère et ma sœur dans l'accident, m'a marqué à jamais, probable raison de mon engagement, sans pour autant envisager d'en faire mon métier à temps plein. Sacerdoce contraignant qui m'éloigne de mes enfants parfois pour quelques heures, parfois des jours entiers lorsque nous peinons à éteindre les grands incendies qui touchent trop souvent notre belle île ; mais pas qu'elle. Certains, incontrôlables, réclament la présence de tous les pompiers de France.

Aujourd'hui en renfort sur le Massif des Maures, je croise les doigts pour être libéré à temps de mes obligations pour cette virée que je projette depuis trois semaines. Ma relation avec Marie semble opérer un nouveau tournant et je veux plus que ces journées trop courtes à ses côtés. Bien qu'elle refuse de l'admettre, je suis convaincu que, pour elle, les séparations sont de plus en plus difficiles. Deux mois à peine que nous nous fréquentons régulièrement, et je ne supporte plus ces départs. Mon lit trop vide, sa compagnie, ses maladresses, son rire, sa mine renfrognée lorsqu'elle se réveille les cheveux en bataille, sa manière de me reluquer, l'affection qu'elle porte aux enfants et qui rend mon taciturne de fils enjoué depuis qu'elle est entrée dans nos vies. Ce dernier la réclame en son absence en l'appelant maman, et je n'ose le corriger pour ne pas le faire pleurer. Même Livia ne s'y aventure pas.

Marie n'est donc jamais très loin dans mes pensées, même en ce moment où l'incendie, attisé par un mistral qui ne faiblit pas, prend une ampleur démesurée. Le ballet des canadairs insuffisant, car déployés en plusieurs endroits, cesse à la nuit tombée, ce qui n'arrange pas notre lutte contre ce feu qui continue de progresser, dévastant tout sur son passage.

Stationnés entre le village de Cogolin et Port Grimaud, nous luttons depuis des heures pour préserver et contenir ce qui peut l'être, prenant le relai de compagnies épuisées. Sous les assauts du vent qui forcit d'heure en heure, la ligne de feu ne cesse de croître et nous peinons à enrayer son avancée vers les habitations et les campings bondés de touristes en cette pleine saison estivale.

Bien que caporal-chef, grade acquis après quinze ans d'exercice, je fais une totale confiance à Pierre, excellent chauffeur, qui saura nous sortir de toutes les situations. En l'instant, face aux flammes qui nous cernent, je prends conscience que mes projets personnels battent de l'aile. Nous sommes plongés en enfer, et ce pour une durée indéterminée. Je réalise soudain que j'ai très peu évoqué avec Marie mon implication dans l'univers des sapeurs-pompiers. Certes, elle ne l'ignore pas, bien évidemment, puisque je lui avais laissé les enfants le jour de notre première rencontre. Persuadé qu'il s'agirait d'une mission de courte durée, je n'ai pas fait mention de mon départ. Seule ma famille est informée. Je m'efforce toujours à ce qu'elle sache où je me trouve afin qu'elle ne cogite pas en regardant les informations télévisées.

Je me promets que, lors d'une pause, j'enverrai un texto à Marie, à qui je songe en l'instant malgré la gravité de la situation. Le « Putain de merde » de Julien me sort de ma distraction.

— Ça va ! Pas de panique, lui rétorque notre arrogant, mais compétent, chauffeur.

— Ouais, c'est sûrement ce qu'a dû dire celui qui conduisait le CCF[18] avant qu'ils meurent, s'affole Vincent, la plus jeune recrue de la caserne.

Le silence s'abat dans l'habitacle à l'évocation de nos camarades décédés lors d'une intervention similaire et qui avait coûté la vie à six personnes, dont trois civils. Un des incendies les plus meurtriers du massif et toujours dans les mémoires après toutes ces années. Un parmi tant d'autres, hélas.

— On se calme, décrète Pierre. Je vous promets qu'on va passer et tous rentrer indemnes à la maison. Tu vas retrouver ta chérie, Vincent, Julien ta femme et tes gosses, et notre caporal la bombasse qui lui tient lieu de petite amie. Et moi, auréolé de gloire, je vais me taper toutes les nanas qui me tomberont dans les bras.

---

[18] Camion-citerne feux et forêts

— Eh bien arrête de penser au cul et sors-nous de là, putain ! En évitant de nous foutre en l'air et de faire le *fangio*[19]. Garde ça pour tes courses automobiles.

Pierre, as du volant et fan de voitures surpuissantes, participe régulièrement à des compétitions, dont certaines qu'il a remportées. La dernière en date : le rallye *d'Eccica-Suarella*, raison pour laquelle, malgré les conditions extérieures, je ne suis pas particulièrement inquiet. Cependant, je reste vigilant ; nous ne connaissons par cet endroit aussi bien que nos montagnes et maquis corses. Et tout peut arriver, même aux meilleurs hommes.

Pierre sifflote tout en conduisant notre engin d'une main de maître. L'heure n'est plus à tenter de maîtriser l'incendie qui nous assiège, mais de nous mettre à l'abri pour préserver nos vies. Le feu fait rage ; les flammes, attisées par le mistral et les essences de la végétation varoise, prennent une ampleur colossale ; la bête nourrie rugit tandis que les troncs d'arbres calcinés crissent sous le véhicule tout terrain qui nous protège. Pour l'instant.

La radio grésille. Des messages nous parviennent des divers groupes, eux-mêmes en difficulté, dont un plus que les autres. Plus personne ne dit mot. Seuls les sinistres bruits extérieurs meublent le silence et nos pensées s'envolent vers nos compagnons d'infortune, priant Dieu et tous les saints de les épargner. La nuit semble ne plus finir et chacun, en son for intérieur, appelle certainement de ses vœux l'arrivée de l'aube qui permettra aux canadairs, trackers, dashs et Beechcrafts[20] de sillonner à nouveau le ciel. Une fois de plus, mon esprit s'évade loin de ces forêts dévastées, vers les miens et particulièrement vers Marie qui ignore le danger que je cours actuellement. Je me demande si elle s'inquiéterait et tremblerait pour moi en me sachant au cœur du foyer. Je suppose que oui, comme chaque membre d'une famille dont l'un des proches côtoierait de si près le monstre. Peut-être vaut-il mieux, finalement, qu'elle ne sache rien.

— Merde ! s'exclame Pierre lorsque le camion, lancé à pleine vitesse, rebondit brusquement et heurte le premier véhicule d'une autre colonne[21] sortie d'on ne sait où.

---

[19] Argot : en roulant très vite

[20] Avions bombardiers d'eau de la Sécurité civile

[21] Groupe de plusieurs CCF d'une même compagnie.

Les camions tanguent sous l'impact. Vincent hurle comme un dératé et me sort de ma distraction. Concentré sur le paysage autour de nous plutôt que sur Marie, j'aurais probablement pu éviter l'accident. La visière de mon casque relevée, je me cogne le menton contre le tableau de bord tandis que le CCF menace de verser sur le côté, ce qui arrache un nouveau cri à notre membre le plus jeune.

Grâce à sa dextérité, Pierre parvient à maintenir notre engin sur ses roues, vire un coup de volant à droite pour le redresser, mais le chauffeur d'en face tente une manœuvre similaire pour rétablir le sien et nos efforts combinés ne portent pas les fruits escomptés. Les deux véhicules s'entrechoquent une seconde fois et finissent par verser dans le fossé que nous tentions de franchir pour échapper aux flammes léchant notre cabine de survie. Sous la force de l'impact, je me cogne à nouveau violemment, en perdant mon casque. Vincent hurle à me percer les tympans, derniers sons que j'entends avant de perdre connaissance.

43 : Quand l'amour se révèle

Marie

Je m'étonne de ne pas avoir de nouvelles d'Alessandro depuis deux jours. Cela ne lui ressemble pas. Dans quelques heures, nous devons nous rejoindre à l'aéroport pour cette fameuse destination inconnue. Téléviseur allumé en fond sonore, je boucle ma valise, dubitative de ne pas connaître l'endroit choisi pour ce week-end. Mais pas que cela soit si important ; avec Alessandro, je passe une grande majorité de mon temps nue dans le creux de ses bras ou à baiser dans des lieux improbables au risque de nous faire surprendre, instants aussi stressants qu'excitants.

Je dois admettre qu'en sa présence, je peine à ne pas désirer le toucher ; nous sommes totalement synchros dans ce domaine. Parce que derrière son apparence sérieuse et posée, se cache un homme fougueux, inventif et un amant incroyable. En tête à tête, Alessandro oublie ses bonnes manières et laisse son animalité s'exprimer. J'avoue, j'aime cet aspect de sa personnalité qui pimente nos ébats et m'entraîne à surfer sur des vagues de plaisir scandaleusement torrides. Cependant, je n'apprécie pas l'homme uniquement pour les orgasmes qu'il me donne, mais aussi pour sa délicieuse compagnie, ses conversations, l'attachement qu'il porte à ses enfants, en père merveilleux qu'il est. Il me rappelle Robin et, à cette pensée, une larme s'invite tandis qu'un flash infos sur BFMTV annonce l'évolution d'un incendie que des pompiers de toute la France combattent sans relâche.

Pas très fan de tristes nouvelles, je soupire et me saisis de la télécommande pour changer de chaîne quand les propos du commentateur suspendent mon geste.

« Les sapeurs-pompiers varois se battent désormais soutenus par plusieurs unités venues en renfort des quatre coins de l'hexagone. La plus rapidement sur place se trouvait être une compagnie balagnaise, dont une d'Ile Rousse qui, à cette heure, semble en grande difficulté. Personne ici n'a oublié l'incendie meurtrier de 2003, ses 73 000 hectares détruits, mais particulièrement le décès de trois pompiers et trois touristes étrangers. Comme vous pouvez le constater, le mistral faiblit à peine, mais depuis les premières lueurs de l'aube, les bombardiers d'eau sillonnent à nouveau le ciel et le Commandant… »

Figée, je n'entends plus rien et je pense même avoir décroché après la référence à Ile Rousse. L'absence de coup de fil s'expliquerait-elle par la présence d'Alessandro dans le massif des Maures ? Je me souviens que Livia avait, lors de notre première rencontre, fait allusion à son père, pas joignable lorsqu'il partait pour la caserne, qu'il pouvait être absent plusieurs jours. Depuis que je le fréquente, je n'ai jamais été confrontée à un départ fortuit. J'ignore tout de ce milieu et n'imaginais pas que les pompiers volontaires puissent se rendre en soutien ailleurs que sur leur secteur.

La mélodie de mon téléphone me sort de ma stupeur et de mes interrogations. Je me précipite dans ma chambre pour répondre, espérant entendre la voix d'Alessandro, mais j'arrive trop tard. Déception et inquiétude se mêlent lorsque je découvre que mon interlocuteur se trouve être Toni. Avant même que je le rappelle, mon smartphone vibre dans ma main, annonciateur d'un message que je m'empresse de lire.

« **Rappelle-moi et, s'il te plait, ne regarde pas la télé.** »

Trop tard, je cogite déjà ! Les informations s'entrechoquent, mon esprit échafaude les scenarii les plus sombres. Je ne peux pas rester seule ici. Je dois rejoindre les enfants, les soutenir si nécessaire, à moins que ce soit le contraire que je cherche, ce dont j'ai besoin. J'attrape ma valise, commande un Uber et dévale les escaliers. Par chance, un véhicule zone dans les parages et je n'attends pas plus d'une minute sur le trottoir. Une fois dans la voiture, je réserve le premier vol en partance pour la Corse. À défaut d'un direct Paris/Calvi, je valide un arrêt par Marseille, quitte à courir comme une dératée pour attraper ma correspondance tant il me semble indispensable de foncer illico-presto chez les Cantini, dussé-je affronter Dominique. Des bouchons sur le périphérique ralentissent ma progression vers l'aéroport. Fébrile, j'empoigne mon téléphone.

— Toni, j'ai vu les infos et je suis en route pour l'aéroport. J'ai un changement à celui de Marignane, c'est le premier vol que j'ai trouvé. Dis-moi qu'il n'est pas là-bas ? Dis-moi que tu as des nouvelles et qu'il va bien ?

— Il y est, et non, je ne sais rien de plus. Je pense que, pour l'instant, tu devrais rester à Paris. Je ne vois pas ce que tu peux faire de plus ici. Les gosses sont chez mon frère avec la nounou pour les vacances et nous ne leur avons rien dit. Tu ne pourras pas venir les voir. Si tu débarques, Livia va deviner qu'il se passe quelque chose. Et tu n'es pas bienvenue chez Doumé.

Je sais qu'il a raison, mais je ne veux pas rester seule chez moi.

— Toni ! pleurniché-je en essayant de respirer convenablement. J'irai chez moi. Louise me tiendra compagnie et toi, tu te chargeras de m'informer sur ce qui se passe. Je suppose que la famille est en relation avec la caserne. Je ne tiens plus en place depuis que je n'ai plus de nouvelles, ce qui m'étonnait, car il m'en donne tous les jours. Mais jamais je n'aurais imaginé, jusqu'à ce que ce fichu journaliste annonce qu'un camion de pompiers corse se trouve en difficulté, et que toi, tu m'appelles, que…

Je ne parviens plus à contenir le barrage qui maintenait mes larmes.

— Oh, mon Dieu, Toni, je suis terrorisée à la pensée qu'il puisse lui arriver quelque chose de grave. Je n'avais pas réalisé jusqu'à présent qu'il pourrait se trouver dans une situation aussi dangereuse. Tu crois que l'on doit craindre pour sa vie ? Que vont devenir les petits s'il meurt ? Et moi ? Comment je vais surmonter cette épreuve ? Je me suis attachée à lui, Toni, plus que je l'imaginais. Non, il ne peut rien lui arriver, pas vrai ? sangloté-je, réalisant soudain que ce que j'éprouve est bien plus puissant qu'une simple alchimie sexuelle que j'utilisais comme excuse.

Oh, mon Dieu ! Je suis amoureuse d'Alessandro Cantini !

— Arrête tout de suite ! Et pour commencer, ne pense pas au pire. OK, viens, tu n'as pas l'air en état de rester toute seule. Si ça se trouve, j'aurai de bonnes nouvelles avant que tu arrives. Tout va bien se passer, j'en suis sûr. Je ne crois pas que le destin vous joue un tour pendable, juste maintenant que tu viens de prendre conscience de tes sentiments pour Alessandro.

— Mais non, nié-je, pas encore prête à accepter cette évidence que même Toni, face à mon affolement, vient de comprendre. J'ai beaucoup d'affection…

— Hum, voile-toi encore la face si ça peut te permettre d'affronter cette épreuve. Moi, je n'y vois que le destin qui te bouscule un peu pour te montrer ce que tu ressens réellement.

— Ah, tu y crois, toi, à ces conneries, me moqué-je en essuyant mes larmes.

— Oui, j'y crois, comme je pense que tu as été choisie pour réunir nos deux familles.

— Sans blague ! Et franchement, j'aurais préféré le découvrir autrement, parce que là, j'ai sacrément la pétoche.

Le chauffeur Uber doit me prendre pour une névrosée, mais tant pis.

— Allez, crois à ta bonne étoile et en tes anges gardiens.

— Oh, Toni, tu me fais quoi, là, avec ton trip mystique !? Je ne te connaissais pas sous cet angle.

— Parce qu'en réalité, tu me connais trop peu.

— Hum, très juste. Je raccroche, me voilà devant le terminal. À plus tard. Je rallumerai mon téléphone une fois à Marseille, alors laisse un message si tu apprends quoi que ce soit.

Alors que je suis sur le point d'éteindre mon smartphone, un appel d'Inès s'affiche.

— Ton architecte, il est aussi pompier si j'ai bonne mémoire, lance-t-elle tout de go. Tu as vu les infos ? Parait qu'il y a des blessés sur le feu en cours et que certains sont corses, débite mon amie à toute allure sans que je parvienne à l'interrompre.

Je blêmis à l'annonce de ces dernières nouvelles visiblement toutes fraîches, mais mon cerveau refuse de les assimiler et, inconsciente du trouble que ces paroles provoquent en moi, Inès poursuit son monologue.

— Peut-être des mecs qui sont intervenus sur ton accident. Il y en avait un super beau, autant que je me souvienne, continue-t-elle sur sa lancée. Qu'est-ce qu'il en dit Alessandro ? Il doit être tout chaviré, le pauvre.

— Écoute, je n'ai pas le temps de discuter avec toi, mon vol pour Marseille est annoncé. Je dois te laisser.

— Oh, et il t'emmène où alors ?

— Nulle part, Inès. Aless est sur l'incendie du Var.

— Quoi ?! Ah merde, et il va bien ? T'as des nouvelles ? Pourquoi tu pars à Marseille ?

Face à cette avalanche de questions auxquelles je ne peux répondre, je raccroche et cours vers les portes d'embarquement. Cette discussion n'a fait qu'accroître mon inquiétude et j'ai hâte de joindre Toni pour des renseignements plus fiables.

Une heure et demie plus tard, le mode avion déconnecté, des messages me parviennent en rafales. Plusieurs d'Inès, mais je ne lis que celui de Toni.

« Ne prends pas le vol pour Calvi. Attends-moi, je serai là dans une heure. Alessandro va être rapatrié sur Sainte Anne »

Immobile au milieu des voyageurs qui s'agitent, je me laisse bousculer, le cœur battant la chamade, l'angoisse chevillée au corps avec ce mot qui tourne en boucle : rapatrié. Alessandro est donc blessé. Puis viennent les interrogations : superficiellement, gravement, pronostic vital en danger *? Et c'est quoi et où Sainte Anne ?*

Je googlise aussitôt ce nom. Face aux occurrences proposées, je l'associe à Marseille et Toulon et – bingo ! – tombe sur un lien vers un hôpital militaire. Sur le site, je découvre les spécialités traitées, dont celles des brûlés. Des sentiments contradictoires s'entrechoquent. D'un côté, je me sens rassurée, car les retours sur leurs compétences sont élogieux. D'un autre, je panique. Quel peut être son degré de brûlure ? Mais il peut aussi ne pas l'être, mais blessé autrement puisque l'hôpital militaire gère plusieurs autres spécialités.

Oui, mais il y a de fortes chances qu'il le soit puisqu'il combattait un incendie...

Punaise, mais qu'est-ce qu'il fabrique, Toni ?!

C'est mon cœur à moi qui brûle.

44 : Retrouvailles

Alessandro

Marie et Toni déboulent dans ma chambre d'hôpital et je ne peux masquer ma surprise et le bonheur que suscite la présence de la jeune femme. L'inquiétude marque ses traits et, curieusement, je m'en réjouis, en sombre égoïste.

— Tu vois ? Ce n'est pas si grave, énonce mon oncle.

— Tu n'es pas brûlé ? s'étonne Marie en me détaillant, s'imaginant probablement un accident de ce genre.

— Non, le système d'Autoprotection[22] de la cabine, déclenché par Pierre, nous a bien protégé le temps que les flammes nous dépassent. Petit traumatisme crânien et fracture du poignet déjà réparée, expliqué-je en montrant mon bras en écharpe et

[22] Le système d'autoprotection équipe des camions citerne feu de forêt (CCF) depuis 1996. Des buses sont situées sur les arceaux pare-branches et sur les passages de roues, elles créent une bulle d'eau protectrice autour du véhicule et réalisent ainsi une protection contre les flammes.

ostéosynthésé[23]. Dans quarante-huit heures, après l'ablation du drain, je suis dehors. Nous avons eu de la chance, toute l'équipe est saine et sauve. Pierre est passé me rassurer et me dire qu'aux dernières nouvelles, l'incendie est enfin canalisé, bien que pas encore totalement éteint. Toni, j'espère que les gosses ne savent rien.

— Évidemment, qu'est-ce que tu crois ! Ils sont chez ton père, comme prévu, et passent plus de temps dehors que devant la télé.

Je soupire, tranquillisé, tandis que Marie se décide enfin à s'approcher et à s'asseoir à mes côtés sur l'étroit lit. Aussitôt, Toni s'éclipse, arguant qu'il va nous chercher un café et propose un croissant à Marie. Elle valide la proposition, n'ayant pas eu le temps de prendre son petit-déjeuner et la matinée est désormais bien entamée, pour ne pas dire qu'elle touche à sa fin puisqu'il est déjà près de midi.

— Je… j'ai complètement paniqué quand j'ai entendu les infos. J'avoue que je n'avais pas vraiment réalisé les risques que tu pouvais courir ni que tu puisses être sollicité comme ça.

C'est plus fort que moi, je pose une main valide sur la sienne

— Eh bien, tu sais, je suis pompier volontaire et, sur Ile Rousse, les sorties sont ponctuelles et essentiellement pour des secours à la personne. Cette année, je n'ai pas fait de grandes interventions sur des incendies, l'occasion ne s'est donc pas présentée de m'appesantir sur le sujet. Et pour être honnête, je préférais profiter de toi pleinement durant nos moments toujours trop courts passés ensemble.

Dans les films, l'héroïne déclamerait alors : « Non, chhtt, ne dis rien, ne parle pas, garde tes forces… ». Mais je ne suis pas un personnage de comédie romantique et devinant qu'il a encore à dire, je le laisse poursuivre, le souffle suspendu, dans l'attente de ce qu'il va bien pouvoir m'avouer.

— Je pense souvent à toi en ton absence, un peu trop, Marie. D'ailleurs, tu m'as distrait au cours de cette mission. Je n'arrêtais

---

[23] Terme chirurgical pour dire que le patient a subi une ostéosynthèse : *intervention chirurgicale consistant à réunir des fragments d'un os fracturé à l'aide d'une pièce métallique (boulons, vis, plaque,...).*

pas de songer à ce week-end qui allait tomber à l'eau, à ta déception et à la mienne. J'allais t'appeler pour te l'annoncer une fois que nous serions en sécurité. Puis l'accident a tout chamboulé. Je viens à peine d'émerger de l'anesthésie et te voilà.

— Eh bien, ne pas avoir de tes nouvelles m'a contrariée puis, après les infos et le coup de fil de ton oncle, je… j'ai vraiment tremblé pour toi en imaginant le pire, m'avoue-t-elle très sérieusement en rivant ses yeux aux miens.

— À ce point ? m'enquiers-je, ravi par ce que cette annonce laisse supposer, à savoir qu'elle ressent peut-être un peu plus qu'une simple affection à mon endroit.

— Je… oui. J'ai eu peur de te perdre, surtout quand le journaliste a évoqué des décès antérieurs sur un même genre d'incendie, admet-elle en détournant le regard.

Je tends la main vers son visage, relève son menton pour me mirer dans ses iris émeraude. Je veux me confronter à ses émotions profondes, les découvrir à l'identique des miennes. Je suis amoureux de cette femme malgré nos chemins et nos aspirations dissemblables, mes peurs de la laisser entrer dans ma vie, dans celle de mes enfants qu'elle risque d'affecter.

Pour l'instant, je ne souhaite pas songer à ces multiples répercussions. Particulièrement sur ma relation avec mon père qui ne l'acceptera jamais et très probablement hurlera, m'agonira d'injures, me reniera au nom de toute notre famille ayant souffert de la vilénie des Poli. Non, pour l'heure, je ne veux que profiter du moment, embrasser cette bouche tentatrice, apprécier cette note d'espoir que ses mots laissent entrevoir.

— Je suis heureux de l'apprendre…

Marie redresse les épaules, s'efforce d'afficher un air détendu, limite indifférent, mais la lueur dans son regard ne me trompe pas. Elle a beau vouloir masquer ses sentiments profonds, je suis certain de ne pas me tromper. Elle ne veut pas que je lise sur son visage ses véritables émotions.

— Oh, ne va pas t'imaginer Dieu sait quoi, se défend-elle aussitôt en me coupant la parole en essayant de me duper encore.

— Ah bon ? Je ne peux pas espérer que tu éprouves quelques sentiments pour moi ? demandé-je d'un ton moqueur, alors qu'intérieurement, j'estime le sujet très sérieux.

— Bien sûr que j'en ai, argue-t-elle. Mais pas ceux auxquels tu penses.

Je peux dire désormais que je la connais par cœur, et là, en cet instant, je sais qu'elle ment. Son agitation soudaine la trahit, tout comme ses mimiques, elle ne peut maintenir longtemps son petit cinéma de quelques minutes plus tôt. Elle est bien trop piètre comédienne. Elle n'est pas comme Giulia. Je ne peux plus retenir mon petit sourire.

— Qui sont ? demandé-je en l'embrassant au coin des lèvres tout en l'attirant à moi pour un contact physique que mon corps réclame.

Sous mon mouvement, elle bascule et se retient à mes épaules tandis que je la maintiens au plus près de moi de mon bras valide.

— Eh bien, ne pense pas que je sois amoureuse de toi, d'accord ? se défend-elle, encore. J'ai perdu beaucoup de proches et je… enfin, psychologiquement, je ne suis pas prête à…

Ses paroles meurent dans un gémissement que je lui arrache, ma langue valsant avec la sienne, ma main voguant au creux de ses reins, mon sexe pulsant contre son intimité. Je laisse échapper un rire face à son obstination à garder le contrôle de la situation face à ce qu'elle éprouve et qu'elle refuse d'admettre.

— Il n'y a rien de drôle, s'agace-t-elle en se dégageant de mon étreinte.

— Non, j'admets. Je suis juste heureux de voir que tu me portes suffisamment d'affection pour t'inquiéter de mon sort.

— Nous sommes amis… je crois, ajoute-t-elle alors que j'hausse un sourcil. Enfin, sex-friends. J'imagine que forcément… l'on ressent une forme de sentiments l'un pour l'autre… sans que cela soit de l'amour.

Elle fuit une nouvelle fois mon regard et je comprends que je ne dois pas la brusquer, qu'elle n'est pas disposée à s'engager dans une liaison basée sur autre chose que des relations sexuelles épisodiques et amicales. Pourtant, en cet instant, je souhaiterais réitérer ma confession faite l'autre matin, lui répéter qu'elle me manque, hante mes pensées plus qu'il ne le faudrait et que je suis, moi, résolu à attendre qu'elle réalise que notre entente n'est pas due qu'à une attirance charnelle. Je n'aspire plus qu'à la voir venir à moi, à s'engager à mes côtés pour une relation sur du long terme qui implique de m'accepter dans sa vie avec mes enfants, mes craintes d'introduire une étrangère dans notre bulle, envolées. Marie saura les aimer mieux que leur propre mère et leur apporter l'affection maternelle qui leur fait défaut, de cela, je suis convaincu. Mes gosses l'adorent et Marie les apprécie. Je ne doute pas qu'elle trouvera le moyen d'apporter une forme d'équilibre à notre famille. Pour l'instant, nous en sommes loin ; ma belle continentale aux origines corses doit encore gérer pas mal de problèmes personnels. Et je vais devoir trouver celui qui tente de l'effrayer avec ses messages. Une méthode pour l'éloigner qui ne fonctionne pas vraiment. Mais il faut que cela cesse, avant que cela n'aille trop loin. Qui sait s'il ne serait pas capable de l'atteindre physiquement ou de détruire sa propriété ? Mais chaque chose en son temps, pour l'instant, je souhaite maintenir ma surprise.

— Est-ce que tu pourrais te libérer deux jours de plus ? Dans ce cas, nous ferions ce voyage malgré ma fracture ? demandé-je afin de clore la conversation trop sérieuse qui, indubitablement, la met mal à l'aise.

— Tu es sûr que c'est une bonne idée ? s'inquiète-t-elle immédiatement. Peut-être devrions-nous attendre que tu sois remis ?

J'hausse les épaules.

— Ce n'est qu'une fracture du poignet et même si elle m'handicape pour travailler, n'étant pas ambidextre, elle ne me gênera pas pour ce que j'ai prévu, répliqué-je, affichant un sourire qui prête aux sous-entendus.

Instantanément une lueur s'allume dans ses magnifiques yeux verts.

— Oh, ce n'est pas ce que tu crois. Mais pour « ça » aussi, ajouté-je devinant qu'elle songe au sexe.

— Tu tenais tant que cela à ce week-end ? m'interroge-t-elle occultant ma petite remarque, probablement rassurée, comme le suggère l'infime soupir lui échappant.

Je la ramène à moi pour l'embrasser et lui souffler à l'oreille que oui, que je tiens à tous les week-ends avec elle ; que celui-ci devrait lui plaire, concocté, mitonné, *avec amour* – mots que je garde pour moi. À la place, je me contente d'un « avec beaucoup d'attention », pour répondre à un de ses rêves.

Intriguée, elle me repousse pour ancrer son regard dans le mien.

— Lequel ?

— J'ai longtemps hésité entre l'escalade du Mont Blanc et…

— Non, tu te moques, parce que celui-là, c'est un des tiens, me coupe-t-elle, sourire canaille aux lèvres.

— Exact. Toi, c'est d'aller voir *West Side Story* à Broadway.

— Non ! s'exclame-t-elle. Tu… tu… nous avais prévu un week-end à New York ? bafouille-t-elle, stupéfaite, les yeux pétillants de joie.

— Yes, et je pense que nous devrions le maintenir.

— Aless, je… tu… c'est… Tu n'aimes pas les grandes villes, et particulièrement l'ambiance new-yorkaise.

— Mais toi, oui. En échange, tu feras le Mont-Blanc.

Elle me dévisage, horrifiée l'espace d'une seconde, puis consciente que je la taquine, elle me martèle le torse de ses petits poings serrés.

— Tu m'emmènes vraiment à New York ?

Ravi de sa réaction, j'acquiesce en silence.

Le bonheur que je lis sur son visage vaut tout l'or du monde et le feu qui passe dans ses prunelles surpasse celui que je viens d'affronter.

45 : Drames et conséquences

Marie

La porte s'ouvre sur Toni au moment où je réalise l'énorme surprise qu'Aless vient de me dévoiler. Je suis touchée de son attention. Je réalise que cet homme avec qui j'entretiens une relation que je veux purement sexuelle – tout au moins je souhaite m'en persuader –, me connait bien plus que je l'imaginais. Bien davantage que tous ceux fréquentés avant lui, dont Stéphane pendant plus de deux ans, sans qu'aucun d'eux n'ait, un jour, organisé une surprise de taille.

M'asseoir dans une des salles légendaires de Broadway n'est pas que mon rêve, mais le nôtre, à Lydie et moi. Un projet que nous avions, espérant qu'un jour elle pourrait assister à la version pièce de théâtre du mythique film dont elle était une grande fan et que nous visionnions régulièrement ensemble. Qu'Alessandro ait retenu cette confession sur l'oreiller, parmi d'autres multiples souhaits, m'attendrit. Cette attention marque l'avancée de nos rapports. J'avoue, je suis également attentive à ses goûts et ses aspirations. Bien que nous parlions très peu de son passé, je n'ignore pas que son mariage avec Giulia n'a pas été heureux et que celle-ci lui mène la vie dure – c'est le moins qu'on puisse dire – en le menaçant et me harcelant de diverses manières, en pure perte. Mais il ne regrette rien, son ex-femme lui ayant offert le plus beau des cadeaux : deux enfants magnifiques et adorables. De ceux que l'on ne peut qu'aimer et avoir envie de protéger. Même moi, je suis tombée sous le charme et me laisserais – presque – tenter par le désir d'en avoir.

— Oh ! Tu en fais une de ces têtes, constate Alessandro en posant son regard derrière moi.

À ces mots, je rajuste ma robe et me tourne vers celui à qui il s'adresse. Toni, blême, arpente la pièce, les mains dans ses cheveux. L'inquiétude nous transperce de concert face à son attitude. Mes pensées basculent immédiatement vers les enfants. J'imagine qu'un drame vient de se produire, qu'ils en sont les victimes.

— Les gosses… m'enquiers-je, un nœud obstruant subitement ma gorge.

— Giulia ? demande Alessandro.

La peur marquant ses traits me perturbe.

L'aime-t-il encore malgré tout, malgré ses déclarations ?

— Toni ! s'emporte mon architecte. Dis-moi qu'elle ne les a pas enlevés !?

Ses menaces constantes de les lui prendre me reviennent à l'esprit. *Elle ne peut pas l'avoir fait ?* Aussitôt, j'implore Dieu et tous les saints, moi, l'athée de service.

— Non, rien à voir, le rassure Toni. Aux dernières nouvelles, les enfants vont bien. Cela ne te concerne pas. Mais… Marie.

— Marie !? s'étonne Alessandro, tout aussi surpris que moi, car visiblement, l'agitation de son oncle ne peut s'expliquer que par une catastrophe.

Et pour ce qui me concerne, je pense avoir eu mon lot d'événements tragiques. D'ailleurs, quelle situation dramatique pourrait affecter Toni à ce point ? *Hormis quelque chose qui nous lie l'un à l'autre ?* Ma maison, ma mère biologique.

— Marissa ? murmuré-je.

Toni s'effondre subitement en larmes, se laissant choir sur le fauteuil le plus proche de lui. Je ne sais comment réagir face à sa souffrance évidente, face à cet amour manifeste pour ma mère malgré les années passées et l'absence de sentiments réciproques. Je me tourne vers Alessandro qui me semble aussi désemparé que moi par le lâcher prise du cinquantenaire. J'hésite à m'approcher de lui, partagée entre l'envie de l'étreindre pour le consoler et celui de le laisser exprimer ce trop-plein de douleur. Quant à moi, je refuse pour l'instant d'assimiler ce qu'elle laisse entendre. J'attends donc, muette et patiente, m'interdisant de le questionner. Provoquer une explication, je le sais avec certitude, me perturbera, nos fréquentes visioconférences et appels m'ayant, au fil de ces derniers mois, rapprochée de cette famille canadienne que j'apprécie malgré mon refus initial de laisser une place dans ma vie à Marissa et à Justin.

Mais un appel sur mon téléphone vient rompre le silence de la pièce, entrecoupé des seuls sanglots de Toni. Au bout du fil, ce sont ceux de mon demi-frère, assortis de sa supplique « s'il te plait, viens vite avant qu'il ne soit trop tard », qui m'agressent les tympans.

— Justin ? Qu'est-ce qui se passe ?

Yann, son père, prend le relai, son fils étant dans l'incapacité d'émettre le moindre son.

—… Je l'ignorais. Pourquoi ne m'en avoir pas parlé ? … Je comprends, mais… J'arrive. Je vous tiens au courant dès que j'ai trouvé un vol.

Toni a recouvré son calme et Aless saisit ma main.

— Je suis désolé que tu l'apprennes si tard et si brusquement.

— Tu savais ? m'étonné-je en dévisageant Alessandro.

— Je lui ai tout raconté il y a quelques mois, m'informe son oncle. Toi, Marissa m'a fait promettre de ne rien te dire. Au départ, elle voulait… mais tu étais si… réticente à la rencontrer, ou même à faire sa connaissance à travers son passé, qu'elle refusait que tu te rapproches d'elle par pitié. Alors pendant son séjour sur l'île, elle te suivait partout, en attendant de pouvoir te parler. D'après elle le traitement semblait marcher. Je n'étais pas au courant de l'aggravation soudaine de son état, elle me l'a également caché. Je comprends mieux pourquoi je n'avais pas de nouvelles depuis quelque temps malgré l'insistance de Yann. Je m'occupe des billets si tu veux bien, je… j'aimerais bien arriver au plus vite, la voir une dernière fois.

Sur ces dernières paroles, le timbre de sa voix teinté d'un immense chagrin, Toni nous quitte en prétextant des dispositions à prendre. Je ne doute pas qu'il en ait, mais je comprends son besoin d'être seul.

— Je viens aussi, annonce Aless, la porte à peine refermée.

— Oh, sûrement pas. Je ne pense pas que prendre un avion si vite soit très prudent, déclaré-je. Et les médecins n'accepteront jamais de te laisser sortir avant l'heure. Tu comprends bien que l'on ne peut pas attendre qu'ils te donnent le feu vert, que nous allons choper le premier vol qui se présentera.

— Je sais bien, c'est pourquoi je partirai contre avis médical, s'il le faut. De toute façon, je projetais de t'emmener à New York. Nous changeons juste de destination.

Je réalise soudain que ses plans tombent à l'eau et qu'encore une fois, il est tellement compréhensif.

— Aless…

— Non, inutile de tergiverser. Je refuse de te laisser surmonter cette épreuve toute seule. Un nouveau décès si vite après celui de ton père, même si ce que tu éprouves pour Marissa n'est pas aussi fort ni clair dans ton esprit, j'ai peur que…

— Je ne serai pas seule, j'ai Toni.

— Qui ne te sera d'aucun soutien. Regarde-le. Je m'inquiète pour lui également. Marie, je vous aime trop tous les deux pour ne pas être avec vous, insiste Alessandro en m'attirant à lui.

Mon Dieu... Pourquoi diable ça me brûle la langue de lui dire que c'est réciproque ? Et pourquoi je refuse de le dire ?

— Eh bien, d'après Yann, Marissa… ma mère… Ce n'est pas pour… J'ai un peu de temps, je crois. Son pronostic vital est engagé, mais elle ne va pas… Pas tout de suite…

Les mots adaptés ne parviennent pas à franchir mes lèvres, comme si les prononcer rendrait la situation plus réelle. Les mots fatidiques tels que : « Je t'aime » et « elle va mourir » se refusent à moi :

— Elle est en soins palliatifs et, en réalité, personne ne sait combien de temps ça peut prendre, tout traitement étant arrêté. Elle ignore que je viens, c'est le souhait de Justin. Il estime que sa fin sera sûrement plus douce si je suis à ses côtés, et je veux bien lui faire ce cadeau. Mon Dieu, quel gâchis ! Dire que j'aurais pu profiter d'elle depuis presque un an ! Si j'avais lu tous ses carnets avant et accepté de la rencontrer plus tôt, me désolé-je en regrettant ma passivité.

Alessandro m'étreint, caresse mes cheveux, et des larmes s'invitent, trempant sa chemise d'hôpital.

— Ne culpabilise pas. Tu sais bien qu'avec des si, on refait le monde. Et peut-être qu'avec d'autres choix, toi et moi… Tout aurait été différent. Notre relation n'aurait pas pris ce chemin. Tu aurais renoué avec elle et tu serais rentrée chez toi pour ne plus revenir.

Je me redresse, balaie mes larmes d'un revers de main et ancre mes yeux dans les siens. Oui, le destin m'a joué de drôles de tours et ramené sans cesse à cet homme, de mille façons – parfois cocasses –, m'offrant toujours de merveilleux moments en sa compagnie. *Enfin, le plus souvent.* Et pas forcément qu'en tant que sex-friend. Alessandro est bien plus que ça, il serait temps que je l'admette.

46 : Rien que pour elle

Alessandro

Quinze jours plus tard.

Je scanne l'endroit à la recherche de Marie et mon oncle. Face à la tombe tout juste couverte de terre canadienne, un septuagénaire et un adolescent reçoivent les condoléances d'une foule nombreuse qui se presse pour les leur présenter.

Impatient d'arriver après sept heures de vol et quatre de route, je n'ai encore prévenu personne de ma présence sur ce continent. N'apercevant toujours pas celle pour qui je suis là, je me résous à envoyer un message groupé à mes proches. Inquiet et fébrile, je pianote sur mon téléphone tout en laissant dériver mon regard sur cette vaste étendue harmonieuse de pelouse, bordée d'érables, que l'alignement de pierres tombales vient rompre. Ici et là, quelques bancs à l'ombre de ces arbres vénérables, symbole de ce pays, offrent un lieu de repos aux personnes endeuillées. Assise sur l'un d'eux, drapée dans une veste noire, les épaules voûtées, seule avec son chagrin qui, visiblement, l'accable, se tient celle que je cherche. Je la reconnaîtrais entre toutes. Même de dos.

Pourquoi diable Toni n'est pas avec elle ?

Quinze jours se sont écoulés depuis notre séparation. Malgré mes suppliques, les médecins m'ont unanimement refusé leur aval pour une sortie anticipée, estimant imprudent ma décision de prendre l'avion si tôt après mon traumatisme crânien. De plus, j'ai dû faire un passage au bercail pour rassurer mon père et mes enfants informés de mon accident.

Après quoi, impatient de rejoindre Marie, j'ai pris le premier vol en partance pour le Québec, ville la plus proche de La Malbaie, ma destination finale, à cent quarante kilomètres de là. Un voyage sans fin. Mais le besoin irrépressible de la soutenir dans cette épreuve a pris le pas sur les complications inhérentes à cette expédition. Je suis loin d'être frais comme un gardon et probablement peu présentable. Mais je me fiche de mon allure et des regards sur ma tenue chiffonnée, mes yeux cernés, la barbe qui me mange le visage, mon teint hâlé qui me donne un air de voyou corse ou sicilien, si on veut rester dans les clichés. D'un pas rapide, je rejoins Marie et pose ma main sur son épaule. Au tressaillement sous mes doigts, je comprends qu'elle pleure en silence. Je me penche, effleure la courbe de son cou d'un baiser et lui murmure un simple : « Je suis là ».

Son regard émeraude s'ancre dans le mien lorsqu'elle se retourne. Je ne dis rien, m'incline et embrasse ses lèvres entrouvertes au goût d'océan. Elle me rend mon baiser, crochète mon cou pour m'attirer à elle et je grimace, le dos douloureux par toutes mes heures de vol qu'accentue cette position inconfortable.

— Oh ! Pardon, s'excuse-t-elle en desserrant son étreinte.

Je lui souris, contourne le banc pour m'asseoir à ses côtés, allonge mes jambes pour les étirer et ramène sur ma poitrine mon bras blessé qui me tiraille, ce qui attire les yeux de Marie sur lui

— Tu ne dois pas le porter en écharpe ?

— Pas très commode pour conduire.

— Tu as loué une voiture ?

— Pas vraiment le choix.

— Que tu as conduite ? Tu ne viens pas de Montréal, j'espère ?

— Non, Québec et les voitures automatiques, c'est top.

— Mais tu as mal, maintenant. Tu aurais dû nous appeler et quelqu'un serait venu te chercher.

— Ce n'est pas vraiment le jour. Où est mon oncle ?

— Je ne sais pas. Il est parti en trombe une fois le cercueil en terre. Je voulais me lancer à sa suite, mais Yann estime qu'il a besoin d'être seul. À la différence de mon frère et lui, Toni n'était pas conscient de l'issue. Marissa lui a caché la gravité de son état tandis qu'eux ne l'ignoraient pas. C'est pourquoi ils l'ont laissée rentrer chez elle, en Corse, pour régler ses affaires, persuadés qu'elle ne se remettrait pas de cette récidive et des métastases que les traitements ne parvenaient pas à éradiquer.

— Son mari est plus vieux que je ne l'imaginais.

— Presque quinze ans de plus qu'elle. Un homme vraiment adorable auquel elle ne s'est confiée que tardivement, trop honteuse et coupable de m'avoir abandonnée, même si elle me savait épanouie avec mon oncle et ma tante. Et une fois elle-même heureuse et financièrement à l'aise, elle savait que m'arracher à Robin et Lydie les aurait dévastés. Elle me suivait à distance, aurait bien aimé que je sache la vérité sur ma naissance, mais… elle estimait que mes parents adoptifs devaient d'abord s'acquitter de cette tâche. Mais ceux-ci, visiblement, craignaient de me perdre, que je les abandonne pour vivre ici, à des milliers de kilomètres. Ce que je n'aurais jamais fait.

— J'ai cru comprendre que c'était des gens formidables et qu'ils t'ont inculqué de belles valeurs morales. Cependant, tu serais peut-être partie…

— Jamais, me coupe-t-elle alors qu'une rafale de vent tiède vient faire voler ses ondulations et ses boucles brunes se collent à ses lèvres. Je les dégage, effleurant sa bouche humide. Un appel aux baisers.

— Tu ne peux en être certaine et tu serais peut-être venue faire connaissance de cette mère pour mieux apprécier par la suite tes autres parents. Et quelque chose me dit que Marissa t'aimait assez pour ne songer qu'à ton bonheur, quitte à sacrifier le sien.

Un toussotement interrompt notre conversation. Je pivote pour découvrir Justin derrière nous.

— Marie, tu viens ? On rentre.

Celle-ci, à la requête de son frère, se lève, s'approche de lui, enserre la taille du malabar d'un mètre quatre-vingt-dix – probablement un joueur de hockey, vu sa silhouette – et tous deux se soutenant mutuellement dans leur chagrin commun, me donnant le sentiment de ne pas être à ma place, se dirigent vers l'homme qui les attend. Lorsque Marie constate que je ne leur emboîte pas le pas, elle stoppe, me tend la main que j'accepte, et notre trio insolite – deux hommes imposants encadrant une jeune femme minuscule – s'avance vers la sortie, accroché les uns aux autres.

Le mari de Marissa m'accueille d'une franche poignée de main en guise de bienvenue.

— Je suppose que vous êtes Alessandro Cantini, le chum[24] de Marie. Ravi de vous rencontrer. Marissa parlait souvent de vous.

— Oh, vraiment ?

— Forcément, le neveu préféré de son cher Toni, m'avoue-t-il dans un sourire sincère, loin d'être moqueur.

— Pour autant, il n'en a qu'un, ironisé-je le plus aimablement possible.

Repartie qui étire les lèvres du beau-père de Marie, l'appréciant visiblement.

— D'ailleurs, vous avez une idée d'où il peut être ?

— Il doit marcher le long du fleuve. Il y a passé beaucoup de temps cette dernière semaine, quand il ne supportait plus de voir Marissa…

Une larme lui échappe. Je sais que ces derniers jours ont été particulièrement douloureux. Marie pleurait souvent au téléphone et Toni évitait de me parler.

— Allons-y, nos amis doivent nous rejoindre pour un repas convivial durant lequel chacun évoquera notre Marissa à travers de belles anecdotes.

— Je dois d'abord chercher un hôtel, décliné-je en lui montrant mes vêtements froissés par l'interminable voyage

— Sûrement pas ! Les amis de ma femme ne vont pas à l'hôtel.

— Mais vous avez probablement de la famille à héberger…

— Vous êtes le chum de Marie...

---

[24] Petit ami en québécois

— Cela veut dire petit ami, ici, me souffle Marie à l'oreille. *L'amant, le sex-friend, j'en conviens, mais le petit ami ?*

Un titre que j'aimerais arborer si Marie y consentait.

— Bien sûr ! annonce cette dernière, me laissant pantois. Je prends le volant et nous irons récupérer Toni là où il se cache.

— OK ! À tout de suite, les amoureux ! lâche Yann en nous adressant un clin d'œil chargé de sous-entendus.

— Tu sais conduire une automatique, au moins ? m'inquiété-je chemin faisant vers le parking.

— Tu rigoles ? Y a pas plus facile ! Un peu de repos ne nuira pas à ton bras, monsieur l'invalide, se moque Marie.

J'avoue qu'ayant présumé de mes capacités physiques, j'apprécie sa proposition. Mon poignet me fait un mal de chien et je suis épuisé. Je ne vais pas la jouer « homme des cavernes qui se veut viril en toute circonstance » et admets ouvertement avoir mal évalué mes aptitudes.

— Tu aurais dû m'appeler ou prendre un taxi.

— J'étais impatient de te rejoindre. Tu m'as manquée et je regrette de n'avoir pu arriver plus tôt.

— Toi aussi, tu m'as manqué… je… tu… bafouille-t-elle en évitant mon regard.

Je la bloque contre la voiture, relève son menton pour l'obliger à croiser mon regard.

— Marie, je ne supporte plus d'être éloigné de toi, de me contenter d'entendre ta voix. Je veux passer chaque minute à tes côtés, être là pour te soutenir, t'encourager, partager tes moments de joie et de peine, t'aimer sans contraintes et pas qu'épisodiquement lors de week-ends ou de tes disponibilités.

— Aless… tente-t-elle de m'arrêter alors que des larmes de joie – je veux croire – et de peine mêlées inondent ses joues.

— Non, écoute-moi, s'il te plait. Je sais que tu as peur, mais je sais que tu ressens la même chose.

Elle lâche un rire nerveux chargé de sanglots. C'est à cet instant que je devine que sa carapace est complètement brisée.

— Je veux que tu viennes vivre avec moi et les enfants.

— Qu…

— Ne m'interromps pas, s'il te plait. Ou chez toi, dans un premier temps, si tu ne te sens pas encore prête à t'installer avec nous. Quoi que tu décides, je respecterai ton choix, mais… ne me demande pas de rester ton sex-friend. Je ne veux pas de ce titre. Je veux être réellement ton petit ami, ton compagnon de route, que nous nous engagions ensemble et nous projetions sur l'avenir. J'aimerais que tu me fasses confiance. Je ne suis pas Stéphane et si… cela ne marche pas entre nous… nous reprendrons nos vies, sans crises, comme les personnes civilisées que nous sommes.

47 : Conclusion heureuse

Marie

Je m'avance et dépose un baiser sur ses lèvres pour interrompre son discours éloquent, frissonnante de joie et de crainte de m'engager, d'accepter sa proposition. *Advienne que pourra,* me lance ma conscience. Mais qu'il évoque la possibilité d'un échec m'effraie bien plus que l'engagement. Je n'en supporterai pas un nouveau, ou plutôt la perte qu'il engendrerait. Une de plus dans ma vie actuelle dans laquelle elles s'enchaînent : maman, papa, ma mère biologique. Je ne pourrai psychologiquement pas en encaisser une de plus. Je ne le perdrais pas uniquement lui, mais aussi Livia et Lisandru, deux enfants auxquels je suis attachée, blessés par le désamour d'une mère. Ils ne méritent pas d'espérer et voir leur rêve se fracasser avec une nouvelle séparation. Raisons pour lesquelles je ne parviens pas à laisser libre cours à mes sentiments amoureux, sans parler de mes doutes à devenir une bonne mère pour eux, de trouver ma place dans la dynamique familiale. Celle qu'Alessandro m'accorde pourtant aujourd'hui sans restriction.

— Un pas après l'autre, tu veux bien ? me contenté-je de répondre à sa requête.

— Tu…

— Laisse-moi encore un peu de temps… Je… là, tu vois... Avec le décès de Marissa, je n'ai… me défaussé-je en m'insultant intérieurement.

J'aime cet homme, c'est certain. Mais la disparition trop prématurée de ma mère biologique, avant que j'apprenne à la connaître mieux comme je le projetais, me bouleverse et je n'ai pas vraiment le cœur à songer à mon avenir sentimental, même avec un homme prêt à faire plus de six mille kilomètres pour venir me soutenir dans un des moments les plus importants de mon existence. Je suis certaine que mon ex ne l'aurait jamais fait, alors que nous étions en couple depuis deux ans et qu'Alessandro et moi nous fréquentons depuis peu. Et le voilà face à moi, son regard exprimant de sincères émotions, je n'en doute pas une seconde. J'aimerais tant que tout cela m'arrive dans d'autres circonstances. Des circonstances qui me permettraient de lui sauter au cou.

— Je te demande pardon. Quel con, je fais ! Te faire cette proposition en un moment pareil ! s'excuse Alessandro en nichant son nez dans le creux de mon cou.

Son souffle chaud et son corps moulé au mien réveillent mon désir pour lui ; la chaleur irradie dans mes veines, comme à chaque fois qu'il m'étreint. L'alchimie physique se déploie entre nous et l'envie de me perdre dans ses bras flamboie au creux de mon ventre. Je ne peux nier cette attirance corporelle qui nous lie, et probablement ce quelque chose de plus que je peine à accepter, à la différence d'Alessandro. Mais l'heure n'est pas à l'assouvissement de plaisirs coupables. Mon frère et mon beau-père nous attendent et il nous faut retrouver Toni traînant quelque part son immense peine.

— Allons chercher ton oncle. Il est temps pour lui de nous rejoindre, déclaré-je en m'extirpant de cette douce étreinte pour me glisser au volant tandis que mon bel architecte prend place à mes côtés.

Le pauvre, il en encaisse des râteaux à cause de moi…

— Tu es sûre de savoir où le trouver ?

— Il ne peut être qu'au Cap-à-l'Aigle, le port de plaisance à dix minutes à pied de la maison. Il aime se rendre à la marina, écouter le ressac sur les bateaux. Il dit que ça le détend et s'y sent proche de Marissa qui, elle aussi, aimait l'endroit. Ils ont beaucoup discuté avant qu'elle ne sombre dans le coma.

Le trajet est silencieux. Le mode « drive » de cette voiture automatique me permet de garder la main d'Aless dans la mienne.

— Tiens, regarde, sa voiture de location est là. Tu veux aller le chercher ou on y va tous les deux ?

— J'aimerais quelques instants seul avec lui.

J'hoche la tête et laisse Alessandro rejoindre son oncle. Il appréciera certainement ce moment d'intimité durant lequel il pourra sûrement laisser son chagrin s'exprimer sans retenue.

Un quart d'heure plus tard, les deux hommes sont de retour. Je suggère qu'ils montent ensemble en voiture, pour leur laisser encore un peu de temps, à moins que je ne fasse cette proposition pour moi seule, incapable de gérer la bouffée d'émotion qui me submerge à la vue de mon amant soutenant son oncle effondré.

Durant les cinq minutes de trajet, seule au volant, mon cerveau carbure et mon cœur m'incite à prendre conscience de ce que je me refuse d'admettre. Tout en Alessandro me touche : sa sollicitude et son investissement envers les autres, l'affection portée à ses enfants, ses valeurs morales, son esprit de famille. En résumé, l'intégralité de ce que je rêve de trouver chez un homme avec qui partager mon quotidien. Aujourd'hui, le regard que je porte sur lui est bien différent de celui de notre première rencontre, brutale, sèche et déplaisante. Au fil du temps, sa personnalité m'a séduite et malgré le passé ayant entaché les liens entre Poli et Cantini, un père qui me déteste cordialement pour tous nos antécédents familiaux, je suis amoureuse. Mais malgré son indéfectible soutien dans toutes mes galères, une peur sournoise persiste à me torturer, celle de ne pas être à la hauteur, celle d'être abandonnée.

Yann accueille notre retour avec un plaisir non dissimulé et Toni d'une franche accolade. Qui mieux que lui peut comprendre ce que ressent un homme amoureux de Marissa depuis des décennies ? *Il est, quand même, large d'esprit pour l'accepter autant. Il devait avoir une confiance aveugle en Marissa.*

Justin m'accoste alors que je me dirige vers ma chambre, le bagage d'Alessandro à la main.

— Ce type, tu vas l'épouser ?

— Quoi ?!

— Tu l'aimes ? poursuit le curieux.

— Eh ! C'est quoi, cet interrogatoire ?

— En tout cas, lui oui. Y a qu'à voir comment il te regarde. Ne joue pas avec lui. Ne fais pas comme maman avec Toni.

— Justin ! m'indigné-je. Marissa n'a jamais joué avec Toni, elle l'aimait comme un frère !

— Et lui a brisé le cœur. Regarde-le !

— Les amis souffrent aussi de la perte, tu sais. Tu peux la lire sur les visages des gens ici présents.

— Je ne dis pas le contraire. Mais chez Toni, sa souffrance est aussi forte que celle que je ressens, j'en suis sûr. Alors laisse-moi te donner un conseil, sœurette. Prends ta décision en ton âme et conscience, et si tes sentiments ne sont pas à la hauteur de ceux de cet homme qui a traversé l'océan pour être là, laisse-le partir. L'amitié, lorsque l'un aime l'autre, ça ne peut pas fonctionner.

— Eh bien, te voilà bien philosophe pour un jeune homme de dix-huit ans ! m'exclamé-je, sourire forcé aux lèvres, embarrassé par ces propos bien sérieux dans sa bouche.

— J'ai vécu un truc du genre, c'est pas cool du tout, m'avoue-t-il en passant sa main décorée de chevalières rock dans ses cheveux.

— Oh ! me contenté-je de répondre, ne trouvant pas les mots pour réconforter ce jeune homme déjà blessé par les tourments amoureux.

— Ne t'inquiète pas, je m'en suis remis. Et tu vois la blonde, là-bas, je crois que je pourrais me consoler dans ses bras ou avec Mandy ou Stessy, me rassure-t-il d'un clin d'œil plein de sous-entendus.

Visiblement, il n'aura que l'embarras du choix, même si je doute que les sentiments soient de la partie. Mais à son âge, on ne peut le lui reprocher.

J'abandonne mon frère, qu'une de ses fans vient d'alpaguer, pour ranger la valise d'Alessandro sur mon lit. Quand je m'apprête à le rejoindre, je découvre celui-ci accoudé au chambranle de la porte, traits tirés, teint blafard.

— Tu devrais t'allonger un moment, tu as une sale tête. Tu veux un antalgique ?

— Oh oui, je vais suivre ton conseil, je ne tiens plus debout. Idem pour le calmant. Mon bras me lance trop.

Lorsque je reviens de la salle de bains, je trouve mon beau Corse endormi à même le dessus de lit, son bras blessé masquant ses yeux. Une bouffée d'émotions me saisit. Je m'approche après avoir verrouillé la porte derrière moi et me coule au creux de son épaule. Sa main valide s'accroche à la mienne posée sur son ventre. Un soupir de bien-être lui échappe, et m'assaille le sentiment que je suis à ma place et souhaite y rester à jamais.

Oui, je suis amoureuse d'Alessandro Cantini. Oui, je désire partager son quotidien, l'aimer et choyer ses enfants sous le bleu du ciel corse, sur les hauteurs de Monticello ; apprécier le panorama époustouflant sur la baie d'Ile Rousse, de sa demeure ou de la mienne, mon héritage, qui a mis sur ma route, celui que je suis certaine d'aimer pour l'éternité.

— Je t'aime, déclaré-je à voix haute pour m'imprégner de la sonorité de ces mots, persuadée que celui à qui ils s'adressent dort.

— Je sais… et ça valait le coup de faire 7000 kilomètres pour enfin te l'entendre dire, me répond mon Corse en me basculant sur lui. Tu veux bien venir vivre avec nous ?

Je consens d'un mouvement de tête.

— Chez toi ou chez moi ?

— Chez toi, affirmé-je sans hésitation.

— Et qu'est-ce que tu vas faire e de ta maison ? Le louer ?

— Non, un centre d'accueil transitoire pour jeunes ados enceintes en difficultés, le temps qu'elles trouvent une solution.

C'est comme si Marissa m'avait soufflé l'idée, telle un ange gardien venu dire au revoir.

— Waouh ! Tu as décidé ça depuis longtemps ? s'étonne mon amoureux.

— À l'instant. C'est… comme une évidence, même si je ne sais pas du tout comment m'y prendre ni ce que cela va impliquer comme démarches et investissements, avoué-je dans un éclat de rire. Mais pour l'instant, j'ai d'autres projets. Un truc juste entre toi et moi.

Aless me regarde avec un tel amour que j'en suis ébranlée. Passant sa main dans mes cheveux, il me susurre ces mots parfaits :

— Je t'aime, toi et tes projets.

Et je fonds sur lui pour le déshabiller.

Nos vêtements sont de trop pour ce que j'envisage.

48 : MES ENVIES, MES PEURS

Marie

Mes sentiments envers Alessandro acceptés, je peine toutefois à me débarrasser de mes craintes. Devenir la maman d'une petite fille de onze ans et d'un petit bonhomme de trois m'effraie, bien que je sache que Livia et Lisandru m'accepteront facilement. J'occulte totalement Dominique Cantini de l'équation. Avec lui, le combat est perdu d'avance, je ne tenterai jamais de modifier son opinion à mon égard. Impossible avec un rustre pareil. J'espère juste ne pas créer une brouille entre le père et le fils, d'autant que les enfants, en particulier Livia, sont très attachés à leur grand-père.

De nombreuses personnes se réjouiront pour nous, Inès en tête, et je pressens déjà l'avalanche de ses « Je le savais » dont elle va m'abreuver. J'imagine également le sourire ravi de Louise lorsqu'elle me verra débarquer pour ne plus jamais repartir. J'espère que ma décision égaiera le moral de Toni, très marqué par le décès de ma mère que nous avons tous deux accompagnée dans les dernières semaines de sa vie. Avant de me quitter définitivement, elle m'a arraché une promesse. Bien qu'elle me coûte, je n'ai pu qu'y accéder. Elle rejoint le souhait de Robin, celui que je considérerai toujours comme mon père. Mais pour lui et pour Marissa, je ferai l'effort de renouer avec ma famille paternelle. Pour eux. Même si que je m'en acquitte ou pas ne les affectera pas. Mais un engagement est un engagement, et j'ai pour précepte de toujours m'y tenir.

— Un sou pour tes pensées !

Je pivote vers Alessandro, allongé à mes côtés, qui me ramène à l'instant présent. Sa main posée sur mon ventre nu, ses jambes entrelacées aux miennes, il vient de se réveiller tandis que moi, je cogite depuis un bon quart d'heure en fixant le plafond.

— Qu'est-ce qui se passe sous ce charmant petit crâne ?

— Rien de plus que d'habitude.

— Mais encore ?

— Bah, une foule de questions tourneboulent, assorties d'appréhensions…

— Je ne suis pas Stéphane.

— Je sais.

— Tu t'inquiètes pour les enfants ?

— Pas vraiment, juste que j'ai peur de ne pas être à la hauteur. Prendre la place de leur mère…

Alessandro bascule pour me chevaucher, ancre son regard dans le mien.

— Tu n'ignores pas que Giulia n'en avait que le nom pour les avoir mis au monde.

— Et toi, tu as longtemps joué les deux rôles. Quelle place m'accorderas-tu ?

— Oh, je vois ! Eh bien, celle que tu voudras prendre. Probablement serons-nous parfois en désaccord face à certaines situations, mais cela n'aura rien à voir avec le fait que tu sois leur belle-mère.

Je déglutis bruyamment tant j'ai la trouille.

— Tu es sûr ?

— Absolument. D'ailleurs, je suis persuadé que Livia me remettra à ma place si je viens à dépasser certaines limites, comme elle l'a déjà fait alors qu'elle te connaissait à peine.

— C'est vrai que tu n'as pas été tendre avec moi.

— Mais tu étais super chiante avec ton côté « miss catastrophe » en plus d'être une Poli.

Regard complice puis petit coup de ma part là où il n'est pas blessé.

— Pourtant, c'est bien toi qui as souhaité que nous devenions « sex-friends ».

— Toni estimait que je ne devais pas te laisser t'échapper. Je crois que Marissa aussi espérait une issue de la sorte.

En effet, ma mère se réjouissait de ma relation avec Alessandro, sans pour autant me pousser à admettre mes ressentis. Je regrette qu'elle ne puisse partager avec nous la conclusion de cette rencontre que je lui dois, même si lorsqu'elle a conçu l'idée de se faire connaître, espérant me côtoyer alors qu'elle savait son heure proche, elle et Toni n'imaginaient pas cet épilogue.

Ce complice de toujours l'avait aidée dans la mise en place des coffrets dans la demeure familiale. Sa présence sur les lieux, près de celle de son neveu, n'a interpellé personne, même pas Louise, la plus proche voisine. Quoique ! Me revient en mémoire sa réflexion après la lecture de la lettre reçue du notaire, son « J'ai une petite idée, mais malheureusement, ma grande, je ne peux pas la partager avec vous. Pour l'instant ». En sait-elle plus qu'elle ne l'a laissé croire ? A-t-elle surpris Toni dans ma maison ? Ce n'est plus très important à cette heure, mais curieuse, je lui poserai la question à l'occasion.

— Qui aurait cru qu'après que tu m'aies jetée dehors comme une malpropre, je puisse revoir mon opinion sur toi.

— Hum, j'avoue que la mienne…

— Ce n'était pas ma faute, mais celui de cet encombrant héritage que j'ai détesté à la minute où j'y ai mis les pieds ! Une source d'emmerdements et de rencontres désagréables. Dire que je devais régler cette affaire à distance !

— Nous ne nous serions jamais rencontrés.

— On devrait peut-être remercier Stéphane, suggéré-je, le ton un brin moqueur.

— Excellente idée ! Si je lui envoie un mail du genre « Merci d'avoir baisé ta secrétaire. Grâce à toi, j'ai rencontré la femme de ma vie et la mère de mes enfants nés et à venir ». Tu crois qu'il appréciera ?

Je pouffe, imaginant la tête de Stef à la lecture d'un tel message.

— Tu te sens mieux, maintenant ?

— Oui, je suis toujours apaisée entre tes bras.

— Il me tarde de te ramener à la maison et d'annoncer la nouvelle à Livia.

— J'ai promis de rester une petite semaine de plus, m'excusé-je, contrite.

— Je sais et je comprends que tu aies besoin de passer du temps avec ton frère, me rassure Alessandro en nichant son visage dans le creux de mes seins.

En effet, c'est important pour moi, ayant trop longtemps retardé ce moment et, de ce fait, perdu l'occasion de mieux connaître ma mère avec laquelle je ne dialoguais que trop courtement. Raison pour laquelle je veux créer du lien avec ce frère qui n'habite pas la porte à côté.

— Si tu restais avec moi jusqu'à ce que je rentre ?

— J'aimerais bien, mais…

— Mais tu n'aimes pas rester loin des enfants trop longtemps, complété-je.

— D'autant que Giulia rode et je crains toujours qu'elle échafaude un plan diabolique. J'espère que cela ne t'effraie pas ?

— Oh, elle ? Je crois que maintenant, j'arriverai à la gérer. Je ne vais pas laisser cette sorcière nuire à qui que soit qui m'est cher, assuré-je en me redressant sur un coude. C'est juste que les animaux morts, ça va pas le faire longtemps et qu'il va falloir trouver une solution pour qu'elle s'arrête. En plus, elle a dû se débrouiller pour lire les lettres de Marissa, même si je me demande comment, car elle signe chacune de ses menaces par « Avec amour. M », tout comme le faisait ma mère. Je n'ai jamais compris pourquoi pour le coup, c'est sûrement une forme d'humour ou je sais pas trop.

Bizarrement, cette signature n'était pas sur toutes les lettres de menace. Elle est apparue depuis que je couche régulièrement avec Alessandro et la trouver sur les petits mots épinglés avec les cadavres de bestioles m'a beaucoup ébranlée. Associer amour et mort, c'est vraiment dégueulasse et pervers.

— Tu penses qu'elle est entrée chez toi ?

— Elle ou quelqu'un d'autre. On n'a pas fait installer d'alarme et souviens-toi, la trappe qui mène à la cave n'est pas cadenassée et par là, on peut rejoindre la cuisine.

— C'est vrai…

— Eh oui, Monsieur l'architecte. Entre toi et Louise qui assurent qu'il n'y a pas de voleurs !

— Rien n'a été volé que je sache.

— Non, mais quelqu'un a lu mes carnets, et utilise la signature de Marissa pour me déstabiliser.

— Écoute, on peut rien faire d'ci, donc si on oubliait momentanément les gosses et Giulia pour profiter de cette dernière journée ensemble ?

— En faisant quoi ? demandé-je innocemment, tout à fait consciente de ses projets plus qu'évidents, sa bouche gobant déjà mon mamelon.

Un sourire goguenard ourle ses lèvres alors qu'il abandonne mon sein, lève les yeux vers moi et que ses doigts s'introduisent dans mon intimité moite de désir. Un gémissement de plaisir m'échappe.

— Je pense que tu vas apprécier le programme que je vais te concocter.

Je n'en doute pas une seconde.

*

Deux jours plus tard.

Toni et Yann s'étreignent dans une accolade virile, puis ce dernier lui murmure quelques mots à l'oreille et Justin fait de même une fois qu'il prend la place de son père. J'assiste de loin à ses échanges privés, lovée contre le torse d'Alessandro dont le départ me coûte.

— Hâte de te voir rentrer, soupire mon amoureux, peu enclin à se défaire de mes bras qui l'enserrent.

— Une semaine, c'est vite passé. Et ce n'est pas comme si c'était la première fois que nous sommes séparés. Jusqu'à présent, je vivais à Paris et toi sur l'île.

— En effet, mais maintenant que je sais que tu ne vas plus me quitter, l'impatience me gagne. Pas toi ?

— Évidemment que si ! En attendant, prends soin de Toni, tiens-le éloigné de ton père. Il n'a pas besoin de quelqu'un de toxique à ses côtés.

Les hauts parleurs annoncent leur vol et après un dernier baiser, Alessandro et son oncle se dirigent vers les portes d'embarquement tandis que mon frangin pose son bras autour de mes épaules dans une étreinte chaleureuse.

— Il te manque déjà, le copain[25] ? se moque mon hockeyeur de frère. Pourquoi t'es pas rentrée avec lui, alors ?

— Parce que je veux passer du temps avec toi, que tu me parles de cette mère qui a choisi de faire quelques sacrifices à un moment difficile de sa vie, et ce pour mon unique bonheur.

— Si tu crois qu'une semaine suffira !

— Justin a raison. Il te faudra revenir, intervient son père en nous rejoignant.

— Ou que lui vienne découvrir la Corse, le pays d'origine de sa mère, décrété-je.

— Tu m'invites chez toi ? s'étonne Justin.

— Chez nous. Ma maison est aussi la tienne.

— Mais tu en es l'héritière en tant que Poli.

— Toi aussi, t'es un Poli, frangin !

---

[25] Autre terme familier pour amoureux en québécois.

49 : L'AMOUR EN HÉRITAGE

Alessandro

Comme prévu, Livia jubile lorsque je lui annonce la nouvelle. J'apprends avec stupeur qu'elle espérait depuis longtemps que cette mystérieuse Marie, à qui s'adressait le courrier dans les boîtes enterrées, débarque un jour et me rencontre.

Elle s'était inventée de toutes pièces une histoire digne des contes de fées que je lui lis le soir, en avait même fait part à Louise. Ma gamine, grande rêveuse, aspirait à ce que nous soyons heureux et que je trouve une femme qui nous aimerait comme il se doit.

Je comprends désormais son comportement à l'arrivée de Marie et décode à posteriori les clins d'œil adressés à Louise lors de certains moments passés en sa compagnie. Je ne saurais dire si son attitude envers notre encombrante voisine a favorisé notre rapprochement et si, sans elle et Toni, nous nous serions rapprochés. Nos goûts personnels diffèrent. Mais si je peine à supporter l'effervescence des grandes villes, Marie, la citadine, apprécie nos promenades à travers mon île que je ne quitterais pour rien au monde, une des sources de conflit avec Giulia qui pourtant en est originaire. Cependant, pour celle que j'aime dorénavant, je suis prêt à quelques sacrifices, ce que j'ai toujours refusé de faire avec mon ex.

À peine Livia informée de nos projets de vie commune, validés par Marie, ma fille se précipite vers la porte en sautillant. Je l'intercepte en la saisissant par son t-shirt.

— Mais où tu vas comme ça ?

— Dire à Louise que tout s'est réalisé comme je voulais !

Je la relâche et la laisse filer, retenant Lisandru, toujours dans les jambes de sa sœur, qui s'élance à sa suite.

— Toi, tu restes là, mon bonhomme.

Celui-ci rechigne un peu avant de se laisser distraire par la musique diffusée par la radio.

Cinq minutes plus tard, Livia revient accompagnée de Louise.

— Alors, c'est vrai ce que me raconte Liv ? s'enquiert l'octogénaire. Vous allez vous marier ?

— Si on pouvait éviter de mettre la charrue avant les bœufs !

— Mais vous allez vous marier, hein, papa ?

— Écoute, ma princesse, on n'a pas encore parlé de ça. Pour l'instant, il y a d'autres trucs à régler.

— Oui, mais un jour, tu le feras ? Comme ça, maman ne pourra plus nous prendre.

— Un mariage avec Marie ne changera rien à l'envie de ta mère de vous récupérer…

— Oui, mais si Marie m'adopte…

— Chérie, c'est très compliqué tout ça. Ce que je peux t'assurer, c'est que je ne laisserai pas ta mère vous enlever à moi. Le juge m'a accordé la garde parce qu'il estime que c'est le mieux pour vous. Donc ne t'inquiète pas, Principella.

— Allez, poupée, intervient Louise vêtue d'un tablier fleuri, tu l'as, la maman de tes rêves, mariée ou pas à papa. Ce n'est pas bien important, ça.

À ces mots rassurants, le sourire revient sur les lèvres de Livia qui part rejoindre Lisandru qui se dandine au son de la musique.

— Je suis vraiment heureuse pour vous tous. Je ne te l'ai jamais dit, mais ton ex-femme, personne ne l'aimait dans le quartier, avec ses grands airs. Quelle teigne ! Je sais qu'elle déblatère sur toi dès qu'elle peut, mais dernièrement, elle s'est vertement fait remettre à sa place, à ce que m'a raconté Ornella. À ce qu'elle a entendu dire, ton ex revient de plus en plus souvent sur l'île, alors qu'on la voyait si peu. Mais je pense que, vu comment on la traite, elle va vite remballer ses affaires et retourner à son New York qu'elle « adoreee », conclut Louise, se dirigeant vers la sortie en mimant Giulia.

La main sur la poignée, elle marque un temps d'arrêt et se met à chantonner les paroles d'une mélodie que diffuse la radio.

« *J'ai reçu l'amour en héritage, un matin au pays des cigales…*[26] »

— Quelle drôle de coïncidence d'entendre cette chanson, juste aujourd'hui en plus, ajoute-t-elle.

— Je ne comprends pas.

— Non ? Eh bien, c'est ce qu'a reçu Marie en plus de sa maison, explique l'octogénaire, sourire aux lèvres. Le plus beau des cadeaux !

— En effet, admets-je.

— Toute à ma joie, je ne t'ai pas demandé des nouvelles de ton oncle. Je n'ose imaginer ce que lui et Marie ressentent face à cette perte, surtout pour la petite qui venait à peine de retrouver sa mère. Ils sont sympathiques, ces Canadiens ?

— Ils sont réputés pour être très accueillants et je confirme, ils le sont. Mais, je n'ai pas vraiment eu l'occasion de faire leur connaissance. Je ne suis pas resté assez longtemps. Mon oncle en dit beaucoup de bien.

— D'après Livia, Marie souhaite faire plus ample connaissance avec cette branche familiale. Elle-même m'avait avoué qu'elle désirait entretenir des relations avec ce frère, alors qu'elle refuse de fréquenter sa famille paternelle.

---

[26] Paroles de la chanson L'amour en héritage, chantée par Nana Mouskouri et générique de la série du même nom

J'ignorais que Marie s'était autant confiée à Louise, mais je n'en suis pas surpris ; les deux femmes s'entendent bien et se sont mutuellement rendues visite lors du dernier séjour de Marie.

— C'est compliqué sachant qu'ils sont responsables de son abandon, même si elle a été choyée par son oncle et sa tante qui, visiblement, ont été pour elle des parents formidables, l'informé-je.

— Eh bien, elle qui se prétendait seule au monde, la voilà qui se retrouve avec une nuée de frères et sœurs et des enfants ! commente Louise dans un éclat de rire en tirant la porte derrière elle.

Et je pense que tout cela l'effraie, qu'elle craint de se retrouver au centre d'une grande famille et de ne pouvoir gérer cette nouvelle situation. Mais nous serons là, moi et les gosses, pour l'aider à trouver sa place. Seule ombre au tableau : mon père, qui lui, ne l'acceptera jamais. Une dispute se profile à l'horizon et j'espère qu'elle ne se conclura pas par une rupture de notre relation.

Mon portable vibre dans ma poche et je souffle en découvrant le nom qui s'affiche, comme si mon paternel avait lu dans mes pensées. J'hésite à lui répondre, n'étant pas vraiment prêt à en découdre avec lui. Mais refuser la discussion n'est pas une option, reculer pour mieux sauter non plus. Je demande à Livia de veiller sur son frère et m'éloigne pour m'installer sur un banc dans le jardin qui jouxte celui de Marie tant je crains une conversation houleuse.

— Espèce de traitre ! lance-t-il sans préambule, à peine ai-je décroché.

OK ! Il sait déjà ! Les rumeurs vont vite.

— Je te préviens, jamais elle ne remet les pieds ici ! Tu m'entends ? poursuit-il avant que je puisse prononcer le moindre mot. Comment tu peux faire ça ?! Que tu la baises, passe encore, mais que tu envisages de vivre avec… avec cette fille… dont la mère…

— Tu vas arrêter tes délires, OK !? le coupé-je en veillant à ce que les enfants ne soient pas là à écouter. Marissa n'est responsable de rien, et sa fille encore moins.

— Si tu crois que je vais m'asseoir face à cette gonzesse dont les ancêtres sont responsables de tout ce qui nous est arrivé.

— Responsables de quoi, hein ? Gabriel a fait une chute mortelle, ça arrive quand on fait de l'escalade. Notre maison a brûlé ? Idem.

— Tu oublies l'accident qui…

La colère flamboie soudain à l'allusion à la mort de ma mère et ma sœur.

— Quoi ? Tu vas me dire que les Poli ont saboté ta voiture pour se venger de la mort de Vicente ? ricané-je, furieux.

— Pas imposs…

Je le coupe avant qu'il confirme une telle aberration.

— Tu étais probablement saoul, comme souvent à cette époque. Je me demande comment maman ne l'a pas vu.

— Sale insolent ! Comment oses-tu… tonne mon père que j'interromps à nouveau.

— Comment peux-tu te regarder dans la glace et trouver des excuses à tous tes échecs en incriminant une famille qui n'est pour rien dans les drames du passé, et encore moins sa descendance. J'aime Marie et ton opinion m'importe peu. Donc fais-toi une raison, parce que j'envisage de vivre avec elle. Peut-être même l'épouser. Et Livia est ravie de l'avoir pour maman.

— Elle a déjà une mère. Là encore, tu n'en as fait qu'à ta tête et rejeté mes conseils, grogne mon père. Tu as largué Giulia quand elle a voulu revenir, et...

Soudain, ses derniers mots me glacent le sang.

— Qu'est-ce que tu viens de dire ?

— Qu'elle avait déjà une mère ! tonne mon père à l'autre bout du fil.

Je me lève brusquement pour arpenter le jardin de long en large, troublé par ce que je pense comprendre.

— Non, après ça. Tu as dit que parce que j'ai jeté Giulia… Comment tu es au courant de ça ? Je ne t'en ai jamais parlé.

— Je... euh… Non… enfin…

Mon pressentiment se précise et me donne la nausée.

— Je veux que tu me dises ce que tu as fait. Tout de suite ! m'emporté-je.

— Tu n'es pas en mesure de…

— Papa, je te jure, sur la tombe de maman et d'Olivia que si tu ne le fais pas, tu ne reverras jamais mes enfants.

À ces mots, des sanglots me parviennent. Bon sang ! Mon père pleure et marmonne des mots que je ne comprends pas. Je me demande s'il n'est pas, une énième fois ivre mort.

— Calme-toi et explique-toi tout tranquillement, le coupé-je en fermant les paupières, épuisé et paniqué.

— Ce n'est pas ma faute. Giulia m'a forcé.

— Comment ça, elle t'a forcé ? Forcé à quoi ?

— Elle a débarqué chez moi le lendemain du jour où tu l'as virée. Elle m'a dit que cette Marie avait détruit votre couple, alors qu'elle venait pour le sauver, mais surtout qu'elle était violente et qu'un jour elle ferait du mal aux petits. Elle m'a montré son cou, avec des traces… de doigts, d'étranglement. Elle m'a dit que c'était la fille de Marissa qui lui avait fait ça.

Nom de Dieu ! La migraine menace. J'arrive pas à croire qu'elle ait fait ça !

— Je suis devenu fou à l'idée que cette pétasse puisse lever la main sur tes bébés si tu continuais à la fréquenter. J'étais en rage, tu comprends ? Mais moi, je voulais aller à la police. Pour dénoncer une agression. Elle m'en a empêché, m'a dit que nous allions régler ça en famille, qu'elle allait trouver une solution, qu'elle était juste venue pour que je sache à quoi m'en tenir avec cette Poli. Comme si je le savais pas déjà, ne peut-il s'empêcher de préciser. Quelques jours plus tard, elle est revenue, accompagnée d'un molosse. Et là ils m'ont présenté leur plan. Même si je voulais faire quelque chose pour virer la Poli, j'étais pas très emballé par tous leurs projets, et du coup je me suis trouvé un peu embrigadé, quand même.

— À faire quoi, papa ? demandé-je en essayant de contenir la colère grandissante qui m'habite.

— Ben, j'ai fait des recherches sur la petite de Marissa.

— Putain, papa… Qu'est-ce que tu as fait ?

— Je suis allé chez Marie pour fouiller, comme Livia m'avait raconté pour les boîtes, j'ai voulu savoir ce qu'il y avait dans les cahiers. J'ai dû appeler un taxi, heureusement Pino est un pote, qu'il pose pas de questions. Il est revenu me chercher plus tard dans la nuit. Tous les volets étaient fermés, personne ne nous a vus. J'ai lu les lettres de cette salope de Marissa, ce qu'elle osé dire de Gabriel. Y avait pas grand chose pour aider Guilia. Mais elle a dit que ça lui donnait une idée.

Je comprends soudain le, « Avec amour, M » en signature.

— C'est toi du coup, les lettres ?

— Oui, certaines

— Mais comment t'as pu faire ça ?

— Non, mais j'ai voulu arrêter quand c'est allé trop loin.

— Trop loin, avec l'idée des animaux morts. C'est pas une idée à toi ?

— Non, c'est elle. Elle a séduit le fils Brazzio et chaque fois qu'il part à la chasse, il lui ramène ce qu'elle demande. Mais c'est rien, ça.

— Comment c'est rien ? m'enervé-je.

— J'ai voulu arrêter après le coup de la voiture. Et là, elle m'a menacé. J'ai… Figliu, j'ai eu peur. Peur de ne plus voir les petits. Et aujourd'hui tu fais pareil !

— Attends, deux secondes, je comprends pas. C'est quoi cette histoire de voiture ? Et comment elle a pu faire tout ça, alors qu'elle était à New York …

— Un jour elle m'a appelé pour me dire que comme les mots servaient à rien, il fallait passer à l'étape supérieure et qu'elle allait dire à son homme de main de saboter sa voiture, comme ça on en serait débarrassé une bonne fois pour toute. Je suis un vieux con, j'aime pas cette fille, mais j'ai eu peur du coup et j'ai dit que je voulais plus être mêlé à tout ça, qu'elle me laisse en dehors, que j'allais te parler et que tu étais quelqu'un de raisonnable, que quand tu saurais de quoi était capable cette nana, tu mettrais pas les petits en danger. Elle me l'a interdit, et que si je le faisais, elle prendrait les petits et je les reverrais jamais puisqu'elle les amènerait à New York.

— Papa, c'est très grave tout ça. Tu aurais dû m'en parler. Maintenant, si je porte plainte, tu seras accusé de complicité, tu te rends compte ? Tu t'es introduit chez Marie ! Tu me mets dans une sale position ! Comment tu as pu ! Tu sais bien que Giulia est tarée, putain !

— Oui, mais la fille de Marissa, elle est bien plus dangereuse, j'ai pensé agir au mieux.

— Mais c'est des mensonges ! Giulia t'a raconté des conneries, Marie ne ferait pas de mal à une mouche. C'est moi qui ai fait ces marques à mon ex. Nous nous étions battus, comme souvent.

Mon père hoquète de stupeur car je ne lui ai jamais parlé de nos bagarres, seul Toni est au courant.

— Écoute, je l'aime cette femme. Fous-toi le bien dans le crâne ! À la différence de Marie, Giulia se fiche des enfants, et de moi. Tout ce qu'elle veut, c'est sa vengeance pour avoir été rejetée.

Les sanglots de mon père redoublent d'intensité. J'éprouve de la peine pour lui malgré la colère que je ressens. Il n'est qu'un vieil homme naïf, aigri, animé par sa haine envers les Poli et par l'amour incroyable qu'il porte à mes gosses, et je comprends qu'il ait eu peur de les perdre. Et cette saleté de Giulia a bien profité de tout ce qu'elle savait pour le manipuler. J'ignore comment cette histoire va se régler, mais pour l'heure, je dois ouvrir les yeux à mon père.

— Je l'aime, babbu, autant que tu aimais maman et les gamins l'adorent. Alors en attendant que je trouve une solution pour Giulia, je te demande de faire un effort et si tu as un tant soit peu d'affection pour moi, même si je sais que je t'ai déçu, j'aimerais que tu te réjouisses pour nous. Tu n'ignores pas ce que les gosses ont vécu. Regarde Lisandru, tu ne le trouves pas différent depuis plusieurs mois ?

— C'est vrai… C'est vrai que les petits sont plus joyeux depuis quelque temps, et Lisandru moins renfermé, admet-il, le ton plus calme, mais toujours chevrotant. Si tu penses l'aimer…

— Je ne pense pas, j'en suis certain. Cette femme a foutu le bordel dans mon existence avec son arrivée en fanfare, mais elle m'apporte ce qui manquait à ma vie en autarcie avec mes mômes.

Avec ma déclaration, mon père, judicieux et raisonnable à ses heures, baissera enfin les armes.

— Très bien, figliu, si tu es heureux, je le suis aussi. C'est ce que l'on souhaite à nos enfants, tu sais. C'est pourquoi on s'inquiète des choix et des rencontres qu'ils peuvent faire. Je… Je suis désolé pour tout. Est-ce que tu pourras me pardonner ?

Je respire, soulagé de la tournure que prend la discussion. J'aime mon père, quelles que soient les erreurs qu'il a pu commettre. Je ne souhaite pas me brouiller avec lui.

— Babbu, merci. Oui, je vais te pardonner, mais plus de secrets. C'est bien clair ?

— Qu'est-ce que tu vas faire ?

— Protéger ma famille.

— Comment ?

— Je ne sais pas encore.

— Fais attention.

— Toi aussi, et préviens-moi si tu as encore une visite. Et sois sympa avec Toni, s'il te plait, il vient de vivre des moments difficiles.

Mon père marmonne un acquiescement au bout du fil avant de raccrocher, et je reste là, face à la maison des Poli qui a retrouvé sa splendeur, heureux et soulagé.

Et ce, malgré la menace qui plane sur nous.

ÉPILOGUE

Marie

5 ans plus tard.

— Non, Justin, arrête ! s'écrie Livia qui tente d'échapper à mon frère qui, manifestement, envisage de la jeter à l'eau.

Allongée sur un transat, j'observe, un sourire aux lèvres, cette belle adolescente qui attire tous les regards sur son corps en mutation. Ce qui déplait fortement à mon époux qui veille jalousement sur sa progéniture, foudroyant les garçons les plus téméraires. Mais personnellement, je ne suis pas inquiète, Livia ne voit que Justin. Pour l'instant.

— Ils s'entendent comme larron en foire, ces deux-là, commente Inès qui sirote un cocktail, lunettes de soleil vissés sur la tête et en mode scanner à la recherche d'une nouvelle conquête, entretenant une relation libre avec Florian depuis plusieurs années maintenant.

Je sais qu'elle espère toujours que l'homme d'affaires finira par poser ses bagages définitivement chez elle, son attitrée, dirais-je. Je veux y croire aussi.

— Ils forment un beau couple, tous les deux, poursuit mon amie.

— Hum, marmonné-je en me délectant du soleil. Je crois que tu prends, une fois de plus tes désirs pour des réalités.

— Quoi ?! Mais regarde comme elle le zieute !

— Comme une ado de seize ans qui bade[27] un beau mec.

— Mouais, désolée, mais je sais que c'est plus que ça. Elle le mate à longueur de temps depuis…

— Depuis l'année dernière. OK, j'avoue, elle s'en croit amoureuse. Mais c'est son oncle par alliance tout de même. Ça lui passera

— Ou pas. Ils traînent ensemble depuis pas mal de temps.

— Depuis ses onze ans.

— Oui, ben, oncle par alliance ou pas, ils n'ont pas le même sang.

Je lève les yeux au ciel face aux fantasmes de ma meilleure amie.

Comme convenu, Justin est venu découvrir le pays de ses origines pour en tomber sous le charme et, de fait, il y revient régulièrement dès qu'il le peut. Très vite, Livia s'est entichée de mon frère, passionnée du Canada, et face à cet engouement pour ce pays, nous sommes nous même partis à la découverte de ce superbe territoire. Alessandro et Justin, amoureux de la nature, m'y ont lâchement abandonnée à plusieurs reprises pour plusieurs randonnées, pas du tout à mon niveau malgré mes progrès en la matière, nous contraignant, Livia et moi, à trouver d'autres occupations moins sportives, même si ma fille se sentait prête à suivre les deux hommes, celle-ci ayant un goût particulier pour la nature et le sport.

Si ma relation avec mon frère du côté maternel est au beau fixe, malgré mes efforts, je ne suis pas parvenue à m'entendre avec ma grand-mère paternelle, toujours à dénigrer les uns et les autres,

---

[27] Regarder bouche béante, contempler. Expression du sud de la France.

en particulier mes mères, même si elles ne sont plus là pour se défendre. Récemment, après une énième dispute, par respect pour elles, j'ai définitivement renoncé à cette obligation de visites. Quant à mon père et ses enfants, je n'ai vraiment rien à partager avec eux. Nous ne sommes pas sur la même longueur d'ondes. J'ai tout simplement cessé de communiquer avec eux.

La vie est parfois assez compliquée, alors pourquoi s'imposer des contraintes et s'entourer de personnes négatives ? Je compose avec Dominique – je pense que c'est réciproque – ne souhaitant pas être un sujet de discorde entre le père et le fils. Malgré ce qu'il a fait, j'ai su pardonner. Après tout, ce n'est qu'un vieux grincheux qui s'est laissé prendre au jeu par une dangereuse manipulatrice et ses propres rancœurs familiales. Il m'a jugée sans me connaître, comme le font la plupart des gens.

Cinq ans plus tôt, Alessandro m'a tout raconté et nous avons dû agir intelligemment. Pour ne pas faire souffrir les enfants, nous avons renoncé à porter plainte. Nous avons fait mieux. Aless a engagé un détective privé spécialisé dans les affaires de harcèlement. Il s'est avéré que Giulia, en plus d'avoir essayé de me nuire, avait contracté une assurance vie dans le dos de mon mari. Elle aurait touché un beau pactole, si ce dernier était venu à décéder, d'où son entêtement soudain à ne plus vouloir divorcer et celui de m'évincer. Sa carrière battait de l'aile. Elle commençait à lasser tout le monde à faire sa Diva, à être perpétuellement en retard pour les séances photos ! Dieu seul sait ce que cette folle aurait entrepris contre Alessandro s'il avait accepté de reprendre la vie commune. Je la crois bien capable d'avoir songé à le pousser d'une falaise, ainsi, la boucle des Cantini/Poli aurait été bouclée, sans éveiller les soupçons.

Nous avons attendu de la prendre en flagrant délit pour l'affronter. Par chance nous l'avons prise le fait, un soir à déposer un énième lapin mort à notre porte. Vaincue, face à nos menaces de l'envoyer en prison et de ternir sa réputation,/elle a cessé ses manigances.

Aujourd'hui, elle est mariée à un sexagénaire dont la fortune est convoitée par toutes ses semblables, d'après ce que dit la presse people. Par contre, ses tentatives pour approcher Livia, souhaitant voir la gamine suivre la même voie qu'elle, et espérant probablement la détourner de nous en incitant les photographes à proposer des shooting photos, me rendent dingue. De plus, ce n'est pas le désir de ma fille qui, après une énième proposition et les commentaires faisant état de sa ressemblance frappante avec sa mère, le célèbre mannequin, Livia a aussitôt attrapé une paire de ciseaux et massacré sa splendide chevelure brune. D'où la coupe ultra-courte qu'elle arbore depuis et qui lui va super bien.

Je suis donc toujours sur le qui-vive lorsque des individus, Canon ou Nikon en bandoulière, s'approchent d'elle. Je ne parle même pas du comportement d'Alessandro et des accrochages avec ces traqueurs.

— C'est votre fille ? s'enquiert un homme qui m'accoste sans préambule en désignant Livia accrochée au cou de Justin, l'eau ruisselant sur ses épaules, sa coupe courte mettant en valeur l'ovale parfait de son visage et ses yeux mordorés luisant du plaisir d'être dans les bras du jeune homme.

Quand on parle du loup… Ils sont partout.

— En effet, admets-je.

— Est-elle majeure ?

Je me crispe à cette question et dévisage l'importun, balaie sa tenue des yeux et constate qu'il ne porte aucun appareil photo sur lui, ce qui ne me rassure pas tout à fait tant je m'interroge sur ce qu'il peut lui vouloir.

— Ma fille n'a que seize ans, monsieur, répliqué-je froidement.

— Vous êtes qui vous ? demande Ines en se redressant sur son transat, pan bagnat en bouche.

L'homme l'ignore royalement avant de poursuivre :

— Accepteriez-vous de faire une interview, quelques photos ?

Je maîtrise la fureur qui me gagne.

— Allez-vous-en, exigé-je en me mettant debout, une main en visière sur mon front, l'autre sur ma hanche dénudée.

— Peut-être devrais-je demander son avis à la gamine ou à sa vraie mère, ajoute l'homme insistant qui, visiblement, n'ignore rien de l'identité de Livia, y compris son âge bien qu'il l'ait demandé, probablement pour amorcer la conversation.

— Giulia Cantini n'est ma mère que sur le papier, intervient Livia qui vient de nous rejoindre. Une mère, monsieur, c'est celle qui vous aime, qui prend soin de vous, qui fait passer votre bonheur avant le sien. Ce n'est pas le cas de Giulia, et je ne souhaite pas être associée à elle. Ma mère, c'est Marie Cantini.

L'homme, étonné de voir la jeune fille le fusiller du regard, se tourne vers elle, oubliant presque notre existence à Inès et moi.

— Je connais votre histoire. De nombreux journaux en ont fait état suite aux révélations de Giulia Visconti qui en use pour nuire à votre père, nous informe l'individu, trop bien renseigné pour être honnête.

— Qu'est-ce qui se passe ici ? s'enquiert Justin qui toise de sa haute silhouette l'importun, ce qui habituellement les déstabilise, vu sa carrure.

— Écrire sur votre aventure familiale pourrait promouvoir une campagne sur les secondes chances offertes aux mères ayant abandonné leur enfant. Et un peu de publicité pour votre foyer de jeunes mamans célibataires, Madame Cantini, serait bienvenu.

— Mais qui êtes-vous ? s'énerve mon frère.

— Je suis journaliste free-lance et votre histoire fascinante de famille recomposée pourrait lancer ma carrière.

— Elle ne regarde que nous, sale journaleux de merde ! C'est cette folle de Guilia qui vous envoie ? s'emporte Justin en le saisissant par le col de sa chemise.

— Je ne le suis pas. J'ai enquêté sur l'ex-madame Cantini au passé guère glorieux. Je comprends vos ressentiments et c'est un autre aspect que je veux aborder. Le sujet peut donner de l'espoir aux enfants qui se croient écartés parce que mal aimés et aux mères rongées de culpabilité. Je suis enfant de l'ASE[28] et la mienne refuse de lever l'anonymat… J'ai espoir que peut-être mon article retraçant votre expérience et la mise en avant de votre investissement dans votre foyer pour jeunes filles en détresse pourrait la toucher. Je voudrais tellement comprendre…

Justin relâche sa prise mais ne décolère pas pour autant.

— Tout le monde ne peut avoir la même chance que nous, interviens-je en plongeant mes yeux dans ceux de l'importun. Chaque parcours est différent. Étiez-vous heureux dans votre famille d'accueil ?

— Très.

---

[28] Aide sociale à l'enfance

— Alors, oubliez tout le reste. Dites-vous que ce qui compte vraiment, c'est le présent, l'amour réciproque que vous vous portez, vous et ces parents. Respectez les souhaits de celle qui vous a mis au monde. Acceptez qu'elle puisse avoir fait ce choix pour votre bien. Pour le reste, je suis navrée de ne pouvoir accéder à votre requête. Notre bonheur, nous désirons le vivre à l'abri des autres, dans ce petit coin de paradis. Profitez des attraits de l'île et qui sait si vous n'y trouverez pas le vôtre.

— Mais peut-être que tu devrais réfléchir un peu, suggère Inès, jusque-là silencieuse. C'est une belle aventure à partager, avec un beau happy-end et…

Je la foudroie du regard.

— Non, je ne veux pas la rendre publique, je suis désolée, monsieur.

On a déjà assez fait jaser le voisinage.

— Voici ma carte, au cas où vous reconsidéreriez la question, comme le propose votre amie.

— Maman, viens, ramassons nos affaires et allons-nous-en. Papa ne va pas tarder et Hugo commence à être fatigué de sa baignade. Il pleurniche et Lisandru n'arrive plus à l'occuper. Vous, monsieur, je vous conseille de partir. Mon père risque de ne pas apprécier votre insistance, l'avertit mon aînée.

Mon regard se pose sur mes deux fils jouant sur le sable à quelques pas de nous. Mes enfants, ma famille. Je les aime plus que tout au monde, qu'ils soient ou non de mon sang, comme Liv et Lisandru. Nul besoin d'ADN commun pour que nous formions une famille unie, soudée par l'amour.

Alessandro, qui revient d'une partie de plongée, rabat son masque, retire ses palmes et m'adresse son merveilleux sourire. Il m'a permis de trouver ma place parmi les siens, réconciliée avec mes mères et même avec son père. Tout le monde n'a pas cette opportunité. Je bénis Marissa pour cet héritage, que je considérais, au départ, empoisonné, qui s'avère être un magnifique cadeau, source de rencontres magiques et de bonheur incommensurable.

Je refuse la carte de visite que le journaliste, dépité, remet dans sa poche, et ramasse nos affaires éparpillées autour de nous, quand l'enfant que je porte se manifeste par un petit coup de pied. *Eh oui… une deuxième grossesse.*

— C'est une fille, tu crois ? me demande Livia en me voyant porter ma main à mon ventre.

Alessandro et moi connaissons le sexe, mais nous voulons que conserver l'effet surprise.

— Quelle importance ?

— Aucune, mais j'aimerais quand même avoir une petite sœur.

— Ah non, elle risque d'être aussi pénible que toi ! décrète Justin. Une nièce comme toi me suffit !

— Je suis pas ta nièce ! rouspète Livia en lui assenant une tape sur le bras.

— Ah bon ? Pourtant, ta mère est ma sœur et ses enfants forcément mes neveux et nièces, la taquine-t-il de son sourire canaille.

— Fiche-lui la paix, Justin, ordonne Inès face à la mine défaite de ma fille.

— C'est vrai, tu es trop belle pour être ma nièce, lui chuchote-ce dernier à l'oreille, tout juste assez fort pour que je l'entende.

Je n'ose la regarder, certaine de la trouver écarlate. Je me contente d'envoyer un coup de coude à Justin, juste derrière moi, en signe d'avertissement. « Attention ! Ne fais pas de mal à ma fille parce que sinon, tu auras à faire à moi, tout frangin que tu sois ». Celui-ci m'étreint en chuchotant : « Je t'aime, sœurette, toute lionne que tu sois, toujours prête à défendre les siens bec et ongles ». On dirait maman.

Et je le ferai, qu'ils soient ou non de mon sang.

Alessandro

Je souris à Marie, entourée de nos enfants. Plusieurs années viennent de passer et je ressens toujours un bonheur incommensurable à sa vue.

Giulia nous a mené la vie dure mais nous avons obtenu gain de cause. Pourtant, elle ne lâche pas prise. Ne pouvant nous atteindre, elle essaie d'attirer Livia sous les feux des projecteurs, espérant probablement se rapprocher d'elle. Mais au contraire elle l'éloigne. Mon aînée n'aspire qu'à une vie simple. Les cadeaux coûteux que s'obstine à lui envoyer mon ex-femme ne l'intéressent pas. La présence de Marie, l'attention sincère qu'elle lui porte sont bien plus précieux à ses yeux que des présents onéreux reçus qu'elle distribue à ses amies. L'amour maternel que prodigue ma femme à notre tribu, sans distinction aucune, vaut tout l'or du monde. Je lui suis reconnaissant pour tout ce qu'elle a apporté en héritage à notre famille.

Même mon père est sous le charme, désormais. Même s'il s'en défend, même s'il s'obstine à laisser croire qu'il la tolère. Je sais que c'est le cas de Marie. Elle ne parvient pas encore à voir au-delà de la froideur qu'il affiche, et ce, même si elle lui a pardonné ses actes passés. Un jour… j'espère les réconcilier tous les deux.

Aujourd'hui le passé est derrière nous. L'avenir s'annonce radieux avec l'arrivée prochaine d'un nouvel enfant. Une fille. Qui va certainement me mener par le bout du nez. Livia et Lisandru sont déjà dingues de ce nouvel petit être qui grandit en Marie. Celle qui leur offre l'amour qu'ils méritent. Celle qui démontre tous les jours celui qu'elle éprouve au-delà des mots, de ces « Avec Amour Signé M ». Une formule qu'elle a repris de Marissa, ces derniers mots sur son journal intime, que ma femme a terminé de lire après la naissance d'Hugo.

M comme Marie. M comme Maman.

FIN

Remerciements

Après un énième roman, les personnes à remercier sont sensiblement les mêmes, elles m'accompagnent depuis le début de l'aventure.

Il s'agit de mes bêtas, celles du tout début, dont Gaëlle et Laureline Roy, correctrice de surcroît, les plus impitoyables, Anne et les nouvelles comme Vania. Anne Cantore dont l'humour des remarques me fait passer un super moment lors des corrections et qui promet régulièrement de m'offrir une caisse de points en cadeau pour Noël. Oui, j'avoue je suis la reine des phrases hyper longues et parfois très alambiquées. Heureusement que tu es là avec Laureline pour régler mes problèmes de ponctuation. Merci de m'avoir remise sur la voie pour cette histoire, je m'étais un peu perdue en route. J'espère qu'au final, les thèmes de ce roman séduiront les lectrices.

Je remercie ma mère, la plus fidèle d'entre elles et toutes celles qui me suivent maintenant et celles qui se laisseront tenter par les aventures de Marie et Alessandro sous le beau soleil d'Ile Rousse, cette magnifique ville de Balagne. La maison avec le panorama du roman existe vraiment, j'ai eu le plaisir d'y résider, et il y a, un peu, de son ancienne propriétaire dans la personnalité de Louise. Pour le reste tout n'est qu'une fiction construite à partir de la lecture d'un article de journal qui narrait l'abandon d'un bébé dans une gare. Mon imagination a fait le reste et Layla Namani a permis à ce que tout le monde puisse lire cette romance. Merci Layla pour le travail éditorial qui a été un superbe moment, pour tes judicieuses suggestions, un plus vraiment, de mon point de vue. Merci, à toi et team Studio 5 Éditions pour ce nouveau partenariat après *Au bout du chemin.*

Je conclurai en remerciant ma famille pour ses encouragements et Nanie Bai que j'enquiquine parfois avec mes états d'âme. Merci, ma belle d'être là, tout simplement.

www.ingramcontent.com/pod-product-compliance
Lightning Source LLC
LaVergne TN
LVHW050531160826
845677LV00011B/1990

* 9 7 8 2 4 9 2 6 3 1 5 7 3 *